테헤란

카불 ★

델리 ★

카트만두

HIPPIE
by Paulo Coelho

Copyright ⓒ Paulo Coelho, 2018
Korean translation copyright ⓒ MUNHAKDONGNE Publishing Corp., 2018
All rights reserved.
http://paulocoelhoblog.com/

This Korean edition was published by arrangements with
Sant Jordi Asociados Agencia Literaria S.L.U., Barcelona, Spain.

이 책의 한국어판 저작권은 산트조르디 에이전시와 독점 계약한 (주)문학동네에 있습니다.
저작권법에 의해 한국 내에서 보호를 받는 저작물이므로
무단 전재와 무단 복제를 금합니다.

본문 그림
p. 154~155 ⓒ Christina Oiticica

이 도서의 국립중앙도서관 출판예정도서목록(CIP)은
서지정보유통지원시스템 홈페이지(http://seoji.nl.go.kr)와
국가자료공동목록시스템(http://www.nl.go.kr/kolisnet)에서 이용하실 수 있습니다.
(CIP제어번호: CIP2018037280)

PAULO COELHO

파울로 코엘료 장편소설

장소미 옮김

문학동네

일러두기

1. 주석은 모두 옮긴이주다.
2. 본문 중 고딕체는 원서에서 이탤릭체나 대문자로 강조한 부분이다.

오, 원죄 없이 잉태하신 성모마리아여,
당신께 의지하는 우리를 위해 기도해주소서.
아멘.

어떤 이가 고하되, 당신의 어머니와 형제들이 밖에서 당신을 뵙기를 청하나이다.

예수께서 대답하시되, 나의 어머니와 형제들은 하느님의 말씀을 듣고 행하는 이 사람들이니라 하시니라.

누가복음 8장 20~21절

여행이 끝나간다고 생각했습니다.
내 힘이 한계에 이르렀고
내 앞의 길은 가로막혔으며
음식은 소진되어
이제 조용한 어둠 속으로 물러날 때가 되었다고 생각했습니다.
하지만 나를 향한 당신의 끝을 모르는 의지를 발견합니다.
낡은 언어들이 혀끝에서 소멸되고
새로운 선율들이 심장에서 솟구칩니다.
그리하여 낡은 길들이 자취를 감추는 곳에
새로운 나라가 황홀한 모습을 드러냅니다.

라빈드라나트 타고르, 『기탄잘리』

카비르, 루미, 타고르, 사도 바울, 하피즈에게.
내가 그들을 발견한 이후로 그들은 늘 내 곁에 있고,
그들의 글 속에 내 삶의 일부분이 있으며,
나는 이 책에서 빈번하게 그들의 언어를 빌려 이야기하고 있다.

차례

작가의 말

 여기 담긴 이야기는 나의 개인적 경험에서 비롯된 것이다. 더러 사건의 순서를 바꾸거나 인물들의 이름과 세부적인 사항을 변경하고 몇몇 일화들을 압축하기도 했지만, 모두 내가 겪은 실제 사건에서 기인했다. 또한 모든 인물에게 각자의 자리를 부여하고 그들의 삶을 더 잘 묘사하기 위해 삼인칭시점을 사용했다.

1970년 9월, 두 장소가 세상의 중심이라는 지위를 두고 우위를 다투었다. 런던의 피커딜리서커스와 암스테르담의 담광장이었다. 허나 널리 알려진 사실은 아니었다. 아마 사람들에게 물었다면 대부분 이렇게 답했으리라. "미국의 백악관과 소련의 크렘린궁이죠." 사람들은 신문이나 텔레비전, 라디오 등 처음 생겨났을 때의 중요성을 결코 회복하지 못할, 이미 오래전에 한물가버린 매체들에서 정보를 얻고 있었기 때문이다.

　　1970년 9월, 항공권은 엄청나게 고가였고 오직 특권층만이 여행을 할 수 있었다. 물론 예외는 있었다. 특정 젊은이들 무리도 여행을 했는데, 한물간 매체들은 오직 이들의 겉모습에만 주목했다. 치렁하게 늘어뜨린 머리칼에 알록달록한 의복을 걸치고 씻지도 않은 모습. 그들이 씻지 않는다는 건 사실이 아니었으나 다른 젊은이들은 신문을 읽지 않았고, 구세대들은 자신들이 '사회와 미풍양속에 대한 위협'으로 여기는 그들을 모욕하는 기사라면 무엇이든 믿었다. 또한 사람들이 경멸하며 일컫듯 '자유연애'와 방종의 나쁜 예시인 그들은 인생에서 성공을 갈망하며 부단히 노력하는 세대 전체에 대한 위협이었다. 날이 갈수록 늘어가는 이 젊은이들 무리는 누구도, 어느 누구도 절대 탐지해내지 못한 그들만의 시스템을 통해 정보를 공유했다.

하지만 그 '보이지 않는 편지'는 갓 출시된 최신형 폭스바겐이나 전 세계적으로 유행하는 분말 세제에 대한 소식을 전하는 데에는 별반 관심이 없었다. '보이지 않는 편지'가 전하는 소식들이란 주로 그 젊은이들이 누비고 다닐 다음 행선지에 국한되어 있었다. 취향이 고상한 이들의 눈에 경악스럽기 짝이 없는 행색으로 '자유연애'를 즐기는, 오만불손하고 더러운 젊은이들. 여자들은 땋아내린 머리칼을 온통 꽃으로 치장하고, 긴 치마에 브래지어는 하지 않은 채 알록달록한 상의를 걸쳤으며, 목에는 오색찬란한 목걸이들을 주렁주렁 늘어뜨렸다. 남자들은 길게 기른 머리칼에 수염도 텁수룩했다. 그들은 해져서 너덜거리는 빛바랜 청바지를 입었는데, 당시 청바지는, 그것이 처음 생겨난 노동자들의 게토에서부터 샌프란시스코나 그 주변의 대형 야외 콘서트장으로 확산된 미국을 제외하면 전 세계 어디에서나 값비싼 옷이었기 때문이다.

'보이지 않는 편지'는, 그 젊은이들이 늘 콘서트장에 와자하게 모여 앞으로 가보아야 할 장소라든가 단체관광 버스에 오르지 않고도 세상을 발견하는 방법에 대해 정보를 교환하면서 존재하게 되었다. 가이드가 풍경을 묘사하는 동안 아이들은 지루해하고 노인들은 잠들어 있는 그런 버스를 타지 않고서도 말이다. 그렇게 입에서 입으로, 그들은 다음 콘서트는 어디에서 열리는지, 다음 대장정의 행선지는 어디인지 모든 것을 알게 되었다. 돈은 그들 누구에게도 제약이 되지 않았다. 그들이 선호하는 작가가 플라톤도 아리스토텔레스도 유명세를 얻은 어느 만화가도 아닌 아서 프로머였기 때문이다. 그렇다, 아서 프로머의 『하루 5달러로 유럽 여행하기』라는 책을 손에 들지 않은 채 유럽을 여행하는 사람은 거의 없었다. 돈을 거의 들이지 않으면서 어디서 묵고 먹을 수 있는지, 무엇을 보아야 하고 어떻게 찾아가야 하는지, 라이브 음악을 들을 수 있는 곳은 어디인지, 그 책에 모든 게 들어 있었다.

아서 프로머의 유일한 실수라면 가이드북에서 유럽만을 다루었다는 점이다. 다른 흥미로운 장소들은 없었을까? 파리보다 인도에 더 끌리는 사람들이 있지는 않았을까? 몇 년 뒤 프로머는 이 결함들을 보완하지만, 그전까지 남아메리카를 거쳐 마추픽추의 한때 '잃어버린' 옛 도시까지의 여정을 널리 알리는 일은 '보이지 않는 편지'의 몫이었다. 여기에는 히피 문화를 잘 모르는 초심자들에게 너무 많은 걸 알려주지 말라는 주의사항도 따라왔다. 안 그랬다가는 어떻게 인디언들이 오직 하늘에서만 보이는 숨겨진 도시를 건설하게 되었는지, 날지 못하는 인간이 만들었다고는 믿을 수 없다며 끝나지 않을 (그러나 곧 잊혀버릴) 설명을 쏟아내는 가이드들과 카메라로 무장한 야만인들에게 조속히 점령당하고 말 터였다.

보다 정확히 말하자면, 사실 두번째 베스트셀러도 존재했다. 프로머의 책만큼 대중적인 인기를 누리지는 못했으나 사회주의자와 마르크스주의자와 무정부주의자의 시기를 지나온 이들의 관심을 끈 책이었다. 그 각각의 시기는 항상 "노동자들의 권력 쟁취는 전 세계적으로 불가피한 일이다"라거나, 발화자가 인민에 대해 아무것도 모르고 아편에 대해서는 더더욱 아무것도 모른다는 걸 증명하는 어처구니없는 문장 "종교는 인민의 아편이다"를 외친 사람들이 전파했던 사조들에 대한 깊은 환멸과 함께 끝났다. 괴상망측한 차림의 젊은이들은 하느님이나 여러 신, 여신, 천사, 이 비슷한 유의 것들을 믿었다. 프랑스 출신 루이 포벨과 명망 높은 과학자이자 전직 스파이였고 신실한 신비주의 연구가인 러시아 출신 자크 베르기에가 공동 집필한 『마술사들의 아침』의 유일한 문제점이라면 이 책이 정치적 저작들과 정확히 반대되는 것들, 세상을 이루는 가장 흥미롭고 신비로운 것들에 대해 이야기한다는 점이었다. 요컨대 연금술사, 점성술사, 카타리파 신봉자, 템플 기사단원 등의 주제를 다뤘고, 그로 인해 이 책은 서점에서 한 번도 인기 있었던 적이 없었다. 책 한 권을 적어도 열 명이 돌려 읽어야 할 만큼 책값이 과도하게 비싸기도 했다. 어쨌든 이 책에서도 마추픽추에 대한 언급이 있었던바, 모두들 페루에 가고 싶어했고 따라서 전 세계의 젊은이들이 페루로 몰려들었다. (그래, 과장하지는 말자, 소비에트연방의 젊은이들은 국외로 나가기 그리 쉽지 않았다.)

본론으로 돌아가서, 적어도 '여권'이라 불리는 더없이 귀중한 재산을 손에 넣을 수 있었던 전 세계의 젊은이들은 그 유명한 '히피 순례길'에서 서로 만났다. 아무도 '히피'라는 단어의 정확한 뜻을 몰랐으나 그런 건 중요치 않았다. 아마 '우두머리 없는 거대 부족'이나 '도둑질은 안 하는 사회 부적응자들', 또는 이 장 앞부분에 나온 모든 묘사에 부합하는 의미가 아닐까.
　허리춤에 매단 주머니 속에 얼마간의 여비(많든 적든 그리 중요하지 않았다)와 함께 들어 있는 여권. 정부로부터 발급받아 소중히 간직하는 이 작은 수첩에는 두 가지 기능이 있었다. 여권은 우리 모두가 알다시피 국경을 넘을 수 있게 해주었다. 세관원들은 언론에서 떠드는 헛소리에 속지 않았고, 그들의 옷차림이며 헤어스타일, 꽃 장식, 구슬 목걸이와 지속적인 환각 상태로 살고 있는 사람이 지을 법한 헤벌쭉한 미소를 구실로 입국에 퇴짜를 놓지는 않았다. (그 상태는 일반적으로, 그러나 부당하게도 악마적인 마약 때문으로 여겨졌는데, 언론은 그들 무리가 어마어마한 양의 마약을 소비한다고 떠들었다.)

여권의 두번째 기능은 소지자가 극한 상황에 처했을 경우, 예컨대 돈이 한푼도 남아 있지 않은데 도움을 청할 사람마저 없을 경우 구제책이 되어준다는 것이었다. 그 유명한 '보이지 않는 편지'가 여권을 팔 수 있는 장소를 항시 알려주었다. 가격은 국적에 따라 천차만별이었다. 전 국민이 밝은색 눈동자에 금발 장신인 스웨덴 여권은 그리 비싸지 않았다. 오직 밝은색 눈동자의 금발 장신들한테만 되팔 수 있었던데다 일반적으로 수요도 높지 않았기 때문이다. 반면 브라질 여권은 암거래 시장에서 거액에 거래되었다. 브라질에는 밝은색 눈동자의 금발 장신뿐만 아니라 갈색 눈동자에 체형이 다양한 흑인들, 눈이 작은 동양인, 혼혈인, 인디언, 아랍인, 유대인 등이 있었기 때문이다. 요컨대 다양한 문화의 온상 같은 환경이 이 나라의 여권을 지구상에서 가장 탐나는 물건 중 하나로 만들어주었다.

일단 여권을 팔고 나면 여권 주인은 자국의 영사관으로 가서 겁에 질리고 망연자실한 척하며, 소매치기를 당했고 모든 것을 빼앗겨 돈도 신분증도 없노라고 신고했다. 그러면 부유한 나라의 영사관에서는 여권과 귀국 항공권을 무상으로 제공했고, 신고자는 '누군가에게 받을 돈이 많이 있고 귀국 전에 돌려받을 수 있다'는 핑계로 항공권을 거절하는 식이었다. 가난한 나라들, 대체로 군부가 정권을 장악하여 무자비한 정부가 들어선 나라들은 우선 신고자가 국가 전복을 꿈꾸는 '테러리스트' 명단에 포함되었는지 아닌지를 가리는 신원조사를 실시했다. 전과 기록이 깨끗하다고 밝혀지면 마지못해 서류를 발급해주었으나 귀국 항공권은 제공하지 않았다. 신과 가족과 국가에 충실하도록 교육받은 세대에게 나쁜 영향을 끼칠 위험이 있는, 이 살아 있는 돌연변이들이 본국으로 돌아가서 이로울 게 없다고 판단했기 때문이다.

여행의 목적지 이야기로 돌아가자면, 마추픽추 다음엔 볼리비아의 티아우아나코가 있었다. 이어서 티베트의 라사. '보이지 않는 편지'에 따르면 여전히 중국 홍위병에 맞선 승려들의 항쟁으로 입국이 몹시 까다로운 곳이었다. 충돌 가능성이 희박해 보이긴 했으나, 포로수용소에 갇혀 기나긴 여행을 망칠 위험을 무릅쓸 사람은 없었다. 그런데 이 시대의 마지막 위대한 철학자들이었던 비틀스가 그해 4월 해체하기 얼마 전 이 땅의 위대한 현자는 인도에 있다고 선언했다. 지혜와 지식과 구루와 청빈 서약과 계시와 '마이 스위트 로드'*와의 만남을 추구하는 전 세계의 젊은 이들이 그곳으로 모여들기에 충분했다.

한편 '보이지 않는 편지'를 통해 비틀스의 위대한 구루인 마하리시 마헤시 요기가 여배우 미아 패로를 겁탈하려 했다는 소문이 전해졌다. 늘 불행한 애정 관계로 고통받아온 패로는 비틀스의 초청을 받아 인도를 여행중이었는데, 아마 나쁜 카르마처럼 그녀에게 들러붙어 있는 듯한, 그 실연의 트라우마를 그곳에서 치유하기 위해서였을 것이다.

하지만 그뒤의 사건들을 보면 미아 패로의 나쁜 카르마가 존, 폴, 조지, 링고와 그녀를 여행 내내 따라다닌 듯했다. 패로의 말에 따르면, 위대한 지도자의 동굴에서 명상중이던 그녀를 마하리시 마헤시가 덮쳐 겁탈하려 했다는 것이었다. 당시 링고는 그

---

* My Sweet Lord. 비틀스 멤버 조지 해리슨이 만든 노래. 힌두교 신화 속 크리슈나에 대한 찬양곡으로 알려져 있다.

의 아내가 인도 음식을 끔찍이 싫어해 이미 영국으로 돌아가 있었고, 폴 역시 그곳에서 아무것도 얻지 못하리라 확신하고 떠나버린 후였다.

오직 조지와 존이 마하리시의 사원에 남아 있었는데, 미아 패로는 울먹이며 그들에게 달려가 자신이 겪은 일을 털어놓았다. 그들은 즉시 짐을 꾸렸다. 그 계시자가 찾아와 무슨 일이냐고 묻자 존이 냉담하게 대꾸했다.

"계시자라면 잘 알 것 아냐, 멍청아!"

1970년 9월, 여자들이 세상을 지배했다. 보다 정확히는 젊은 히피 여자들이 세상을 지배했다. 남자들은 그것에 길들여졌고 여자를 유혹하는 것은 시대에 뒤떨어지는 행동임을 분명히 인지했다―여자들이 남자들보다 이 분야에서 월등히 뛰어났다. 따라서 남자들은 자신들의 운명이 이 여자들에게 달렸다는 걸 분명히 받아들이고 간청하는 표정으로 무언의 애원을 하는 편을 택했다. '날 보호해줘, 난 혼자고 아무도 만날 수 없어. 아무래도 세상이 날 잊고, 사랑이 날 영원히 버린 것 같아.' 여자들은 결혼은 손톱만큼도 염두에 두지 않은 채, 단지 야성적이고 강렬한 섹스로 즐거운 순간을 보내기 위해 남자를 골랐다. 중요한 문제건

지엽적이거나 사소한 문제건 결정권은 늘 여자들에게 있었다. 그리하여 '보이지 않는 편지'를 통해 미아 패로가 겪은 성폭력 소식과 이에 관한 존 레넌의 일갈이 전해지자, 젊은이들은 즉시 여행의 목적지를 바꾸었다.

그렇게 또다른 히피 순례길이 열렸다. 바로 요금이 100달러도 안 되는 버스를 타고 암스테르담(네덜란드)에서 카트만두(네팔)까지 가는 여정. 터키, 레바논, 이란, 이라크, 아프가니스탄, 파키스탄, 인도의 일부 지역(참고로 마하리시의 사원과 매우 먼 곳이었다) 등 중간중간 분명 매우 흥미로운 나라들을 경유했다. 여정은 삼 주가 걸렸고, 이동 거리는 어마어마했다.

카를라는 담광장에 주저앉아 이 마법 같은 모험(물론 그녀 생각에)에 함께할 남자가 언제 나타날지 자문하고 있었다. 그녀는 로테르담에 있는 직장을 그만두었고, 그곳에서 불과 열차로 한 시간 거리였지만 몇 상팀이라도 아끼고자 히치하이크해서 이곳까지 오느라 거의 하루 온종일을 썼다. 그녀는 세상에 무언가 할 말이 있다고 느끼는 사람들이 엄청난 땀과 사랑과 노력으로 제작해서 헐값에 판매하는 수많은 대안 신문들 중 하나를 통해 네팔행 버스의 존재를 알게 되었다.

거의 일주일을 기다린 끝에 카를라는 초조해지기 시작했다. 세계 각지에서 모여든 청년 열 명 남짓과 대화를 해봤지만, 그들에게는 고작 자신들의 남성성과 용맹함을 자극할 남근 모양 기넘비를 제외하면 아무 매력도 없는 이 광장을 떠나지 않겠다는 것 말고는 다른 야심이 없었다. 세상에나, 그들 중 미지의 장소로 떠나려는 자는 단 한 명도 없었다.

거리의 문제가 아니었다. 그들 대부분이 미국이나 라틴아메리카, 혹은 오스트레일리아나 다른 머나먼 나라에서 항공권에 상당한 비용을 지출하여 이곳까지 왔고, 세계의 두 중심도시 중 하나도 구경하지 못한 채 입국을 거부당하거나 본국으로 출국당할 수도 있었을 국경 검문소를 수없이 지나왔다. 그렇게 그들은 이곳에 도착해서 아무 매력 없는 광장에 주저앉아 마리화나를 피우고, 그걸 경찰의 면전에서 버젓이 피울 수 있다는 사실에 짜릿해하고, 이 도시에 넘쳐나는 이단과 컬트집단에 문자 그대로 꼼짝없이 사로잡혔다. 그리고 귀에 못이 박히도록 들던 소리들을 잠시나마 잊었다. 이놈아, 대학엔 가야 할 것 아니냐, 그 머리 좀 잘라라, 부모 얼굴에 먹칠은 하지 말아야지, 사람들이(대체 누가?) 우리가 널 잘못 가르쳤다고 할 것 아니냐, 네가 듣는 건 음악도 아니야, 이제 직장을 구해야지, 너보다 훨씬 어린 네 동생도 우리한테 손 한번 안 벌리고 자기 힘으로 삶을 꾸리고 즐기는 것 좀 보렴.

그들은 가족의 끝도 없는 푸념에서 멀리 떨어져나와 자유를 얻었고, 유럽은 안전한 장소였다(물론 그 유명한 철의 장막을 넘어 공산국가를 '침입'하지 않는다는 조건하에서). 또한 여행을 통해 앞으로 살아갈 날 동안 필요한 깨달음을 모두 얻을 수 있기에 그들은 만족스러웠다. 하지만 부모에게 설명하기란 어려운 일이었다.

"아빠, 아빠가 대학졸업장을 원하는 거 알아요, 하지만 학위는 언제든 딸 수 있다고요, 지금 나한테 필요한 건 경험이에요."

하지만 어떤 아버지도 그런 주장을 이해하지 못했고, 결국 청년들은 가지고 있던 물건을 내다팔고 되는대로 긁어모은 돈을 가지고 가족 모두가 잠든 때를 틈타 집을 떠나는 수밖에 없었다.

따라서 카를라는 대부분 다른 이들은 실행할 엄두도 내지 못하는 일들을 경험중인 결단력 있고 자유로운 존재들에게 둘러싸인 셈이었다. 그런데도 대체 왜 카트만두로 향하는 버스 여행을 마다한단 말인가? 거긴 유럽이 아니잖아, 그들이 대답했다. 우리한텐 전혀 낯선 곳이라고. 하지만 혹여 무슨 일이 생긴다면 영사관에 가서 본국 환송을 요청하면 그만이었다(카를라는 실제로 그런 경우에 대해서는 한 번도 들어본 적 없었지만, 전설에 의하면 가능했고 이야기가 반복되다보면 전설은 실제가 되기 마련이다).

'여행 동반자'로 삼을 남자를 기다린 지 닷새가 지나자 절망감이 카를라를 엄습했다. '매직 버스'(요금 약 100달러에 수천 킬로미터를 여행하는 버스의 공식 명칭이었다)에서 쉽게 잠을 잘 수도 있었으련만 호스텔에 돈을 탕진한 터였다. 그녀는 매일 담 광장으로 향하며 지나쳤던 점집에 들어가보기로 마음먹었다. 점 집은 평소와 다름없이 비어 있었다. 1970년 9월엔 모두가 비범 한 힘을 지녔거나 그런 능력을 키우고 있었기 때문이다. 하지 만 카를라는 현실적인 여자였고, 비록 매일 명상을 하고 제3의 눈―두 눈 사이의 보이지 않는 점―이 발달하기 시작했다고 믿 었음에도, 그녀가 그때까지 만나온 남자는 모두 인생의 반쪽이 아니었다. 본능적인 확신이 들었을 때에도 마찬가지였다.

그녀는 점술가에게 도움을 청해보리라 마음먹었다. 특히 끝없 는(거의 일주일이 지났으니 영원이 아닌가!) 기다림에 지쳐 차 라리 여성 동반자를 구해볼까 하는 생각마저 들었기 때문이다. 그건 자살이나 진배없을 터였다. 여자 단둘이 수많은 나라의 국 경을 넘어다니면 운이 좋아야 백안시의 대상이 될 테고, 최악의 경우엔 할머니의 말대로 '백인 노예'(카를라는 에로틱한 표현이 라고 생각했으나 직접 체험해보고 싶은 마음은 없었다)로 팔려 갈 터였다.

라일라라는 이름의 점술가는 카를라보다 나이가 약간 더 많았 고 흰옷을 입고 있었다. 점술가는 '우월한 존재'와 접촉하는 이의 온화한 미소를 지으며 카를라에게 몸을 굽혀 인사하고('드디어 오늘 치 가겟세는 벌겠군' 하고 생각했으리라) 앉으라 권했다.

카를라가 자리를 잡고 앉자 좋은 기운이 흐르는 자리를 정확히 찾아냈다며 칭찬했다. 카를라는 속으로 제3의 눈을 뜨는 데 성공했다고 생각했으나, 이내 더 깊은 무의식에서는 라일라가 모든 사람들, 혹은 이곳을 찾는 손님들에게 노상 주워섬기는 말일 거라는 경고를 보냈다.

어떻든 그게 중요하지는 않았다. 점술가는 향에 불을 붙이며 말했다. "네팔에서 온 거예요." 하지만 카를라는 그 근방에서 생산된 향이라는 걸 알고 있었다. (향은 목걸이와 바틱염색* 셔츠, 그리고 평화 마크나 꽃, 혹은 '플라워 파워'라는 글자를 수놓은 패치와 함께 주요 히피 산업의 한 부분이었다.) 점술가는 카드를 뒤섰었고, 카를라에게 카드 뭉치를 둘로 나누게 한 뒤 세 장의 카드를 뒤집었다. 지극히 전형적인 해석이 시작되었다. 카를라가 점술가의 말을 끊었다.

"전 이러려고 온 게 아니에요. 좀전에 향의 원산지라고 당신이 말한 그곳에―카를라는 나쁜 카르마를 끌어들이고 싶지 않기에 '당신이 말한 그곳'이라는 말에 힘을 주었다. 단지 '향의 원산지'라고 말한다면 암스테르담 외곽의 향 공장에 가게 될 수도 있었다―함께 갈 누군가를 찾을 수 있을지 알고 싶어요."

---

* 인도네시아 수공예 직물 염색법. 기하학적인 무늬가 특징이다.

라일라는 미소 지었다. 분명 어딘가 기색이 달라진 것 같았지만. 내심 그토록 엄숙한 순간에 말이 끊겨 부글거리는 분노를 삭여야 했기 때문이다.

"그럼요, 당연히 찾을 수 있고말고요." 점술가들과 타로 마스터들은 늘 고객들이 듣고 싶어하는 이야기를 해주는 법이다.

"언제요?"

"내일이 끝나기 전에요."

순간 두 여자 모두 움찔했다.

카를라는 처음으로 상대가 진실을 말했다고 느꼈다. 다른 차원에서 울려나오는 듯 명확하고 강한 어조와 목소리였다. 라일라로서도 그런 예외적인 통찰의 순간은 드물었기에 섬뜩한 기분을 느꼈다. 그런 상황이 벌어지면, 진실인 동시에 거짓인 듯한 세계에 의식도 치르지 않고서 침투했다고 벌을 받지나 않을까 왈칵 두려워지곤 했다. 그럼에도 그녀는 매일 밤 기도하며 다른 사람을 돕고 희망이 있음을 믿고 싶어하는 이들에게 희망을 주는 데 만족한다고 스스로를 위안하고 정당화했다.

카를라는 좋은 기운이 흐르는 자리에서 즉시 일어나 복채의 절반을 마저 지불한 뒤, 그토록 기다리던 여행의 동반자가 나타났다 사라져버리기 전에 서둘러 그곳을 떠났다. '내일이 끝나기 전'은 두루뭉술했고, 당장 오늘이 될 수도 있었다. 어쨌든 이제 그녀는 자신이 누군가를 확실히 기다리고 있다는 걸 알게 되었다.

카를라는 담광장의 원래 자리로 돌아가 읽던 책을 펼쳤다. 아직 널리 알려지진 않았으나, 작가를 '컬트'의 반열에 올려줄 만한 작품이었다. J. R. R. 톨킨의 『반지의 제왕』이었는데, 그녀가 가고 싶어하는 곳처럼 신비로운 장소들이 가득했다. 그녀는 오분에 한 번씩 바보 같은 질문들로 독서를 방해하는 주위 청년들의 말을 못 들은 척했다. 그들의 질문이란 시답지않은 핑계로 그녀와 더욱 시답지않은 대화를 이어가보려는 속셈일 뿐이었다.

파울로와 아르헨티나인은 가능한 모든 주제에 관한 이야기를 오래 나누고는 이제 묵묵히 평평한 땅을 바라보았다. 여러 추억과 이름들, 호기심 그리고 무엇보다 이십 분이면 닿을 네덜란드 국경에서 마주하게 될 것들에 대한 공포가 그들의 머릿속을 떠다녔다.

파울로가 기다란 머리칼을 재킷 안쪽에 숨기기 시작했다.

"그렇게 해서 세관원들을 속일 수 있을 것 같아?" 아르헨티나인이 물었다. "그들한테는 다 빤하다고. 전부 다."

파울로는 하던 동작을 그만두고 동행인에게 불안하냐고 물었다.

"당연히 불안하지. 난 벌써 네덜란드 입국 도장을 두 번이나 받았다고. 그러니 내가 너무 자주 오는 것 같다고 의심하기 시작할 거야. 그게 의미하는 건 단 하나니까."

마약밀수. 하지만 파울로가 아는 한 네덜란드에서 마약은 합법이었다.

"당연히 그렇지 않아. 아편은 엄격히 금지되는 약품이야. 코카인도 마찬가지고. 뭐, LSD의 경우는 걸러낼 방법이 없지만. 책장이나 천조각에 용액을 적셔 작은 조각으로 잘라 팔면 되니까. 하지만 뭐든 걸리면 즉시 감옥행이야."

파울로는 이 대화를 이어나가지 않는 편이 좋겠다고 판단했다. 아르헨티나인에게 혹시 무언가를 가지고 있느냐고 묻고 싶어 입이 근질거렸으나, 단지 알고 있었다는 것만으로도 범죄의 공범이 될 수 있을 터였다. 그는 결백했음에도 이미 한 번 감방에 갇힌 적이 있었다. 그 일을 겪었던 나라의 공항에는 문마다 이렇게 쓰여 있었다. '브라질, 사랑하거나 떠나거나.'

머릿속에서 부정적인 생각을 몰아내려 하면 흔히 역효과가 발생한다. 부정적인 것은 더 큰 악마적인 에너지를 끌어들이기 때문이다. 1968년의 그 사건을 떠올리기만 해도 그의 심장박동이 빨라졌다. 밝은색 눈동자의 금발 장신들에게 여권을 공급하는 것으로 유명한 브라질 파라나주 폰타그로사의 한 호텔에서 그날 밤 겪었던 일들이 하나하나 생생히 되살아났다.

파울로가 여자친구와 함께 엄청나게 유행하던 최신 히피 순례 길을 따라가는 첫번째 긴 여행을 마치고 돌아오던 때였다. 여자 친구는 그보다 열한 살 연상이었다. 그녀는 유고슬라비아 공산 정권하의 귀족 가문에서 태어나고 자랐으며, 집안은 비록 몰락했으나 교육을 이어간 덕분에 4개 국어를 할 수 있었다. 그녀는 브라질로 도망쳐 사유재산이 인정되는 정권하에 백만장자와 결혼했었다. 하지만 남편이 서른세 살의 그녀가 '늙었다'며 열아홉 살짜리 여자와 만나는 것을 알고는 이혼했고, 유능한 변호사를 고용하여 죽는 날까지 단 하루도 일하지 않아도 될 만큼의 위자료를 받아냈다. 파울로와 여자친구는 '죽음의 기차'에 올라 마추 픽추로 향했다. 그 당시 운행하던 일반적인 열차들과는 명백히

다른 기차였다.

"왜 이 기차를 '죽음의 기차'라고 부르는 거죠?" 여자친구가 검표원에게 물었다. "낭떠러지 구간을 지나는 것도 아닌데 말이에요."

파울로는 아무 관심이 없었지만, 검표원의 답변이 즉시 돌아왔다.

"예전에 이 열차로 한센병 환자들과 산타크루스 지역을 휩쓴 무서운 전염병인 황열 환자들이나 시신들을 실어 날랐거든요."

"그래도 구석구석 철저히 소독했을 거 아니에요."

"그 이후로 서로에게 갚아줄 게 있었던 광부 한두 명을 제외하고는 더는 사망자가 발생하지 않았죠."

그가 언급한 이들은 파울로의 나라인 브라질의 광업지구 미나스제라이스주 출신이 아니라, 볼리비아 주석 광산에서 밤낮으로 일하던 사람들이었다. 어쨌든 그곳은 문명사회였고, 파울로와 여자친구는 그날 열차에 서로에게 갚아줄 것이 있는 사람들이 아무도 없기를 바라야 했다. 열차 안은 조용했다. 대부분의 승객들은 중산모자를 쓰고 갖가지 색의 옷을 걸친, 그저 승객일 뿐이었다.

그들은 해발 3640미터에 위치한 볼리비아의 수도 라파스에 도착했다. 열차를 타고 오르는 동안에는 특별히 산소 부족을 느끼지 못했다. 하지만 역에 내리니 멍한 표정으로 바닥에 주저앉아 있는 청년이 눈에 들어왔다. 옷차림이 그가 속한 무리를 말해주었다. 그들은 청년에게 무슨 일이냐고 물었다. "숨을 못 쉬겠어요." 한 행인이 코카 잎을 씹으라고 조언했다. 코카 잎을 씹는 것은 고도를 견디기 위한 현지인들의 관습이었고, 코카 잎은 근처 노점 어디서든 구할 수 있었다. 상태가 벌써 호전된 듯한 청년은 혼자 내버려둬달라고 부탁했다. 그리고 그 청년은 그날 마추픽추로 떠났다.

호텔 프런트의 여직원이 파울로의 여자친구를 한쪽으로 불러 몇 마디를 속닥거리고 나서 체크인 서류를 작성하게 했다. 그들은 방으로 올라가 즉시 잠이 들었다. 물론 그전에 파울로는 프런트 직원이 무슨 말을 했는지 묻지 않을 수 없었다.

"처음 이틀 동안은 섹스하지 말래."

이유는 명확했다. 어쨌든 그는 아무 욕구도 없었다.

그들은 라파스에서 처음 이틀을 섹스 없이 보냈고, '고산병'이라 일컫는, 산소가 부족해 생기는 어떤 부차적 증상도 느끼지 못했다. 코카 잎 덕분이라고 짐작했지만 착각이었다. 고산병은 신체 기관이 적응할 시간도 없이 해수면 높이에서 갑자기 높은 고도로—다시 말해 비행기를 타고—오른 사람들에게 발생했다. 그런데 그들은 '죽음의 기차'로 이레라는 긴 시간 동안 서서히 고도를 높여왔다. 그것은 현지에 적응하는 최선의 방식이었고, 비행기보다 훨씬 안전했다. 파울로는 산타크루스데라시에라 공항에서 이런 헌사가 새겨진 기념물을 본 적이 있었다. '목숨을 바쳐 임무를 완수한 영웅적인 파일럿들을 기리며.'

라파스에서 파울로와 여자친구는 첫 히피들을 만났는데, 그들은 세계적인 무리로서 책임감과 상호연대에 대한 의식이 있었고, 늘 바이킹의 룬 문자를 뒤집어놓은 듯한 그 유명한 상징을 달고 있었다. 모두가 알록달록한 판초와 점퍼와 재킷과 셔츠를 걸치는 볼리비아에서는 바지나 외투에 페맨 룬 문자 같은 상징 없이 그들이 서로를 알아보기란 거의 불가능했다.

그 첫 히피들은 캐나다 여자 한 명과 독일 남자 두 명이었다. 두 독일인은 자기네 말을 할 줄 아는 파울로의 여자친구에게 즉

석에서 함께 시내를 둘러보자고 제안했고, 그 바람에 캐나다 여자와 파울로는 단둘이 남겨져 무슨 말을 해야 할지 모른 채 서로를 멀뚱히 바라보게 되었다. 삼십 분 정도가 지나 세 사람이 돌아왔고, 그들은 이곳에서 돈을 허비하느니 차라리 즉시 출발하기로 결정했다. 지상에서 가장 높은 곳에 위치한 담수호인 티티카카호까지 가서 배를 타고 호수 건너편에 이르면, 이미 볼리비아가 아닌 페루일 것이고, 거기서 곧장 마추픽추로 향할 생각이었다.

모든 일이 예정대로 진행되었으리라. 일단 티티카카호 근처에 도착해서 고대 기념물인 '태양의 문' 앞에 가지 않았더라면 말이다. 다른 히피들은 기념물 주위로 원을 그리고 앉아 손을 잡고서 의식을 치르고 있었다. 파울로 일행은 그 의식에 함께하고 싶었으나 방해가 될까봐 나서지 않았다.

그런데 그들을 본 젊은 여자가 고갯짓으로 신호를 보냈고, 그들은 무리에 합류했다.

그들이 이곳에 있는 이유를 설명할 필요는 없었다. 태양의 문이 모든 걸 이야기하고 있었으니까. 태양의 문은 상단 한가운데 아마도 벼락을 맞아서 생긴 듯한 균열을 제외하고는 정녕 장엄했다. 잊힌 시간의 역사, 그럼에도 생생한 현재이며 다시 기억되고 발견되기만을 바라는 역사가 저부조 조각 속에 담겨 있었다. 단 하나의 돌을 조각해 만든 석조 윗부분은 천사들과 신들과, 원주민이 말하기로는 인간의 탐욕으로 파괴된 세상을 되살리는 방법을 알려준다는 상징부호들로 장식돼 있었다. 파울로는 문을 통해 티티카카 호수를 바라보면서 마치 그 문을 건설한 사람들―아마도 침략자들이나 어떤 현상에 기겁하여 문을 완공하지 못한 채 서둘러 이곳을 떠나야 했던 사람들―과 교감이라도 한 듯 흐느끼기 시작했다. 그들을 무리로 이끈 젊은 여자가 눈물이 그렁그렁한 눈으로 엷은 미소를 지어 보였다. 나머지는 눈을 살짝 감은 채 고대인들과 대화를 나누며 자신들을 이곳까지 이끌고 자신들로 하여금 이 불가사의를 경건한 마음으로 받아들이게 만든 게 무엇인지 알아내고자 애썼다.

깨달음을 얻고자 하는 이는 주위를 둘러보는 일부터 시작해야 한다. 신은 말하고자 하는 바를 모두 인간의 눈에 보이는 곳에 두었다. 그리고 그게 바로 '태양의 전통'이다.

태양의 전통은 모두의 전통이다. 연구자들이나 종교인들의 전유물이 아니라 만인을 위해 존재한다. 힘은 인간이 지나는 길 위의 온갖 사소한 것들 속에 있다. 세상은 진실한 교실이다. 지고의 사랑이 당신이 살아 있음을 알고서 당신에게 필요한 모든 걸 가르칠 것이다.

모두들 침묵한 채 그들이 정확히 이해하지는 못했으나 굳게 믿고 있는 계시에 주의를 기울였다. 한 젊은 여자가 파울로가 알지 못하는 언어로 노래를 부르기 시작했다. 젊지만 아마도 그들 중에서는 가장 나이가 많을 듯한 남자가 일어나 양팔을 벌리고 기도문을 낭송했다.

신께서 그대에게 허락하시기를
폭풍우엔 무지개를,
눈물엔 미소를,
모든 시련엔 은총을,
모든 고독한 순간엔 친구를,
모든 기도엔 응답을.

그때 뱃고동이 울렸다. 영국에서 제조된 뒤 분해되어 칠레로 운송된 다음, 노새의 등에 조각조각 실려 해발 3800미터 고지의 호수에 당도하게 된 배였다.

모두들 잉카의 옛 잃어버린 도시로 향하기 위해 배에 올랐다.

그들은 거기서 잊지 못할 하루를 보냈다. 그곳에 가닿은 이들은 소수였고, 오직 신의 아이들만이, 영혼이 자유로워 두려움 없이 낯선 것과 대면할 수 있는 이들만이 그곳에 이를 수 있었다.

그들은 지붕이 떨어져나간 버려진 집에서 별들을 바라보며 잠을 청했다. 섹스를 하고, 가져온 음식을 먹고, 산밑으로 흐르는 강물에서 매일 나체로 미역을 감고, 과연 신들이 정말 지구 위 이 지역에 착륙한 우주비행사들일 수 있는지에 대해 토론했다. 그들 모두가 잉카의 그림들을 하늘에서 온 여행자들에 대한 묘사 시도로 해석한 스위스 작가의 책을 읽었다. 또한 제3의 눈의 개안에 대해 이야기한 티베트 승려 롭상 람파의 글에도 열광했다. 하지만 최근 어느 영국인이 마추픽추의 중앙광장에 모인 대중 앞에서 그 승려의 본명은 시릴 헨리 호스킨이며 영국 시골의 배관공 출신이라고 밝힘으로써 그의 진짜 정체가 드러났고, 달라이 라마도 그의 신뢰성을 부인한 바 있었다.

그룹 전체가 실망감으로 가득찼다. 파울로를 포함하여 그들 모두가 눈 사이에 무언가가, 과학자들이 아직 진정한 기능을 밝혀내지 못했지만 솔방울샘이라고 하는 무언가가 진짜 존재한다고 믿었기 때문이다. 제3의 눈은 존재했다. 하지만 롭상 시릴 람파 호스킨이 묘사한 방식처럼은 아니었다.

셋째 날 아침, 여자친구는 그만 돌아가야겠다고, 파울로에게 함께 떠나자고 단호히 말했다. 그들은 작별인사도 없이 뒤도 돌아보지 않고서 여명이 밝아오기 전에 길을 나섰고, 사람들과 가축들과 음식물과 수공예품으로 만원인 버스를 타고서 산의 동쪽

능선을 따라 이틀 동안 달려 내려갔다. 파울로는 거기서 배낭에 접어 넣을 수 있는 알록달록한 색깔의 가방을 구입했고, 하루 이상이 걸리는 버스 여행은 절대 두 번 다시 하지 않으리라고 결심했다.

리마에서 그들은 히치하이크해서 칠레로 갔다. 세상은 안전한 곳이었다. 그들의 경악스러운 옷차림을 조금 무서워하긴 했지만 운전자들은 차를 멈춰 그들을 태워주었다. 산티아고에서 하룻밤 푹 자고 난 그들은 어떤 이에게 칠레와 아르헨티나를 잇는 터널을 통과해 안데스산맥을 지나는 길을 지도로 그려달라고 부탁한 뒤 다시 브라질을 향해 길을 떠났다. 그들은 또다시 히치하이크 했다. 여자친구가 수중의 돈은 혹시 모를 응급 상황을 위해 남겨둬야 한다고 고집했기 때문이다. 그녀는 스스로 긴장을 완전히 놓지 못하게 만드는 실용적 공산주의 교육이 몸에 배어 늘 신중했고 늘 현명했다.

브라질 파라나주―여권 소지자 대부분이 푸른 눈에 금발인 지역이었다―에 이르자 그녀가 새로운 목적지를 제안했다.

"빌라벨랴에 가보자. 멋진 곳이래."

그들은 그들에게 다가오는 악몽을 보지 못했다.

지옥을 예감하지 못했다.

자신들에게 닥쳐올 일에 아무런 대비가 되어 있지 않았다.

그들은 오로지 뭐든 사들이고 모아서 집에 가져갈 생각뿐인 관광객 무리에 의해 머지않아 파괴될 빼어나고 멋진 장소들을 두루 거쳐왔다. 하지만 여자친구의 어조는 굳이 답변을 구하지 않듯 단정적이었다. 그녀는 묻는 법이 없었고, 그것이 그녀의 방식이었다.

당연히 빌라벨라에 가봐야지. 멋진 곳이니까. 가장 가까운 행정기관에서도 바람에 마모된 인상적인 천연 조각품들이 즐비한 그 지질학적 명소를 기를 쓰고 홍보하고 있었다. 모두가 빌라벨라의 존재를 알았으나, 그럼에도 엉뚱하게 리우데자네이루 인근 동명의 해안마을에 도착하는 이들이 있는가 하면, 어떤 이들은 매우 흥미로운 지역이지만 직접 가보기엔 너무 힘이 든다고 생각했다.

파울로와 여자친구는 빌라벨랴의 유일한 관광객이었고, 술잔이며 거북이며 낙타 등을 조각해내는 자연의 실력에, 더 정확히는 이 모든 기암괴석에 그런 이름을 갖다붙이는 인간의 능력에 감탄했다. 낙타 모양의 돌은 여자친구의 눈에는 석류를, 파울로의 눈에는 오렌지를 더 닮은 것 같긴 했지만. 요컨대 그들이 티아우아나코에서 보았던 것들과 달리, 이 사암 조각들은 그 어떤 해석도 가능하도록 보는 사람의 자유에 맡겨버린다고 할까.

이어서 그들은 히치하이크로 가장 가까운 도시인 폰타그로사를 향해 출발했다. 이제 여행이 얼마 남지 않았음을 깨달은 여자친구가—정말이지 그녀가 모든 걸 결정했다—몇 주간에 걸친 기나긴 여행중 처음으로 그날 밤은 좋은 호텔에 가서 자고 저녁으로 고기를 먹을 거라고 선언했다. 고기라니! 고기는 그 지역 특산물 중 하나였는데, 늘 너무 비싸게 느껴져 라파스를 떠난 이후로 단 한 번도 먹지 못했다.

그들은 진짜 호텔로 가서 목욕을 하고 섹스를 한 뒤, 고기를 원하는 만큼 먹을 수 있는 '호디지우'*를 추천받기 위해 프런트로 내려갔다.

그들이 호텔 직원을 기다리고 있는데 두 사내가 다가오더니 대뜸 밖으로 따라나오라고 명령했다. 사내들은 언제라도 무기를 꺼내들 것처럼 호주머니에 양손을 찔러넣고 있었다.

"진정해요!" 그들이 강도라고 확신한 파울로의 여자친구가 말했다. "방에 다이아몬드 반지가 있어요."

그러나 사내들은 이미 두 사람을 서로에게서 멀리 떼어놓은 뒤 팔을 잡아끌어 밖으로 향하고 있었다. 황량한 거리에는 다른 두 사내와 아무 표식 없는 차 두 대가 그들을 기다리고 있었다. 두 사내 중 하나가 커플에게 총을 겨눴다.

"꼼짝 마, 허튼 수작은 안 하는 게 좋아. 지금부터 몸수색을 하겠다."

---

* 주로 스테이크를 파는 브라질 전통 식당. 일정한 돈을 지불하면 웨이터가 손님이 원하는 만큼 계속해서 음식을 가져다준다.

사내들이 그들의 몸 이곳저곳을 함부로 더듬었다. 여자친구는 항의하려 했고, 파울로는 공포에 질려 발작 위기였다. 두 사람이 할 수 있는 일이라곤 행여 누가 이 장면을 목격하고 경찰에 신고해주지나 않을까 기대하며 주위를 흘금거리는 게 전부였다.

"닥쳐, 이 더러운 년아." 사내들 중 하나가 파울로의 여자친구에게 소리쳤다. 사내들은 두 사람이 허리에 차고 있던 여권과 돈이 든 주머니를 사납게 낚아채더니 두 사람을 두 대의 차량 뒷좌석에 각각 밀어넣었다. 파울로는 여자친구에게 무슨 일이 일어나는지 볼 겨를이 없었고, 여자친구 또한 사내들이 파울로한테 무슨 짓을 하는지 알 수 없었다.

차 안 뒷좌석에는 또다른 사내가 있었다.

"이거 써." 사내가 파울로에게 복면을 건네며 말했다. "그리고 차 바닥에 엎드려."

파울로는 그저 시키는 대로 움직였다. 더이상 아무 생각도 떠오르지 않았다. 차가 전속력으로 돌진했다. 그는 자신의 가족에게 돈이 있으니 몸값이 얼마가 됐든 지불할 거라고 말하고 싶었으나 더는 아무 말도 입 밖으로 나오지 않았다.

열차가 속도를 늦추기 시작했다. 네덜란드 국경에 가까워졌다는 신호이리라.

　"괜찮아, 친구?" 아르헨티나인이 물었다.

　파울로는 나쁜 생각을 몰아내기 위해 화젯거리를 찾으며 고개를 끄덕였다. 빌라벨랴에 다녀온 뒤로 일 년 이상이 흘렀고 대부분의 시간 동안은 머릿속의 악몽을 통제할 수 있었다. 하지만 '경찰'이라는 글자가 보이기만 하면, 심지어 국경경비대의 제복 위 글자만 봐도 즉시 공황 상태가 되어버렸다. 그때와 관련된 모든 기억들이 한꺼번에 되살아났다. 스스로를 관찰하듯 한발 물러나 몇몇 친구들에게 그 기억에 대해 담담하게 털어놓았던 적이 있었다. 그런데 이번엔 처음으로 혼자서 기억들을 더듬고 있었다.

"여기서 통과 못 해도 상관없어. 벨기에로 가서 거기서 다른 데로 넘어가면 되니까." 아르헨티나인이 말을 이었다.

파울로는 그와 더 이야기를 나누고 싶지 않았다. 망상증이 다시 시작되었다. 만일 아르헨티나인이 정말로 상습적인 마약밀수범이라면? 경찰이 그도 공범이라고 단정짓고서 구치소에 집어넣고 결백이 입증될 때까지 풀어주지 않는다면?

열차가 멈췄다. 아직 세관이 아니었다. 열차가 정차한 곳은 어딘지 모를 작은 기차역이었다. 승객 다섯 명이 내리고 다른 승객 두 명이 더 올라탔다. 아르헨티나인은 파울로가 별로 말하고 싶은 눈치가 아니라는 걸 알아채고 생각에 잠겨 있도록 내버려두었다. 허나 걱정이 되었다. 파울로의 안색이 완전히 달라진 것이다. 그가 마지막으로 한 번 더 물었다.

"정말 괜찮은 거야?"

"일종의 퇴마 의식을 치르는 중이야."

상대는 이해했고, 입을 다물었다.

파울로는 이곳 유럽에서는 그러한 일이 일어나지 않는다는 것을, 혹은 과거에나 일어났다는 걸 알고 있었다. 그는 사람들이 나치 강제수용소의 가스실로 향하면서, 또는 잔디에 늘어놓은 총살당한 주검들을 지나 커다란 구덩이 앞에 줄지어 서면서, 어떻게 아무 반응도 하지 않을 수 있었는지, 어떻게 도망치거나 학살자들에게 덤벼들려고도 하지 않을 수 있었는지 늘 의문이었다.

답은 매우 간단했다. 거대한 공포가 생각을 마비시킨 것이다. 두뇌가 사고를 완전히 멈추고 더는 공포도 두려움도 없이 그저 상황에 순응하는 기이한 복종 상태가 된 것이다. 감정이 사라지면서 그 자리를 일종의 림보*가 채우고, 과학자들이 아직도 설명하지 못하는 영역에서 모든 일이 벌어진다. 의사들은 이 완전한 감정의 결여, 혹은 그들이 '플랫 어펙트'**라고 일컫는 이 현상에 대해 면밀하게 검사해볼 생각도 하지 않은 채 그저 '스트레스성 일시적 조현병'이라는 이름을 붙였다.

어쩌면 과거의 망령들을 완전히 몰아내는 방법은 그 사건을 처음부터 끝까지 되짚어보는 것이리라.

---

* 라틴어로 '변방' '경계'라는 뜻. 천국과 지옥 사이에 있는 곳.
** flat affect. 무감정.

자동차 뒷좌석에 있던 남자는 호텔에서 그들을 덮친 남자들보다는 인간적으로 보였다.

"걱정 마, 죽이지는 않을 테니까. 바닥에 엎드려 있어."

하지만 파울로는 전혀 걱정하지 않았다. 두뇌가 작동을 멈추었으니까. 마치 평행현실 속으로 진입한 듯했다. 두뇌가 지금 상황을 받아들이기를 거부한 것이다. 그는 그저 기초적인 질문만 할 수 있을 뿐이었다.

"선생님 다리 좀 붙잡아도 될까요?"

"물론." 남자가 대답했다.

파울로는 남자의 다리를 힘껏 붙잡았다. 어쩌면 남자는 생각보다 더 세게 붙들려서 아팠을지도 모르나, 별다른 반응 없이 그

히피 53

를 그냥 내버려두었다. 어쩌면 파울로의 심정을 충분히 짐작하고 한창 나이인 청년이 이런 일을 겪는 걸 두고 보기가 썩 유쾌하지만은 않았을 수도 있었다. 그는 그저 명령대로 움직이는 것이었을 수도.

차는 한참을 질주했다. 이동 시간이 길어질수록 파울로는 자신이 처형당하리라는 확신이 굳어갔다. 파울로는 현재 상황을 이해해보려 애썼다. 특수부대에 납치된 것이고, 공식적으로는 실종자가 될 터였다. 하지만 이제 그게 다 무슨 의미란 말인가?

차가 멈췄다. 누군가 파울로를 차에서 거칠게 끌어내 복도 같은 곳으로 밀었다. 발부리에 문득 장애물이, 막대 비슷한 게 채었다.

"살살요, 제발." 그가 애원했다.

그때 머리통으로 첫번째 주먹이 날아왔다.

"닥쳐, 더러운 테러리스트 새끼!"

파울로는 무너져내렸다. 누군가 그에게 명령했다. 일어나서 복면이 벗겨지지 않게 주의하면서 옷을 모두 벗으라고. 그는 시키는 대로 복종했다. 순간 또다시 주먹이 날아들었다. 어디서 날아드는지 알 수 없었으므로 그는 근육을 긴장시켜 대비할 수 없었고, 통증은 어린 시절 그 어떤 난투극에서 느꼈던 것보다 훨씬 강도가 높았다. 그는 또다시 무너져내렸고, 주먹질은 발길질로 바뀌었다. 누군가 그만하라고 명령할 때까지 십 분에서 십오 분 가량 구타가 이어졌다.

그는 의식은 있었으나 어디가 부러지지는 않았는지 알 수 없었다. 통증이 심해서 몸을 움직일 수조차 없었다. 그런데도 첫 고문을 중지시킨 그 목소리가 그에게 일어나라고 명령했다. 이어서 게릴라 활동, 동지들, 볼리비아에 무엇을 하러 갔는지에 대한 질문들이 쏟아졌다. 체 게바라와 그의 무리들과 접선했는가? 무기는 어디에 감추었는가? 연루된 사실이 드러나면 즉시 눈알을 뽑아버리겠다는 협박도 이어졌다. 또다른 목소리, '착한 경찰'의 목소리가 다른 길을 제시했다. 근처 은행에서 저지른 강도 사건에 대해 자백하는 편이 나을 것이며, 그러면 모든 일이 정리될 거라고 했다. 그러면 파울로는 감방에 갇힐 거고, 그들은 더이상 그를 건드리지 않겠다는 거였다.

파울로는 힘겹게 몸을 일으키던 그 순간, 돌연 마비 상태에서 벗어나 인간의 본성 중 하나라고 생각해온 감각, 바로 생존 본능을 되찾기 시작했다. 이 상황에서 벗어나야 했다. 결백함을 호소해야 했다.

그들은 파울로에게 지난주에 한 일을 물었다. 그는 그들이 마추픽추에 대해 한 번도 들어보지 못했으리라 짐작하면서도 아주 사소한 내용까지 낱낱이 모든 걸 털어놓았다.

"허튼소리로 우릴 속이려고 시간 낭비하지 않는 게 좋을 거야." '악질 경찰'이 말했다. "네 호텔방에서 지도가 나왔어. 금발 여자랑 널 은행 강도 현장에서 본 사람들도 있고."

대체 무슨 지도란 말인가?

복면의 틈새로 남자가 지도를 보여주었다. 칠레에서 만난 어떤 이가 안데스산맥을 통과하는 터널에 이르는 길을 그려준 지도였다.

"공산주의자들은 자기들이 선거에서 승리할 거라고 믿고 있어. 아옌데가 모스크바의 황금으로 라틴아메리카를 통째로 사들일 거라고. 하지만 그들은 완전히 틀렸어. 그들 세력 안에서 네 위치는 어디쯤이지? 브라질에서 누구와 접선하고 있어?"

그는 애원하다시피 모두 다 거짓이며 자신은 단지 세계를 여행하면서 세상을 이해하고 싶었던 젊은이일 뿐이라고 해명했고, 내친김에 여자친구의 소식도 물었다.

"브라질의 민주주의를 무너뜨리려고 공산국가인 유고슬라비아에서 보낸 여자 말이냐? 받아 마땅한 처분을 받았지." 악질 경찰이 대꾸했다.

또다시 공포가 엄습했다. 하지만 그는 정신을 다잡았다. 이 악몽에서 벗어날 방법을 찾아야 했다. 깨어나야 했다.

누군가 그의 양쪽 발 사이에 전선과 크랭크가 달린 금속상자를 내려놓았다. 다른 이가 그 물건은 '전화기'라 불리는 것이고, 금속 집게를 피부에 연결하고 크랭크를 돌리면 "어떤 사내도 배겨내지 못하는" 전기충격이 가해진다고 설명했다.

그 기계를 보자 파울로에게 문득 유일하게 가능한 출구가 떠올랐다. 그는 복종을 접어두고서 목청을 높였다.

"내가 그따위 기계에 겁먹을 줄 아십니까? 고통을 두려워할 줄 알아요? 천만에, 내가 나를 직접 고문할 겁니다! 난 이미 정신병원에 갇혔던 몸이라고요. 한 번도 두 번도 아닌 세 번씩이나. 전기충격이라면 이미 받을 만큼 받아봤어요, 내가 당신네들 대신 할 수도 있을 정도로. 하긴 당신네들도 잘 알겠군요. 내 인생 전체에 대해 알고 있는 듯하니."

이어서 파울로는 자신의 온몸을 피가 나도록 할퀴며 미친듯이 울부짖기 시작했다. 그들이 모든 걸 알고 있으며, 자신을 죽인다 해도 그는 눈 하나 깜짝하지 않을 것이고, 그는 환생을 믿으며 그들을 다시 찾아올 거라고, 다음 세상에 다시 태어나 반드시 그들과 그들의 가족을 찾아낼 거라고.

누군가 다가와 그의 두 손을 붙들었다. 그들 중 누구도 입을 떼지 않았으나 모두 공포에 휩싸여 있다는 게 느껴졌다.

"그만해, 파울로." '착한 경찰'이 말했다. "이 지도에 대해 설명해주겠어?"

파울로는 미친듯이 악을 쓰며 산티아고에서 있었던 일을 설명했다. 자신들은 칠레와 아르헨티나 사이의 터널을 찾고 있었다고.

"내 여자친구는, 내 여자친구는 어딨습니까?"

파울로는 그녀가 들을 수도 있다는 희망에 점점 더 크게 악을 써댔다. 착한 경찰이 그를 달랬다. 짐작하건대 '납의 시대'* 초기에는 폭력성이 아직 극에 달하지는 않은 듯했다.

경찰이 파울로에게 그만 부들거리고 진정하라고, 그가 결백하다면 두려워할 게 하나도 없으며, 일단 그의 진술을 확인해보겠다고 말했다. 그동안 그는 거기에 더 머물러야 했다. 경찰은 정확히 언제까지라고는 밝히지 않았으나 그에게 담배를 건네주었다. 파울로는 다른 이들이 하나둘 자리를 뜨기 시작했다는 걸 알아차렸다. 그는 이들에게 더는 그리 주목할 만한 인물이 아니었다.

"내가 여기서 나가고 문이 닫히는 소리가 들리면 복면을 벗어도 좋아. 누군가 와서 노크를 하면 그때 다시 복면을 써. 필요한

---

* 극우세력과 극좌세력 사이에 정치적 테러가 횡행하던 시기.

정보가 모두 입수되는 대로 넌 풀려나게 될 거야."

"내 여자친구는요?" 파울로는 또다시 소리쳤다.

부당한 일이었다. 그가 아무리 나쁜 아들이었고 수없이 부모의 가슴에 못을 박았더라도 그에게 일어난 일은 부당했다. 그는 결백했다. 그의 손에 총이 있었더라면 그는 아마 그들 모두를 향해 방아쇠를 당겼으리라. 세상에 자신이 저지르지 않은 일에 대해 처벌받을 때 느끼는 감정보다 더 끔찍한 건 없다.

"걱정 마, 우린 극악무도한 강간범이 아니니까. 다만 우리의 조국을 무너뜨리려는 자들을 처단하려는 것뿐이야."

남자가 방에서 나가며 문을 닫았다. 파울로는 복면을 벗었다. 그는 방음벽이 설치된 방에 갇혀 있었고, 이곳에 들어올 때 그의 발부리에 채었던 막대에 대해 비로소 알 수 있었다. 오른쪽 벽에 커다란 불투명 유리창이 있었는데, 아마도 수감자를 감시하는 용도일 터였다. 벽에는 총알 자국이 두세 군데 있었고, 그중 한 군데에는 수감자들 중 누군가에게서 떨어진 듯한 머리카락이 붙어 있었다. 하지만 그는 그 모든 것에 무관심한 척해야 했다. 그는 몸 곳곳을 살폈다. 스스로 만든 할퀸 상처와 핏자국들을. 몸 구석구석을 살폈으나 부러진 데는 없었다. 그들은 자국이 오래 남지 않도록 매질하는 기술자들이었기에, 파울로의 발작에 질겁한 듯했다.

그는 그들이 이제 다음 단계로 리우데자네이루로 연락해 그의 정신병원 수감 이력과 전기충격에 관한 이야기를 확인하고, 그와 여자친구의 여행 경로를 조사하리라 짐작했다. 여자친구가 공산국가 출신인 만큼 그녀의 외국 여권은 그녀에게 사형선고가 될 수도, 그녀를 보호할 수도 있었다.

　　그가 거짓말을 했다면 그는 여러 날 동안 쉼없이 고문을 당할 터였다. 진실을 말했다면 그들은 아마 그가 그저 마약에 중독된 히피이고 풍족한 집안의 아들일 뿐이라는 결론을 내리고서 그를 풀어줄 터였다.

　　그는 거짓말하지 않았고, 그들이 속히 그 사실을 확인하기를 기도했다.

늘 환한 불이 켜져 있고 햇빛이 드는 창문 하나 없는 이곳에 얼마나 오랫동안 갇혀 있었는지 가늠할 수 없었다. 그동안 파울로가 얼굴을 본 이는 사진사 한 사람뿐이었다. 이곳은 감옥일까? 경찰서? 사진사는 그에게 복면을 벗고 옆모습이 보이게 서라고 주문하고는 그의 알몸이 드러나지 않도록 얼굴 높이로 카메라를 들고 사진을 찍더니 더는 아무 말 없이 나가버렸다.

노크 소리조차 일정치 않아 날짜를 가늠하기도 쉽지 않았다. 때로 아침식사를 마친 지 얼마 지나지 않아 바로 점심식사가 들어왔고, 저녁식사가 들어오기까지는 꽤 오래 걸리기도 했다. 화장실에 가려면 복면을 쓰고서 밖에서만 안이 보이는 불투명 유리창을 통해 그들이 들 때까지 문을 두드려야 했다. 그를 화장실로 데려가는 이와 몇 마디 주고받으려고 시도해보았으나 허사였다. 온통 정적이었다.

대부분의 시간 동안 그는 잠을 잤다. 그러다 어느 낮 (혹은 어느 밤이었을까?) 그는 이 시간을 명상이나 무언가 고차원적인 것에 집중하는 데 이용하리라 마음먹었다. 산 후안 데 라 크루스가 영혼의 어두운 밤에 대해 했던 말이 떠올랐다. 수도사들은 사막 한가운데의 동굴이나 히말라야산에 은둔한 채 몇 년이고 보낸다는 것. 그도 그들처럼 자신에게 닥친 재난을 스스로의 수행에 활용할 수 있을 터였다. 생각이 꼬리를 문 끝에 그는 호텔 프런트의 직원이 그들을 밀고한 거라는 결론에 이르렀다. 아마 그와 여자친구가 그 호텔의 유일한 손님이었으리라. 순간 이곳에서 나가는 즉시 그자를 죽이고야 말겠다는 충동이 북받쳤다. 하지만 한편 그자를 진심으로 용서하는 것이야말로 신을 가장 잘 섬기는 방법이라는 생각이 들었다. 그자는 자기가 무슨 짓을 저질렀는지 모를 테니.

하지만 용서란 매우 어려운 기술이었다. 그가 이제까지의 여행을 통해 세계와 교감하고자 했다고 해서, 적어도 지금 인생의 이 국면에서 그의 치렁한 헤어스타일을 노상 놀려대며 "대체 며칠이나 안 씻은 거야?"라고 길거리 한복판에서 외치는 자들이나, 그의 알록달록한 의복을 모호한 성 정체성의 증거로 간주하고서 몇 명의 사내들과 잠자리를 했느냐고 묻는 자들, 또는 "자, 이제 그만 방랑과 마약은 접어두고 멀쩡한 직업을 찾아봐. 네 조국을 경제위기에서 구하기 위한 공동의 노력에 동참하라고!" 하며 충고를 던지는 자들까지 참아야 하는 건 아닐 터였다.

증오심과 억울함과 복수심, 그리고 도저히 용서할 수 없는 마음이 집중을 방해했다. 그가 두 눈으로 똑똑히 목격한 어두운 생각들이 명상을 가로막았다. 저들이 파울로의 가족한테도 알렸을까?

파울로의 부모는 그가 돌아갈 날짜를 정확히 알지는 못했으나 여행이 길어져서 이상하게 여기고 있을 터였다. 그들은 그보다 훨씬 연상인 여자친구에게 모든 책임을 전가하려 했다. 그들은 그녀가 차마 드러낼 수 없는 욕망을 충족시키고, 적대적인 국가에서 이방인으로 살아가는 절망한 귀족의 일상에서 탈피하기 위해 그를 이용했다고 생각했다. 또한 그녀는 애인보다는 어머니를 대신할 여자를 찾는 젊은 남자들의 조종자였다. 그렇다, 그게 부모의 생각이었고, 그의 모든 친구들, 모든 적들, 그리고 누구에게도 문제를 일으키지 않고 세상을 살아가는 이들의 생각이었고, 가족이 다른 이에게 자신의 삶에 대해 애써 설명하게 만들거나 부모를 자기 자식 하나 온전히 키워내지 못하는 이로 만들지 않는 다른 많은 사람들의 생각이었다. 파울로의 누이는 대학에서 화학공학을 전공했고 과에서 가장 우수한 학생 중 하나였으나 부모의 자랑이 되지는 못했다. 부모는 아들을 세상에 편입시키기에만 급급했다.

결국 얼마간의 시간이 흐른 끝에 그는 자기가 당해 마땅한 일을 당했다고 생각하게 되었다. 그의 친구들 중 무장투쟁에 가담한 몇몇은 자신들에게 닥칠 일이 무엇인지 알고 있었다. 그는 그저 자신이 저지른 행동의 대가를 치르는 것뿐이었다. 사람이 아닌 하늘이 내리는 벌이었다. 그동안 그가 유발한 모든 괴로움을 생각하면, 그는 감방의 맨바닥에 벌거숭이로 누워 총알구멍 세 개(그가 수를 세었다)가 난 벽을 바라보며 거기서 아무 힘도 아무 정신적 위안도 얻지 못한 채, 태양의 문에서 겪었던 것과 달리 그에게 계시를 주는 어떤 목소리도 듣지 못하는 게 마땅했다.

그는 잠을 자며 시간을 보냈다. 곧 악몽에서 깨어나리라 수도 없이 생각했지만 깨어나면 늘 같은 장소, 같은 맨바닥이었다. 최악은 지나갔다고 수도 없이 생각했지만 늘 땀이 흥건한 채 잠에서 깨어났고, 문을 두드리는 소리가 들리면 번번이 소스라쳤다. 어쩌면 그들은 그가 한 진술들을 전혀 확인하지 못해서 또다시 고문을 시작할지도 몰랐다. 전보다 더욱 강도 높은 고문을.

누군가 문을 두드렸다. 파울로는 막 저녁식사를 마친 참이었으나, 그의 혼돈을 가중시키려고 벌써 아침식사를 가져왔을 수도 있었다. 그는 복면을 썼다. 문이 열리는 소리가 들리고 이어서 누군가 바닥에 상자 하나를 던졌다.

"옷 입어. 복면 벗어지지 않게 조심하고."

착한 경찰—그가 마음속으로 즐겨 부르는 대로라면 착한 사형집행인—이었다. 남자는 그가 옷을 입고 신발을 신을 때까지 기다렸다가 그의 팔을 잡아 부축하며 문의 막대를 조심하라고 주의를 주었다. 파울로는 화장실에 가느라 문턱을 이미 수십 번이나 넘나들었는데, 아마 남자는 그저 무언가 친절한 말을 해주고 싶었던 듯했다. 그리고 그는 파울로의 몸에 난 상처자국들은 바로 파울로 스스로 낸 것이라는 걸 강조했다.

그들이 삼 분 남짓 걸어가자, 또다른 목소리가 알렸다. "마당에 바리안트가 대기중이야."

바리안트? 파울로는 나중에야 그게 자동차 모델명임을 알았다. 당시엔 "마당에 사형장이 준비됐어" 같은 암호로 생각했다.

그들이 그를 차량 앞까지 데려가더니 복면 밑으로 펜과 종이를 들이밀었다. 그는 읽어볼 생각조차 하지 못했다. 이 비인간적인 감금생활을 끝낼 수만 있다면, 그들이 원하는 모든 것에 서명하고 어떤 자백이라도 할 참이었다. 하지만 착한 사형집행인이 호텔에서 가져온 그의 소지품을 적은 목록이라고 설명했다. 배낭들은 차의 트렁크에 실었다면서.

배낭들! 그는 배낭'들'이라고 말했다. 어찌나 얼떨떨해 있었던지 파울로는 그 사실을 즉시 알아차리지는 못했다.

파울로는 남자가 시키는 대로 서명했다. 맞은편 차문이 열렸다. 그는 복면의 벌어진 틈으로 상황을 살폈고, 익숙한 옷을 알아보았다. 그녀였다! 그들이 그녀한테도 서류에 서명하라고 시켰으나 그녀는 거절했고, 우선 어떤 내용인지 읽어봐야겠다고 말했다. 어조로 보아 그녀는 단 한 순간도 공황에 빠지지 않고 감정을 조절해온 듯했다. 남자는 그녀의 요구를 순순히 수락했다. 서류를 읽고 서명을 마친 그녀는 파울로의 손을 잡았다.

"신체 접촉 금지야." 착한 사형집행인이 지적했다.

그녀는 남자의 말을 무시했다. 파울로는 명령 불복종으로 다시 안으로 보내져 고문을 당할까 덜컥 겁이 났다. 그는 슬쩍 손을 빼보려고 했지만 그녀는 그의 손을 더욱 꽉 잡았다.

착한 사형집행인은 그저 차문을 닫고는 출발하라는 지시를 내렸다. 파울로가 여자친구에게 괜찮은지 묻자, 대답으로 그간 겪은 일들에 대한 원성이 쏟아졌다. 앞자리의 누군가가 낄낄거렸고, 파울로는 제발 부탁이니 조용히 하라고, 나중이든 다른 날이든, 어쩌면 진짜 감옥이 될 수도 있겠지만 그들이 끌려가게 될 곳에서 단둘이 있을 때 얘기하자며 여자친구를 달랬다.

"우리를 풀어줄 게 아니었다면 소지품을 인계했다는 서류에 서명하게 하지도 않았겠지." 그녀가 대꾸했다. 앞자리에서 또다시 웃음소리가 들려왔다. 차에는 운전사 혼자가 아니었다.

"그동안 여자들이 남자들보다 훨씬 용감하고 똑똑하다는 소리는 노상 들어왔지만, 저 둘을 보니 그 말이 사실이로구먼." 앞자리에 탄 사람이 말했다.

이번에는 다른 한 명이 동승자에게 조용히 하라며 주의를 주었다. 차는 얼마간 달리다 멈춰 섰다. 조수석에 앉은 남자가 그들에게 복면을 벗으라고 지시했다.

호텔에서 그들을 잡아왔던 남자들 중 하나로 동양인 혈통이었다. 그가 이제는 만면에 미소를 띤 채 그들과 함께 차에서 내려 트렁크를 열고 배낭을 꺼내어 땅바닥에 던지는 대신 그들에게 건넸다.

"가도 좋아. 다음 사거리에서 왼쪽 방향으로 이십 분쯤 걸어가. 버스터미널이 나올 거야."

그러고는 차로 돌아가 느긋하게 차를 출발시켰다. 마치 지금까지의 모든 일이 대수롭지 않다는 듯. 그게 브라질의 현실이었다. 저들은 권력자였고, 그 누구도 결코 소리 높여 불만을 드러낼 수 없었다.

파울로와 여자친구는 서로를 와락 부둥켜안고는 기나긴 키스를 나눈 뒤 서로를 응시했다. 그리고 터미널을 향해 걷기 시작했다. 그는 그곳에 머무는 게 위험하다고 생각했다. 하지만 그녀는 조금도 변한 데가 없어 보였다. 마치 지난 며칠 동안—몇 주, 몇 달, 혹은 몇 년일까?—그들의 꿈의 여행이 잠시 중단되었을 뿐이고, 좋은 추억들이 훨씬 강렬해서 이 정도의 사건으로 그들의 여행이 퇴색하진 않는다는 듯이. 그는 그녀에게 모든 게 그녀의 잘못이고, 바람이 조각한 기암괴석들을 보기 위해 빌라벨랴에 들르지 말았어야 했다고, 그냥 가던 길을 갔더라면 아무 일도 일어나지 않았을 거라고 말하지 않기 위해서 걸음을 재촉했다. 하지만 그건 그녀의 잘못도, 그의 잘못도, 그들이 아는 누구의 잘못도 아니었다.

그는 너무도 멍청하고 우습고 나약했다. 그는 돌연 극심한 두통을 느꼈다. 걸을 수도 없을 지경이었고 고향으로 달아나거나 태양의 문으로 돌아가 잊힌 고대 주민들에게 무슨 일이 일어난 건지 이해시켜달라고 도움을 요청할 수도 없었다. 그는 벽에 기댔다. 배낭이 스르르 손에서 미끄러지며 땅바닥에 떨어졌다.

"왜 그런 건지 알아?" 그녀가 묻더니 빠르게 대답을 내놓았다. "내가 말해줄게, 우리 나라가 폭격을 당할 때 겪어봐서 알거든. 갇혀 있던 내내 두뇌 활동은 수축되고, 체내 혈액순환도 평소처럼 원활하지 않았기 때문이야. 두세 시간 정도 지나면 괜찮아지겠지만 어쨌든 역에서 아스피린을 사자."

그녀가 파울로의 배낭을 집어들더니 그를 부축해서 천천히 함께 걸었다. 그러다 조금씩 속도를 냈다.

대단한 여자, 실로 대단한 여자였다! 세계의 두 중심—피커딜리서커스와 담광장—으로 떠나자는 제안에 그녀가 자기는 여행에 지쳤고 솔직히 이제 그를 더는 사랑하지 않는다고 대답했을 때 그가 느꼈던 고통이란…… 그들은 각자의 길을 가야 했다.

열차가 멈췄다. 여러 언어로 쓰인, 그가 그토록 두려워했던 표지판이 시야에 들어왔다. 국경 검문소.

경찰 몇 명이 열차에 올라 조사를 시작했다. 나름의 퇴마 의식을 마친 파울로는 침착했다. 하지만 성경 구절, 좀더 정확히는 욥기의 구절이 머릿속에 끊임없이 맴돌았다.

'내가 두려워하는 그것이 내게 임하였구나.'

마음을 다스려야 했다. 공포는 누구에게라도 들키기 쉽기 때문이다.

어쨌든, 아르헨티나인이 말한 대로 그들에게 닥칠 최악의 상황이 입국을 거부당하는 것이라면, 그건 그 자체로는 문제가 아니었다. 국경을 넘을 수 있는 다른 장소는 얼마든지 있었다. 만일 어디에서도 네덜란드의 국경이 열리지 않는다면 다른 세상의 중심이 남아 있었다. 바로 피커딜리서커스.

일 년 반 전의 공포를 되짚어본 후 그는 많이 차분해졌다. 모든 일을 두려움 없이 맞서고, 그저 인생에 일어날 수 있는 사실로 단순하게 받아들여야 한다는 듯. 우리는 우리에게 일어날 일을 선택할 수 없지만 그것에 대처하는 방식은 선택할 수 있다.

그는 지금까지 부당함과 절망과 무기력의 종양이 그의 아스트랄체* 전체로 전이되고 있었다는 걸 깨달았다. 하지만 이제 그는 자유였다.

다시 시작이었다.

경찰들이 그와 아르헨티나인과 다른 여행객 네 명이 차지하고 있는 칸으로 들어왔다. 그의 예상대로 그와 아르헨티나인에게 열차에서 내리라는 명령이 떨어졌다. 아직 해가 완전히 기울지 않았음에도 밖은 조금 쌀쌀했다.

자연은 순환의 법칙을 따르고 이는 인간의 영혼 속에서 되풀이된다. 식물은 꽃을 피워 벌을 유혹하고 벌 덕분에 열매를 맺는다. 열매는 씨앗을 생산하고 씨앗은 다시 식물이 되고 식물은 다

---

* 신비주의에서 일컫는 인간 존재를 구성하는 일곱 개의 몸 중 하나. 물질로서의 인체를 둘러싼 영적 육체.

시 꽃을 피우고 꽃은 벌을 불러들이고 벌은 다시 열매를 맺게 하는 일이 영원히 반복된다. 가을이여, 어서 오라. 새로운 것이 나타나도록 옛것을, 과거의 공포를 떠나보내야 할 순간이다.

열 명 남짓의 젊은 남녀들이 세관 안으로 불려갔다. 누구도 입을 떼지 않았다. 파울로는 아르헨티나인과 가능한 한 멀리 떨어졌고, 그도 그것을 눈치채고는 알은체하거나 말도 걸지 않았다. 그 순간 아르헨티나인은 이 브라질 젊은이가 자기를 의심하고 경계하고 있다는 생각이 들었을 것이다. 하지만 그는 어두운 그림자가 드리웠던 파울로의 얼굴이 다시 환하게 빛나는 모습을 지켜보았다. '빛난다'는 과장된 표현인지도 모르지만, 적어도 그전의 지독한 슬픔은 사라진 후였다.

그들은 차례로 사무실로 불려갔고, 사무실의 입구와 출구가 달랐기에 안에서 무슨 이야기를 나누는지 아무도 알 수 없었다. 파울로는 세번째로 불려 들어갔다.

책상 뒤에 앉은 제복 차림의 공무원이 그에게 여권을 요구하더니 이름들로 가득한 커다란 명부를 넘기기 시작했다.

"제 꿈 중 하나는 세상을⋯⋯" 파울로가 입을 떼었으나, 공무원은 방해하지 말라며 즉시 제지했다.

그의 심장박동이 빨라졌다. 그는 자신을 통제하려고 애썼다. 가을이 왔고, 낙엽이 떨어지기 시작했으며, 이제까지 무기력한 감상주의자에 불과했던 그에게서 새로운 인간이 점차 모습을 드러내고 있다는 확신을 가지려고 애썼다.

부정적인 기운은 더 부정적인 기운을 부른다. 그는 특히 공무원의 한쪽 귀에만 귀걸이가 걸린 걸 알아차린 뒤로 진정하려고 노력했다. 그가 통과해온 국가들에서는 있을 수 없는 일이었다. 서류로 가득찬 사무실과 여왕의 사진과 풍차가 그려진 포스터에 집중하면서 정신을 다른 데로 돌리려고 노력했다. 공무원이 이내 명부를 내려놓고는, 그에게 네덜란드에 무슨 용무로 왔는지가 아니라 귀국할 비용이 충분한지 물었다.

파울로는 그렇다고 대답했다. 그는 오래전부터 어느 나라를 여행하든 무엇보다 귀국 항공권이 있어야 한다는 걸 알고 있었기에, 그가 유럽 땅에 처음으로 발을 디딘 도시인 로마행 왕복 항공권을 비싼 값을 치르고 구입해두었다. 비록 귀국일이 일 년 뒤이긴 했지만. 그가 자신의 말을 증명해 보이기 위해 허리띠 속에 감추어둔 주머니로 손을 가져가자, 공무원이 그럴 필요 없다며 그저 얼마가 있는지만 알려달라고 말했다.

"1600달러 정도 있어요. 그거보다 좀더 많을 수도 있고요. 기차에서 얼마나 썼는지 잘 모르겠어요."

그는 1700달러를 들고서 유럽에 도착했다. 그가 다니던 연극학교의 입학시험을 대비하는 과외 수업으로 번 돈이었다. 가장 저렴했던 유럽행 항공권이 로마로 가는 티켓이었다. 로마에 도착해서 그는 '보이지 않는 편지'를 통해 스페인광장이 히피들의 집결지라는 것을 알게 되었다. 공원에서 잠을 잘 만한 장소를 발견했고, 샌드위치와 아이스크림으로 배를 채웠다. 로마에서 스페인 갈리시아 지방 출신 여자를 만나 사귀고 곧 연인이 되면서 그곳에 계속 머물 수도 있었으리라. 그런데 그의 인생을 확실하게 바꿀 최신 베스트셀러를 사고야 말았다.『하루 5달러로 유럽 여행하기』. 스페인광장에서 여러 날을 보내며 히피들뿐만 아니라 인습적인 사람들, 즉 '고지식한' 사람들도 주요 관광명소뿐만 아니라 도시별로 저렴한 호텔과 식당의 목록을 나열해놓은 그 책을 이용한다는 것을 알게 되었다.

그 책 덕분에 그는 암스테르담에 도착해서 완전히 헤매지 않을 수 있었다. 갈리시아 여자가 그리스 아테네로 떠나겠다고 했을 때 그는 자신의 첫번째 목적지(두번째는 그가 이제껏 누누이 이야기했던 피커딜리서커스였다)로 떠나기로 마음먹었다.

파울로가 재차 돈을 꺼내 보이려 했으나 공무원은 그의 여권에 도장을 찍고 돌려주면서 혹시 과일이나 식물을 소지하고 있는지 물었다. 그가 가방에서 사과 두 알을 꺼내자 공무원은 나가면서 쓰레기통에 버리라고 말했다.

"여기서 암스테르담까지 가려면 어떻게 해야 하죠?"

삼십 분마다 한 번씩 다니는 지역 열차를 타라는 답변이 돌아왔다. 로마에서 구입한 기차표가 그의 최종 목적지까지 유효했다.

파울로는 공무원의 지시대로 반대쪽 문을 통해 다시 밖으로 나와 신선한 공기를 마시며 다음 열차를 기다렸다. 공무원이 그의 말을 순순히 믿어주다니 놀랍기도 하면서 한편으로 기뻤다.

정녕 그는 다른 세상에 와 있었다.

카를라는 담광장에서 마냥 기다리며 오후를 허비하지 않았다. 비가 내리기 시작한데다 그녀가 그토록 기다리는 남자가 내일이 끝나기 전에는 나타난다고 점술가가 장담했기에, 그녀는 영화 〈2001 스페이스 오디세이〉를 보러 극장에 갔다. 그녀는 SF 영화 애호가는 아니었지만, 대다수 사람들이 걸작이라고들 했다.

　　세간의 평처럼 정말 걸작이었다. 영화는 시간을 보내는 데에도 도움이 되었고, 결말부에서는 그녀가 생각해온 바를 보여주었다. 바로 시간은 순환하고 늘 같은 지점으로 되돌아온다는 것. 그걸 믿고 안 믿고는 중요하지 않다. 절대적이고 반박의 여지 없는 사실이니까. 우리는 씨앗에서 태어나, 자라고, 늙고, 죽어서 땅으로 돌아간다. 그리고 다시 씨앗이 되어 머지않아 다른 사람으로 환생한다. 루터교 집안 출신이었지만 한때 가톨릭교에 관심을 갖기도 했던 그녀는 미사를 드릴 때마다 사도신경을 암송했다. 그녀가 제일 좋아하는 구절은 이것이었다.

"……육신의 부활을 믿으며 영원한 삶을 믿나이다. 아멘."

육신의 부활. 한번은 그녀가 신부에게 이 구절을 언급하며 환생에 대해 물었으나, 신부는 그런 이야기가 아니라고 못박았다. 그럼 무엇이냐는 그녀의 물음에 어리석기 짝이 없는 대답이 돌아왔다. 그녀가 이해할 수 있을 만큼 아직 충분히 성숙하지 않았다는 것이었다. 신부도 그녀만큼이나 그 구절에 대해 아는 게 없음을 확인한 뒤로 그녀는 가톨릭과 거리를 두었다.

"아멘." 그녀는 이제 호스텔로 돌아가며 되뇌었다. 신이 그녀에게 말을 걸어올 때를 위해 그녀는 늘 귀를 열어두었다. 성당과 멀어진 후로 그녀는 삶의 의미에 대한 답을 힌두교와 도교, 불교, 아프리카 토속신앙, 요가 등에서 찾고자 했다. 수세기 전 인도의 어느 시인은 이렇게 말했다.

"너의 빛이 온 우주를 가득 채울지니/그것은 깨달음의 대지에 타오르는 사랑의 등불이리라."

그녀에게 사랑이란 생각해보는 일조차 피하고 싶을 만큼 복잡한 것이었기에 그녀는 깨달음이란 자기 자신 안에 있다는 결론에 이르렀다. 이는 결국 각각의 종교 창시자들이 설파했던 것이기도 했다. 이제 그녀는 눈에 보이는 모든 것에서 신을 떠올렸고, 아주 작은 행동 하나하나에서도 생에 대한 감사를 표현하려고 노력했다.

그걸로 충분했다. 최악의 범죄는 생의 기쁨을 죽이는 것이었다.

카를라는 마리화나와 해시시 몇 종류를 파는 '커피숍'에 들어갔다. 그녀는 거기서 커피를 마시고, 다른 젊은 네덜란드 여자와 몇 마디 대화를 나눴다. 이곳에 어울리지 않아 보이는 그 여자 역시 커피를 마시고 있었다. 이름은 빌마였다. 두 사람은 클럽 '파라디소'에 가려다가 이내 마음을 바꿨다. 아마 이곳에서 팔려나가는 마약들처럼 그곳 역시 신선함을 잃어버렸기 때문이리라. 관광객들에게는 별천지였으나 그곳을 지척에 둔 이들에게는 시시했다.

어느 날―먼 미래의 어느 날―정부는 그들이 '문제'라고 일컫는 것에 대한 최상의 해결책은 그 문제들을 합법화하는 거라는 결론을 내리게 될 터였다. 해시시가 신비로운 가장 큰 이유는 금지된 것, 그래서 탐나는 것이기 때문이었다.

"하지만 아무도 관심 없을걸." 카를라의 이야기에 빌마가 말을 보탰다. "그들은 억압을 통해 수익을 버는 사람들이야. 자기들이 더 우월하다고 믿고, 이 사회와 가정의 구원자라고 착각하고 있다고. 마약과의 전쟁은 훌륭한 정치 공약이야. 그들이 그것 말고 다른 무슨 생각을 할 수 있겠어? 아, 그래, 가난과의 전쟁이 있긴 있구나. 하지만 그건 더는 아무도 믿지 않잖아."

두 사람은 입을 다문 채 한동안 각자의 커피잔을 응시했다. 카를라는 영화와 『반지의 제왕』과 자신의 인생에 대해 생각했다. 그녀는 살면서 진정 흥미로운 일을 한 번도 경험하지 못했다. 엄격한 집안에서 태어나 루터교 학교를 다녔고, 성경을 달달 외웠고, 십대 때 그녀처럼 동정이었던 어느 네덜란드 청년과 첫 경험을 했고, 얼마간 유럽을 여행했고, 스무 살에(그녀는 이제 스물세 살이었다) 일자리를 구했다. 그녀에게는 하루하루가 길고 반복적으로 느껴졌다. 그녀는 무엇보다 부모를 거스르려는 이유로 가톨릭교도가 되었고, 독립하여 혼자 살기로 결심했고, 짧게는 이틀에서 길게는 두 달 그녀의 몸과 인생에 드나드는 남자친구들을 수없이 만났다. 그리고 그녀는 그 모든 일을 로테르담과 이 도시의 크레인들과 잿빛 거리와 그녀 친구들의 이야기보다 더 흥미진진한 이야기들이 끊임없이 들어오는 항구 탓으로 돌렸다.

그녀는 외국인들과 더 잘 맞았다. 일상이 된 그녀의 절대 자유가 깨진 적은 단 한 번이었는데, 바로 열 살 연상의 프랑스인과 격정적인 사랑을 하겠다고 결심했을 때였다. 그 남자가 원하는 건 그저 그녀와의 잠자리, 그녀가 두각을 나타냈고 늘 더 잘하려고 노력하던 그 행위일 뿐이라는 것을 냉철하게 판단했으면서도, 그녀는 자신의 온 마음을 사로잡아버린 사랑을 공동의 감정으로 만들 수 있다고 믿었다. 일주일 뒤, 그녀는 자신의 인생에서 사랑의 자리를 진정으로 발견한 적이 없었음을 절감하고 파리에서 그와 헤어졌다. 고통스러웠다. 그녀가 알고 지내던 모든 이들이 결국에는 결혼을 하고, 자식을 낳고, 맛있는 요리를하고, 함께 텔레비전을 보고, 극장에 가고, 전 세계를 여행하고, 집에 돌아오며 뜻밖의 소소한 선물을 안겨줄, 상대의 사소한 배신들을 눈치채더라도 눈감아줄 동반자를 만들 필요성에 대해 이야기하기 시작했기 때문이다. 함께 가정을 꾸리고, 종국엔 자식들이 삶의 유일한 이유라고 선언하며 자식들의 끼니와 자식들의 미래와 학업과 직장 등 그들 인생 전반에 대해 함께 걱정할 누군가를 찾는 일 말이다.

달리 말해, 그런 식으로 머지않아 자식들이 독립할 때까지, 이 땅에서 유용한 존재라는 기분을 느끼는 기간을 몇 해 더 연장하는 것이었다. 자식들이 독립하고 나면 돌연 집이 텅 비어 보일 테고, 유일하게 중요한 때는 온 가족이 모이는 일요일의 점심식사뿐이며, 가족들은 잘 지내는 척하면서 서로 간에 어떤 질투심이나 경쟁심도 없는 듯 행동할 터였다. 실은 내가 너보다 돈을 더 많이 벌어, 내 아내는 건축가야, 우리는 너희가 엄두도 못 낼 집을 샀지 등등, 보이지 않는 검들이 머리 위를 날아다니고 있는데도 말이다.

　이 년 전, 카를라는 이 절대 자유 속에서 사는 것이 더는 아무 의미도 없다는 결론에 도달했다. 그녀는 죽음에 대해 생각하기 시작했고, 수녀원에 들어갈 생각도 했다. 그래서 속세와 완전히 단절되어 살아가는 카르멜회 수녀원에도 찾아갔다. 그곳에서 그녀는 이미 세례를 받았으며 그리스도를 발견했으니 남은 생을 그리스도의 신부가 되어 살아가고 싶다고 말했다. 원장 수녀는 결심을 굳히기 전에 한 달 동안 생각할 시간을 가진 후 다시 오라고 했고, 그녀는 한 달 동안 매일 아침부터 밤까지 좁은 방 안에서 기도를 올리는 삶, 말의 의미가 사라질 만큼 같은 구절을 끝없이 외고 또 외야 하는 삶을 상상해보았다. 그리고 마침내 자신을 광기로 이끌, 매일매일 반복되는 그런 삶을 절대 살아갈 수 없으리라는 걸 깨달았다. 원장 수녀가 옳았다. 그녀는 수녀원으로 되돌아가지 않았다. 절대 자유 속 일상이 녹록지는 않았지만, 새로이 발견하고 해야 할 흥미로운 것들은 늘 생겨났다.

　훌륭한 애인이 되어주기도 했던―훌륭한 애인을 만나는 일은 극히 드물었다―봄베이 출신 선원이 그녀를 동양 신비주의로 이끌었다. 그리하여 그녀는 이번 생에서 자신의 운명은 아주아주 멀리 떠나 따분한, 미치도록 따분한 현재의 환경에서 해방되어, 언젠가 신들이 말을 걸어주기를 고대하며 히말라야의 동굴에서 살아가는 것이라고 생각하게 되었다.

그녀는 구구절절한 이야기는 생략하고 빌마에게 암스테르담에 대해 어떻게 생각하는지 물었다.

"따분해. 미치도록 따분해."

바로 그랬다. 암스테르담뿐만 아니라, 국민들이 정부의 보호 아래 태어나 노인 요양시설과 연금과 거의 무료나 다름없는 건강보험 덕에 노후에 대한 걱정 없이 살아갈 수 있는 네덜란드 사회 전체가 그러했다. 게다가 네덜란드의 왕은 최근 두 세대에 걸쳐 모두 여성이었다. 선대의 여왕 빌헬미나와 앞으로 베아트릭스 공주에게 왕위를 물려주게 될 현대의 율리아나 여왕. 미국에서는 여성들이 성평등을 주장하며 브래지어를 불태우고 있는 동안, 카를라는―결코 가슴이 작지 않았음에도 절대 브래지어를 착용하지 않았다― 왕위 계승 방식에 의해 대대로 권력이 여성들에게 이어지며 어떤 소음이나 전시행위 없이도 오래전부터 평등이 확립되어온 국가에 살고 있었다. 실제로 남편과 아들, 대통령과 왕 들을 조종하는 이는 여성들이었고, 남성들은 나름대로 훌륭한 사령관과 국가수반과 기업의 대표 역할을 수행해나가려 노력했다.

남자들. 그들은 세상을 지배한다고 생각하면서 아내나 정부나 애인이나 어머니의 의견을 묻지 않고는 한 발짝도 떼지 못한다.

　카를라는 문턱을 넘어서야 할 필요성을 느꼈다. 이제껏 탐사하지 못했던 나라의 안과 밖을 발견하고, 하루하루 자신의 에너지를 빨아들이는 듯한 극도의 권태에서 벗어나야 한다고 생각했다.

　그녀는 카드 점술가의 예견이 맞기를 바랐다. 그러나 혹여 점술가가 말한 사람이 내일 나타나지 않더라도 그녀는 어쨌든 혼자서 네팔로 떠날 터였다. 여전히 하렘이 존재하는 국가의 퉁퉁한 술탄에게 '백인 노예'로 팔려갈 위험을 무릅쓰고라도. 물론 그녀는 위협적인 눈빛과 손에 든 무기로 남자보다 더 스스로를 잘 방어할 수 있는 자신을 누군가가 감히 납치할 수 있다고는 생각하지 않았지만.

　카를라는 빌마와 다음날 '파라디소'에서 만나기로 약속하고 호스텔로 향했다. 수많은 사람들이 온 세상을 통과해서라도 다 다르기를 열망하는 도시인 암스테르담에서 그녀가 단조로운 밤을 보내고 있는 곳이었다. 일종의 신호일 수도 있는 뭔가가 들리지는 않을까 싶어 그녀는 계속 귀를 쫑긋 세운 채 인도가 따로 나 있지 않은 골목길을 걸었다. 정확히 무엇인지는 몰라도 신호들은 그렇게 일상 속에 숨어 있다가 불쑥 모습을 드러낼 터였다. 얼굴에 가볍게 콕콕 와닿는 이슬비가 그녀를 현실로 되돌려놓았다. 그녀를 둘러싼 현실이 아니라, 수리남에서 온 마약밀매자들이 암거래를 하는 어두운 골목길을 그녀가 살아서 안전하게 걷고 있다는 현실로 말이다. 그자들은 그들의 소비자들에게 진정한 위험이었다. 그렇다, 그들이 파는 것은 악마의 마약, 코카인과 헤로인이었기 때문이다.

카를라는 다시 광장을 가로질렀다. 이 도시는 로테르담과 달리 골목마다 광장이 있는 듯했다. 빗발이 굵어졌고, 그녀는 '커피숍'에서 사로잡혔던 어두운 생각들에도 불구하고 미소를 지을 수 있는 힘이 남아 있음에 무한한 감사를 느꼈다.

카를라는 마음으로 기도하며 고요히 걸었다. 루터교식 기도도 가톨릭식 기도도 아닌, 그저 몇 시간 전까지만 해도 불평을 늘어놓던 삶에 대한 감사의 기도이자, 단지 바라보기만 해도 영혼의 모순을 해결해주면서 모든 것을 깊은 평화 속에 잠기게 하는 하늘과 땅, 식물들과 동물들에 대한 사랑의 기도였다. 도전하지 않는 삶에서 비롯되는 평화가 아니라, 함께 길을 걸을 동반자가 있든 없든 그녀가 체험하기로 마음먹은 그 모험을 위해 그녀를 단련시키는 평화. 그녀는 천사들이 자신을 따라다니며 들리지 않는 노래를 불러주고 있다고 믿었다. 그녀를 전율하게 만들고, 불순한 생각들로 오염된 머리를 정화해주고, 그녀의 영혼에 가닿게 해주는 노래, 아직 사랑을 알지 못하지만 그녀에게 스스로를 사랑할 것을 가르치는 노래를.

이전에 했던 생각들에 대해 자책하지 않아. 어쩌면 이전에 보았던 영화나 책 때문이었는지도 몰라…… 그저 내 안에 존재하는 아름다움을 보지 못하는 게 오직 나의 무능과 나 자신 때문이었다고 해도 날 용서해줘, 사랑해, 나와 함께 있어줘서, 너의 존재로 나를 축복하고, 나를 쾌락과 공포와 고통의 유혹으로부터 해방시켜줘서 고마워.

버릇대로 그녀는 또다시 자신의 존재 자체에 죄책감을 느끼기 시작했다. 세계적인 박물관들이 밀집된 나라에 살면서, 바로 이 순간 이 도시의 1281개의 다리 중 하나를 건너면서, 한쪽 면에 가로로 나란히 난 창문이 세 개뿐인―그 이상은 과시이며 이웃을 모욕하려는 시도로 간주되었다―주택들을 바라보면서도 죄책감을 느꼈고, 자국민을 지배하는 법에 대해서도, 나아가 이제 사람들은 대항해시대의 스페인인들과 포르투갈인들만을 기억할지라도 오래전 네덜란드 항해사들의 역사를 자랑스러워하고 있다는 사실에도 죄책감을 느꼈다.

네덜란드인들은 역사적으로 단 한 번 실수를 저질렀다. 바로 영국인들과 맨해튼섬을 교환한 것. 허나 완벽한 사람이 어디 있겠는가?

야간 경비원이 호스텔의 문을 열어주었다. 카를라는 최대한 조용히 안으로 들어가서, 잠들기 전 눈을 감고 그녀의 조국에 없는 단 한 가지를 생각했다.

산이었다.

그렇다. 그녀는 산을 향해 떠날 터였다. 길들일 수 없는 자연을 통제하는 데 성공한 결단력 있는 이들이 바다를 통해 정복한 이 거대한 평지에서 머나먼 산을 향해.

그녀는 평소보다 일찍 일어나기로 마음먹었다. 평소엔 오후 한시가 되어서야 호스텔을 나섰지만 오늘은 오전 열한시에 이미 옷을 입고 외출 준비를 끝냈다. 점술가가 말한 여행의 동반자를 만나게 될 날이었다. 점술가가 틀릴 리 없다. 당시 두 사람 모두, 무아지경이 대체로 그러하듯, 정말로 통제할 수 없는 불가사의한 무아지경에 빠져 있었기 때문이다. 점술가 라일라의 입에서 나온 말은 라일라의 말이 아니라 그녀의 '사무실'을 온통 점령하고 있던 보다 힘센 영혼의 말이었다.

정오는 지나야 인파가 몰려들기 시작하는 담광장은 아직 한산했다. 하지만 카를라는—마침내!—새로운 얼굴을 발견했다. 다른 사람들과 비슷한 헤어스타일과 아플리케 패치가 그리 많이 붙어 있지 않은(가장 눈에 띄는 패치는 '브라질'이라는 글자와 함께 자수가 놓인 브라질 국기였다) 상의, 그리고 남아메리카에서 만들어졌을 법한, 알록달록한 편직물 크로스백. 이런 스타일의 가방은 판초와 페루 모자와 함께 전 세계를 여행하는 젊은이들에게 폭발적인 인기를 끌었다. 남자는 담배를 피우고 있었다. 그녀는 그가 앉아 있는 곳 가까이 지나며 냄새를 맡았는데, 별다른 냄새가 나지 않는 걸로 보아 일반적인 담배였다.

남자는 아무것도 하지 않고서 멍하니 광장 반대편의 건물과 주변의 히피들을 관찰하기 바빴다. 아마 누군가와 이야기를 나누고 싶었을 테지만 그의 시선에 소심함이, 과도한 소심함이 얼비쳤다.

그녀는 그를 지켜보기에 좋을 만큼, 네팔로 함께 여행을 떠나자는 제안도 못해보고 그를 떠나보내지는 않을 만큼 적당한 거리를 두고 앉았다. 그의 상의와 가방이 보여주듯 혹여 남자가 이미 브라질과 남아메리카를 거쳐왔고, 더 멀리 떠나고 싶어한다면? 그는 거의 그녀 또래인 듯했고, 경험이 풍부해 보이지 않았다. 그를 설득하기 어렵지 않을 것 같았다. 잘생겼건 못생겼건, 뚱뚱하건 말랐건, 키가 작건 크건, 그런 건 그녀에게 그리 중요치 않았다. 그녀의 유일한 관심사는 자신의 개인적 모험을 함께할 여행의 동반자를 구하는 것이었다.

파울로는 옆을 지나쳐가는 미모의 히피 여자를 눈여겨보았다. 소심해져서 경직되지 않았더라면 그녀에게 미소를 지어 보였을지도 모른다. 하지만 용기가 없었다. 그녀는 딴생각에 빠져 있는 듯 보였고, 어쩌면 누군가를 기다리고 있거나 그도 아니면 비가 내릴 것 같지는 않은 잿빛 아침을 그저 관조하고 싶은 건지도 몰랐다.

그는 맞은편의 아주 빼어난 건축물로 관심을 옮겼다. 『하루 5달러로 유럽 여행하기』에 나온 설명을 보면 이 건물은 왕궁으로, 13659개의 기둥 위에 건축되었다(역시 가이드북에 의하면 비록 아무도 알아채지는 못하지만 이 도시 전체가 기둥 위에 건설되었다고 한다). 건물 입구엔 감시인이 없었고 관광객들이 떼로 몰려 일렬로 입장하거나 나오고 있었다. 그러면 절대 방문하지 않을 유의 장소였다.

누군가의 시선을 받고 있으면 느낌이 오기 마련이다. 파울로는 그 히피 여자가 그의 시야가 미치지 않는 곳에 앉아 그를 흘끔거리고 있다는 걸 알았다. 그가 고개를 돌려 그 사실을 확인하려 들면, 서로 눈이 마주치려는 순간 여자는 황급히 시선을 떨구고 책을 읽기 시작했다.

어떻게 해야 할까? 거의 삼십 분 동안 그는 일어나 그녀 곁으로 가서 앉아야 할지 머릿속으로만 되뇌고 있었다. 누군가와 이야기를 나누거나 자기 경험담을 털어놓기 위해 구태여 핑곗거리나 설명을 보탤 필요 없이 상대에게 다가가 불쑥 말을 건네는 건 암스테르담에서는 흔한 일이리라. 잃을 게 전혀 없고 거절당한다 해도 그런 일이 처음도 아니고 마지막도 아니리라고 스스로를 설득한 끝에, 그는 그녀에게 다가가기 위해 자리에서 일어났다. 그녀는 독서에 빠져 있었다.

카를라는 남자가 다가오는 걸 보았다. 모두가 타인의 영역을 존중하는 이곳에서는 극히 드문 일이었다. 그가 그녀 곁에 앉더니 그런 상황에서 나올 수 있는 가장 어처구니없는 말을 내뱉었다.

"미안합니다."

그녀는 이어질 말을 기다리며 그를 빤히 바라보았으나 그는 묵묵무언이었다. 오 분간 어색한 침묵이 흐르고 그녀가 먼저 입을 열기로 마음먹었다.

"뭐가 미안하다는 거죠?"

"그냥요."

그러나 기쁘고 다행스럽게도, 그가 흔하디흔한 멍청한 말을 늘어놓지는 않았다. 가령 "제가 방해되는 건 아니겠죠?"라든가 "맞은편의 저 건물은 뭐죠?"라든가 "정말 아름다우시네요!"(외국인들은 이 표현을 즐겨 썼다) 또는 "어느 나라 출신이세요?" "그 옷은 어디서 사셨어요?" 등등 말이다.

그녀는 그가 짐작하는 것보다 훨씬 그에게 관심이 많았기에 좀더 적극적으로 다가가기로 마음먹었다.

"소매에 브라질 국기는 왜 달았어요?"

"혹시 다른 브라질인들을 만날까 싶어서요. 제가 거기 출신이거든요. 여기에 아는 사람이 전혀 없는데, 이걸 보고 그들이 흥미로운 사람들을 만나게 해줄 수도 있잖아요."

그렇다면, 강렬한 기운으로 반짝이는 검은 눈동자에 그보다 더 강렬한 피로감이 묻어나는 똑똑한 인상의 이 남자는, 해외에서 고작 자기 나라 사람이나 만나자고 대서양을 건너왔단 말인가?

무척 바보 같은 짓인 것 같았지만, 그녀는 그를 믿어보기로 했다. 바로 네팔 이야기를 꺼내며 대화를 이어나갈 수도 있었고, 혹은 다른 약속이 있다는 핑계를 대거나 아니면 아무 핑계 없이 그냥 그를 혼자 내버려둔 채 담광장의 다른 곳으로 자리를 옮길 수도 있었다.

하지만 그녀는 움직이지 않고 파울로—그의 이름이었다—의 곁에 앉아 있는 편을 택했다. 그리고 이 결정은 그녀의 인생을 완전히 뒤바꾸게 될 터였다.

사랑은 그렇게 시작된다. 비록 그때 그녀는 이 비밀스러운 단어와 그 위험에 대해 꿈에도 상상하지 못했지만. 거기 그들은 함께 있었다. 점술가가 바로 맞혔다. 내부 세계와 외부 세계가 급속도로 가까워지고 있었다. 아마 그도 같은 감정인 것 같았지만 그는 너무 소심해 보였다. 아니면 그는 단지 해시시를 함께 피울 상대가 필요한 것이거나, 더 나쁘게는 그녀와 폰덜공원에서 섹스를 하고 오르가슴 뒤에는 아무 일도 없었다는 듯 각자 갈 길을 가야겠다고 생각하는지도 몰랐다.

어떻게 단 몇 분 만에 한 존재의 본성을 파악하겠는가? 물론 거부감이 느껴지는 누군가라면 재빨리 멀리하겠지만, 그런 상황은 아니었다. 그는 비쩍 말랐지만 머리가 잘 정돈돼 있었고, 그날 아침에 샤워를 한 듯 아직 비누 냄새가 났다.

카를라는 그가 곁으로 와서 앉으며 "미안합니다"라는 어처구니없는 말을 뱉었을 때, 이미 더는 혼자가 아닌 듯한 커다란 행복감을 느꼈다. 그녀는 그와 함께였고 그는 그녀와 함께였으며, 그들은 그 사실을 알았다. 설령 서로 아무 말도 나누지 않고 정확히 무슨 일이 벌어지고 있는지 몰랐다 하더라도. 말로 형용되지 않은 보이지 않는 감정이 이미 자리잡았고, 그들은 그저 그 감정이 선명하게 모습을 드러낼 때를 기다렸다. 위대한 사랑으로 귀결될 수도 있을 수많은 관계들이 그저 흐지부지 끝나버리기도 하는 시점이었다. 지상에서 만난 두 영혼이 이미 그들이 함께할 여정을 알고 지레 겁을 먹거나, 인간이란 늘 '더 나은 것'을 찾는 존재이다보니 서로를 알아갈 시간을 허용하지 않고 인생의 기회를 놓치기 때문이다.

카를라는 영혼이 목소리를 내도록 내버려두었다. 영혼은 늘 믿음직하지만은 않아서 때로 우리를 속이기도 한다. 또한 영혼은 엉뚱한 상황을 받아들여버리고, 머리를 만족시키려 하고, 카를라가 더욱더 깊이 다가서려는 것, 바로 깨달음을 무시하기도 한다. 우리가 자신이라고 믿는, 눈에 보이는 '나'는, 진정한 '나'에게는 낯설기만 한 한정된 지대일 뿐이다. 바로 그렇기에 그토록 많은 사람들이 영혼의 속삭임을 듣지 못한다. 사람들은 영혼을 통제하여 미리 세워둔 자신의 계획대로 흘러가주기를 바란다. 자신들의 욕망과 희망과 미래, 친구들에게 "드디어 내 인생의 사랑을 만났어"라고 선포하고 싶은 욕구, 요양원에서 홀로 생을 마감하는 것에 대한 두려움마저도.

카를라는 더는 속아넘어갈 수 없었다. 자신의 감정이 정확히 무엇인지 모른 채, 더이상 자세한 설명이나 해명 없이 있는 그대로 놓아두고자 했다. 그녀는 마침내 자신의 심장을 덮고 있던 베일을 열어젖히게 되리라는 걸 알았으나, 아직 그 방법과 시기까지는 알지 못했다. 어쨌든 지금은, 그렇게 빨리는 아니었다. 파울로와 서로 잘 지낼 수 있을지 알게 될 때까지 앞으로 몇 시간, 혹은 며칠, 혹은 몇 년 동안 그와 안전거리를 유지하는 게 가장 이상적이리라. 아니, 그녀는 몇 년까지는 아닐 거라 생각했다. 그녀의 목적지는 카트만두의 동굴로 예정되어 있었고, 그곳에서 그녀는 우주와 교감하면서 혼자일 것이기 때문이다.

한편 파울로의 영혼은 아직 모습을 드러내지 않았다. 그로서는 이 여자가 언제 훌쩍 사라져버릴지 전혀 알 수 없었다. 그는 더는 무슨 말을 해야 할지 몰랐고, 그녀도 침묵을 지켰다. 두 사람 모두 침묵을 받아들이고 나란히 앞을 바라보았다. 주변 행인들은 스낵 코너나 식당으로 발걸음을 옮기고 있었고, 사람을 가득 실은 트램이 지나다녔다. 두 사람의 시선은 허공에서 길을 잃은 듯 멍했고, 감정은 다른 차원에 있는 듯했다.

　"점심 먹을래요?"

　여자의 질문을 초대로 받아들인 파울로는 놀랍고도 기뻤다. 이렇게 예쁜 여자가 왜 그에게 점심식사를 함께하자고 제안하는지 이해할 수 없었다. 암스테르담에 도착하고서 시작이 좋았다.

그는 이런 상황을 전혀 예상하지 못했다. 그런데 일이 기대하지 않았던 뜻밖의 방식으로 흘러간다면 이보다 이롭고 즐거울 순 없었다. 조금의 로맨스도 염두에 두지 않았기에 모르는 여자와 나누는 대화는 더욱 유연하고 자연스러웠다.

　　여자는 혼자인가? 그에게 얼마 동안이나 관심을 가질 것인가? 계속 그녀를 곁에 두기 위해 그는 무엇을 해야 하는가?

　　아무것도 하지 않아도 되었다. 폭포수처럼 쏟아지던 어리석은 질문들이 허공 속에 사라졌다. 그는 요기를 한 지 얼마 지나지 않았지만 그녀와 함께 식사하기로 했다. 다만 그녀가 너무 비싼 식당을 고르지 않기를 바랐다. 수중에 있는 돈으로 귀국 항공권에 명시된 날까지 일 년을 버텨야 했다.

　　순례자여, 생각이 다른 데로 쏠렸구나. 마음을 진정하라.
　　부름을 받은 모든 이들이 선택되는 것은 아니니.
　　모든 이들이 입가에 미소를 머금은 채 잠들거나
　　네 눈앞의 것을 보는 건 아니거늘.

　　물론 함께 나눠야 한다. 모두가 알고 있는 사실이지만, 우리는 여정의 끝에 혼자가 되려는 이기심에 굴복하지 말아야 한다. 그 이기심에 빠진 이는 아무 감흥도 없는 공허한 천국을 발견하고 이내 권태 속에 죽어갈 것이다.

우리는 길을 비추는 등불을 모두 차지하고 그것들을 가져갈 순 없다.

그렇게 한다면 우리의 가방은 등불로 가득찰 것이다. 허나 우리 차지로 만들어버린 이 모든 빛이 여행의 동반자를 대신하지는 못할 것이다. 그렇다면 그게 무슨 소용이란 말인가?

하지만 파울로는 마음을 진정하기 힘들었다. 그는 자신이 발견한 모든 것을 기억 속에 각인시켜야 할 필요를 느꼈다. 무기없는 혁명, 국경 검문소도 위험한 커브도 없는 길. 사람들의 나이나 정치적, 종교적 신념과 상관없이 모든 것이 갑자기 젊어진 세계. 마침내 모든 관습을 바꾸며 르네상스가 도래했다고 말하듯 떠오르는 태양. 언젠가 머지않은 미래에 우리는 더는 남들의 의견에 좌우되지 않고 오직 삶을 바라보는 자신만의 방식으로 살아가리라.

노란색 옷을 입은 사람들이 길에서 춤을 추며 노래했다. 각양각색의 옷들, 행인들에게 장미꽃을 나누어주는 아가씨, 모두의 입가에 걸린 미소…… 그렇다, 라틴아메리카와 전 세계에서 벌어졌던 모든 사건들에도 불구하고 내일은 오늘보다 나을 것이었다. 다른 선택의 여지가 없고, 우리는 과거로 돌아갈 수 없으며, 다시는 도덕주의와 위선과 거짓말이 이 땅의 주민들의 낮과 밤을 점령할 수 없을 터이기 때문이었다. 그는 자신이 기차에서 했던 일종의 퇴마 의식과, 가까운 이들을 포함하여 모르는 사람들까지 포함한 모든 이들로부터 끊임없이 받았던 숱한 비난을 떠올렸다. 부모님의 고통을 떠올렸을 때는 그들에게 당장 전화를 걸어 이렇게 말하고 싶은 충동이 일었다.

걱정하지 마세요. 난 잘 지내고 있고, 아빠 엄마도 곧 대학에 가서 학위를 따고 직장에 들어가는 것이 나와 맞지 않는 일이었다는 걸 아시게 될 거예요. 난 자유로운 영혼으로 태어났고, 내 방식으로 살아남을 수 있어요. 끊임없이 무언가를 할게요. 돈을 벌 방법도 얼마든지 찾을 수 있어요. 언제든 결혼을 해서 가정을 꾸릴 수도 있겠지만 지금은 아니에요. 지금은 그저 예수가 천국으로 이끌었던 아이들의 기쁨을 만끽하며 지금, 여기, 오늘을 살아가야 할 때예요. 만일 농부가 되어야 한다면 문제없이 그렇게 할 거예요. 그럼 땅과 태양과 비와 접촉하며 살아갈 수 있을 테니까요. 만일 사무실에 갇혀야 한다면, 그 또한 문제없이 해낼 거고요. 내 곁에 다른 사람들이 생기고, 우린 그룹을 형성하게 될 거예요. 하루가 끝나고 반복되는 업무의 피로를 씻기 위해 테이블에 둘러앉아 함께 즐겁게 얘기하고 기도하고 웃을 거예요. 또한 혼자 지내야 한다면 혼자가 될 거예요. 혹시 내가 사랑에 빠져서 결혼이 하고 싶어진다면 결혼을 할 거고요. 내 인생의 사랑이 될 내 아내는 나의 기쁨을 남자가 한 여자에게 줄 수 있는 가장 큰 축복으로 받아들이리라 확신하거든요.

  그와 나란히 걷던 여자가 걸음을 멈추더니 꽃을 샀다. 그리고 그걸 들고 가는 대신 두 개의 작은 다발로 만들어 하나는 그의 머리에, 다른 하나는 자신의 머리에 꽂았다. 그 행동은 우스꽝스럽기는커녕 수천 년 전에 그리스인들이 전쟁 승리자들과 영웅들과 시인들에게 황금관이 아닌 월계관을 수여하며 찬미했던 것처럼 그들 삶의 작은 승리를 축하하는 방식이었다. 월계관은 금세 시들어버렸으나 가벼웠고 왕과 왕비들의 왕관처럼 끊임없이 지킬 필요도 없었다. 파울로와 카를라는 길에서 자신들과 비슷한 머리 장식을 한 이들을 숱하게 마주쳤고, 모두가 훨씬 아름다워 보였다.
  거리에는 나무 플루트와 바이올린과 기타와 시타르를 연주하는 사람들이 있었다. 그들의 멜로디가 무질서한 화음을 자아냈으나, 이 도시의 대부분을 이루는, 보도가 따로 없고 자전거들이 넘쳐나는 골목과 조화를 이루었다. 시간은 느려지는가 하면 이내 빨라졌다. 파울로는 그 속도감에 휩쓸려 이 꿈이 끝나버리는 건 아닐지 두려웠다.
  바로 그 순간 그는 그 거리에 있지 않고, 여러 인물들이 생생히 살아 움직이는 꿈속에 있었다. 그들은 저마다 각기 다른 언어로 이야기하며 그의 곁에 있는 여자를 바라보기 위해 몸을 돌렸고 그녀의 아름다움에 미소를 보냈다. 그녀도 그들에게 미소를 보내주었다. 순간 날카로운 질투심이 솟구쳤으나, 이내 그녀가 누구도 아닌 바로 자신을 동반자로 선택했다는 자부심으로 바뀌었다.

거리의 상인들이 향이며 팔찌며 페루나 볼리비아에서 생산된 듯한 알록달록한 옷들을 팔기 위해 그들을 잡아끌었다. 파울로는 죄다 사고 싶었다. 상인들이 다른 상점의 판매원들과 달리, 물건을 사지 않아도 미소를 잃지 않았고 화를 내지도 않았고 그 이상 강요하지도 않았기 때문이다. 그가 물건 하나를 사주면 그들이 이 천국에서 하루를 더 보낼 수 있게 되는지도 모르나, 그들 모두가 이 세상에서 살아남는 법을 알고 있으리라고 그는 확신했다. 파울로는 최대한 돈을 아껴서 이 도시에서 살아나갈 방법을 강구해야 했다. 그의 귀국 항공권이 바지 안 허리띠에 매달린 주머니 속에서 점점 무게를 더하며 그에게 꿈에서 떠나 현실로 돌아가야 할 때라고 알려줄 때까지.

현실은 이 거리와 공원에서, 작은 탁자 위에 놓인 안내문과 사진들 속에서 불쑥불쑥 모습을 드러냈다. 사진들 속에는 베트남에서 벌어지고 있는 참상이, 베트남에서 어느 사령관이 베트콩을 가차없이 처단하고 있는 모습이 담겨 있었다. 사람들은 탄원서에 서명만 해달라는 요청을 받았고, 누구도 거절하지 못했다.

그 무렵, 르네상스가 세상에 완전히 도래하기까지는 아직 멀었다는 걸 그는 잘 알고 있었다. 허나 그는 르네상스가 다시 시작되었다고 확신했다. 그렇다, 르네상스는 다시 시작되었다. 이 거리의 젊은이들은 이 순간 그들이 체험하고 있는 것들을 기억할 것이고, 고국으로 돌아가서는 평화와 사랑의 메신저가 될 터였다. 새로운 세상은 가능했다. 억압과 증오로부터, 아내를 구타하는 남편들로부터, 사람을 거꾸로 매달아놓고서 서서히 고통스럽게 죽이는 고문관들로부터 마침내 해방된 세상이……

……그가 정의감을 잃은 건 아니었다―그는 여전히 세상을 지배하는 부당함에 경악했으나, 지금으로서는 휴식과 재충전이 필요했다. 그는 극심한 공포로 청춘의 한 부분을 탕진했고, 이제 삶과 정면으로 맞서 미지의 길을 용감하게 걸어나가야 할 때가 된 것이다.

두 사람은 파이프와 색색의 숄과 동양적 그림들과 옷에 붙이는 아플리케 패치 따위를 판매하는 십여 개의 상점 중 하나로 들어갔다. 파울로는 그곳에서 찾고 있던 물건을 발견했다. 작은 별

모양 금속 배지들. 호스텔에 돌아가서 재킷에 그것들을 달아둘 터였다.

이 도시의 수많은 공원들 가운데 한 곳에서 젊은 여자 세 명이 셔츠도 브래지어도 벗은 채로 두 눈을 감은 채 머지않아 자취를 감출 기우는 해를 향해 요가 자세로 명상에 잠겨 있었다. 봄이 오려면 아직 두 계절을 지나야 했다. 그는 공원을 가로지르며 일터로 오가는 나이든 사람들을 유심히 관찰했다. 그들은 이 여자들을 거들떠보지도 않았다. 이곳에서 나체는 처벌이나 비난의 대상이 아니었다. 각자가 자기 몸의 주인이었고, 각자의 몸은 각자 알아서 할 일이었다.

그리고 티셔츠. 티셔츠 위에 새겨진 수많은 메시지들이 때로 지미 헨드릭스나 짐 모리슨, 재니스 조플린 등 우상의 사진과 함께 거리를 활보했으나, 대부분은 르네상스의 복음을 설파했다.

오늘은 네 남은 인생의 첫날이다.

하나의 꿈이 천 가지 현실보다 더 힘이 세다.

모든 꿈은 꿈꾸는 자를 필요로 한다.

그중에 이 문장이 특히 그의 주의를 끌었다.

꿈은 예측할 수 없는 것이다. 따라서 꿈을 꿀 용기가 없는 이들에게는 위험하다.

바로 그랬다. 제도는 꿈을 용인하지 못했으나, 미국이 베트남

전에서 패배하기 전에 꿈이 제도를 무너뜨릴 터였다.

그는 믿었다. 그는 광기를 선택했고, 이제부터 그 광기를 온전히 누리고, 그를 향한 부름이 들릴 때까지, 세상을 바꾸는 데 도움이 될 행동을 하라는 부름이 들릴 때까지 그 자리에 머물 터였다. 그의 꿈은 작가가 되는 것이었으나 아직은 너무 일렀다. 그는 과연 책 속에 세상을 바꿀 힘이 있는지 확신할 수 없었지만 다른 사람들에게 그들이 보지 못하는 걸 보여주기 위해 최선을 다할 터였다.

한 가지는 확실했다. 바로 과거로 되돌아가기란 불가능하다는 것. 이제부터는 빛의 길만이 남아 있다는 것.

그는 브라질 커플과 마주쳤다. 티아구와 타비타가 그의 재킷에 붙어 있던 국기 패치를 알아보고 다가와 그에게 자신들을 소개했다.

"우리는 신의 아이들입니다." 그들은 이렇게 말하고는 그를 자신들의 삶의 터전으로 초대했다.

그런데 우리 모두가 신의 아이들이 아니었던가?

그렇다, 하지만 그들은 어느 계시자가 창시한 종교의 신도들이었다. 그러니 그는 그들에 대해 좀더 알고 싶어하지 않았겠는가?

파울로는 물론 그들을 따라가겠노라 말했다. 하루의 끝 무렵 카를라가 그를 떠나려 할 때쯤, 그는 이미 새로운 친구들과 함께 하게 되리라.

그런데 카를라는 그들이 멀어지자마자 파울로의 옷에 붙은 패치를 뜯어냈다.

"아까 상점에서 네가 찾고 있던 걸 샀잖아. 별이 국기보다 훨씬 예뻐. 원한다면 국기 대신 이집트 앙크나 히피 상징을 붙여줄게."

"그럴 필요 없어. 넌 내 의견을 묻고, 내가 이걸 계속 붙이고 있을지 떼어낼지 결정하게 해야 했어. 난 조국을 사랑하는 동시에 혐오하지만 그건 전적으로 내 문제야. 네가 이곳에서 내가 아는 유일한 사람이라고 해서, 내가 그런 너에게 의지한다고 해서, 나에게 해야 할 일을 명령하거나 날 마음대로 휘두를 수 있다고 생각한다면, 당장 여기서 헤어지자. 저렴한 식당은 내가 알아서 찾을 수 있으니까."

그의 목소리가 굳어졌다. 카를라는 놀랐지만 그의 반응을 긍정적으로 받아들였다. 그는 낯선 도시에서도 남의 손에 휘둘리는 바보가 아니었다. 그는 이미 많은 일을 경험해왔을 터였다.

카를라가 그에게 패치를 돌려주었다.

"이건 다른 데다 뒈. 난 알아듣지 못하는 언어로 너희들끼리만 얘기하는 건 무례하다고. 이렇게 멀리 와서까지 네 나라에서도 얼마든지 만날 수 있는 사람들과 관계를 맺는 건 상상력 부족이야. 네가 또 포르투갈어로 말한다면 나도 네덜란드어로 말할 거야. 그럼 우리 사이에 더는 대화가 불가능하겠지."

식당은 저렴한 정도가 아니었다. 무료였다. 이 마법 같은 단어로 인해 모든 것이 대체로 훨씬 맛있게 느껴졌다.

"비용을 다 누가 대는 거죠? 정부에서?"

"네덜란드 정부는 국민이 배를 곯는 걸 두고 보지 않죠. 하지만 여기 밥값은 우리 종교에 귀의한 조지 해리슨의 주머니에서 나왔습니다."

카를라는 관심 있는 척 그러나 권태가 역력한 표정으로 그들의 대화를 듣고 있었다. 파울로는 오는 길에 한마디도 하지 않음으로써 점술가의 말을 입증했다. 이 남자는 네팔 여행의 이상적인 동반자였다. 그는 말수가 적었고 자기 의견을 관철시키려 하지 않았으나, 패치 사건으로 자신의 권리를 완벽하게 지킬 줄 안다는 것을 보여주었다. 이제 카를라는 네팔 여행을 화제에 올릴 적당한 기회만 찾으면 되었다.

그들은 뷔페 테이블로 가서, 오렌지색 옷을 입은 관계자 한 사람이 새로 온 이들에게 자신들이 누구인지에 대해 늘어놓는 설명을 들으며 다양하고 맛있는 채식요리들을 접시에 담았다. 새로 온 이들은 여럿이었다. 이 시기의 사람들을 개종시키기란 어린애 장난처럼 수월했다. 서구인들은 동양의 이국적인 땅에서 온 것이라면 무엇이든 떠받들었다.

"이곳에 오면서 아마 우리 신도들과 마주쳤을 겁니다." 흰 턱수염이 나고 나이가 지긋해 보이는 남자가 말했다. 그는 평생 동안 죄라고는 지어본 적이 없을 것만 같은 느낌이었다. "우리의 원래 명칭은 꽤나 복잡해요. 그러니 그냥 '하레 크리슈나'라고 부르시면 됩니다. 지난 수세기 동안 이 이름으로 알려졌거든요. '하레 크리슈나, 하레 라마'*를 계속 외면 영혼이 비워지고 그 자리에 건강한 기운이 깃든다고 믿기 때문이에요. 우리는 만물은 하나이고, 우리 모두 하나의 영혼을 공유하며, 영혼에 스며든 미량의 빛들이 주변의 어둠을 밝힌다고 믿습니다. 그렇습니다. 원하시는 분은 나가실 때 '바가바드기타'**를 한 권 가져가시고, 정식 신자 등록을 하실 분들은 서류를 작성해주세요. 아무것도 잃으

---

* '크리슈나를 찬양합니다. 라마신이여'라는 뜻.
** 힌두교 경전 중 하나. 산스크리트어로 '신의 노래'라는 뜻.

실 게 없을 거예요. 절대신이 동족과의 전쟁에 나가며 죄책감을 느끼는 전사에게 약속했거든요. 아무도 죽이지 않고, 아무도 죽지 않을 것이다. 그는 다만 그의 의무를 다하고 명령을 수행하는 것일 뿐이라고요."

그는 앞서 언급한 경전을 집어들었다. 파울로는 호기심어린 표정으로 구루를 응시했고, 카를라는 호기심어린 표정으로 파울로를 바라보았다. 그는 이런 이야기들을 한 번도 들어본 적이 없는 게 분명하다고 카를라는 생각했다.

"오, 쿤티의 아들이여, 네가 전장에서 죽는다면 하늘나라로 인도될 것이고, 적들을 물리친다면 네가 꿈꾸던 것을 쟁취할 것이다. 그러니 이 전쟁의 목적에 의문을 품기보다는 일어나 싸우거라……"

구루가 책을 덮었다.

"이게 바로 우리가 해야 할 일입니다. '이건 옳아' 혹은 '이건 옳지 못해'라고 말하는 데 시간을 허비하는 대신, 우리에게 주어진 운명을 완수해야만 하죠. 바로 그 운명이 오늘 여러분을 이곳으로 이끌었고요. 원하는 분들은 식사 후에 우리와 함께 거리로 나가 춤을 추고 노래를 하시죠."

파울로의 눈빛이 더욱 반짝였다. 그가 더 말할 필요가 없었다. 카를라는 이미 그의 의중을 파악하고 있었다.

"설마 같이 나가려고?"

"맞아. 난 거리에서 그렇게 춤추고 노래해본 적이 한 번도 없거든."

"저들이 혼인 이후에는 출산을 위한 섹스 외에 쾌락을 위한 섹스는 허용하지 않는다는 거 알아? 세상의 이치에 통달한 척하는 집단이 그런 아름다운 행위를 거부하고 부정하고 금지하는 게 말이 된다고 생각해?"

"섹스에 대해선 생각해보지 않았어. 난 그저 춤과 노래만 생각했어. 음악을 듣지 않고 노래를 부르지 않은 지 정말 오래됐거든. 그야말로 내 인생의 블랙홀이야."

"오늘밤에 내가 노래하고 춤추는 데로 데려다줄 수 있어."

이 여자는 왜 이렇게까지 그한테 관심을 보이는 걸까? 그녀라면 원한다면 언제든지 원하는 남자를 찾을 수 있을 터였다. 파울로는 기차에서 만난 아르헨티나인을 떠올렸다. 혹시 이 여자도 그로서는 털끝만큼도 관심이 없는 모종의 일을 함께 꾸밀 사람이 필요한 건 아닐까? 그는 그녀를 슬쩍 떠보았다.

"혹시 '해 뜨는 집'이라고 알아?"

그의 물음은 세 가지로 해석될 수 있었다. 그녀가 그 노래를 아는지(애니멀스가 부른 〈더 하우스 오브 더 라이징 선〉), 그 노래의 의미를 아는지, 그리고 궁극적으로, 그곳에 가고 싶은 마음이 있는지.

"허튼소리 그만둬."

이 남자, 그녀가 처음엔 똑똑하고 매력적이며 과묵하고 다루기 쉽다고 여겼던 이 남자는 모든 걸 오해하고 있는 듯했다. 게다가 믿기 어렵게도, 그가 그녀를 필요로 하는 것보다 더 그녀가 그를 아쉬워하고 있었다.

"그래, 좋아. 저 사람들 따라갔다 와, 난 멀리서 그냥 보기만 할게. 나중에 만나자."

그녀는 이렇게 덧붙이고 싶었다. "하레 크리슈나는 이미 옛날에 겪어봤거든." 하지만 먹잇감을 놀라게 하지 않기 위해 말을 삼켰다.

인생이 평화로워 보이는, 오렌지색 옷을 입은 이 사람들과 함께 종을 울리며 목이 터져라 노래 부르고 깡충깡충 뛰고 펄쩍펄쩍 뛰어오르는 즐거움이란! 다섯 명의 새 얼굴 역시 그룹에 합류했고, 행렬이 이어질수록 무리는 점점 더 늘어났다. 파울로는 이따금 고개를 돌려 카를라가 여전히 따라오고 있는지 확인했다. 그녀를 잃고 싶지 않았다. 두 사람은 불가사의한 이유로 가까워졌고, 이 불가사의함은 전혀 알 수 없더라도 이해하려 하기보다는 그대로 두어야 했다. 그녀는 이 수도자들, 혹은 견습 수도자들의 일행으로 보이지 않기 위해 적당한 거리를 유지한 채 여전히 자리를 지키고 있었다. 두 사람은 눈이 마주칠 때마다 서로 미소를 지었다.

두 사람 사이에서 관계의 끈이 서서히 이어졌고 또 단단해졌다.

그는 어릴 적 읽었던 동화 '하멜른의 피리 부는 사나이'를 떠올렸다. 쥐떼를 몰아내주면 보상하겠다던 약속을 지키지 않은 도시에 복수하기 위해 피리 소리로 도시의 아이들을 홀려 멀리 데려가버리는 사나이의 이야기. 그와 유사한 상황이 파울로에게 일어나고 있었다. 그는 다시 어린아이가 되어 길 한복판에서 춤을 추고 있었다. 마법 관련 서적들에 빠져 몇 해를 보내고, 복잡한 의식들을 치르며 자신이 진정한 신의 화신에 가까워지고 있다고 믿던 시절과는 전혀 달랐다. 어쩌면 그가 정말로 변했거나, 혹은 그렇지 않았을 수도 있다. 어쨌든 춤과 노래는 그때와 똑같은 의식 상태에 도달하는 데 도움이 되었다.

만트라를 외고 펄쩍펄쩍 뛰기를 반복하며 그에게는 생각과 논리와 도시의 거리들이 더는 아무 의미가 없는 상태에 이르기 시작했다. 머리가 말끔히 비워졌고, 이따금 카를라가 여전히 그를 지켜보고 있는지 확인할 때만 현실로 돌아왔다. 그랬다. 그녀는 여전히 거기 있었고, 그녀를 알게 된 지 비록 세 시간 남짓에 불과했지만 그녀가 그의 인생에 오래도록 함께해준다면 더없이 좋을 터였다.

그녀도 자신과 같은 마음이리라 그는 확신했다. 그렇지 않았다면 벌써 가버렸을 테니까.

그는 크리슈나가 전쟁을 앞둔 전사 아르주나에게 해주었던 말들을 더 잘 이해하게 되었다. 경전에 나오는 말과 완전히 같지는 않으나, 그의 영혼에 이렇게 영감을 불어넣었다.

싸워라, 전투를 앞두고 있으니 너는 싸워야 한다.

싸워라, 우주와 천체와 폭발하는 태양과 영원히 창백하게 스러지는 별들과 조화를 이루고 있으니.

싸워라, 성과나 이득에, 손실이나 전략에, 승리나 패배에 개의치 말고, 너의 운명을 완수하기 위하여.

스스로의 만족을 추구하지 말고, 우주와 찰나의 교감만을 허락하며 질문도 의혹도 없는 완전무결한 헌신을 요구하는 큰 사랑에 감사하라. 다른 무엇도 아닌 오직 사랑을 위해 사랑하라.

누구에게도 강요받지 않고 아무 의무도 없는 사랑, 오직 존재하고 드러낼 수 있어서 기쁜 사랑을 하라.

그들의 행렬이 담광장까지 이르러 광장을 돌기 시작했을 때, 파울로는 카를라가 다가올 수 있도록 행렬에서 빠져나왔다. 그녀는 달라 보였다. 그의 존재로 인해 보다 평온하고 느긋해 보였다. 태양은 이전만큼 뜨겁지 않았다. 공원에서 가슴을 드러내고 명상하던 여자들도 이젠 떠나고 없을 듯했다. 하지만 주위의 모든 게 그의 기대와는 반대로 보였다. 왼쪽에서 눈이 부실 정도로 환한 빛이 비치고 있었던 것이다. 두 사람은 아무 할 일이 없었기에 무슨 일인지 살펴보기로 했다.

전라의 여성 모델이 튤립 한 송이로 성기만 가린 채 조명을 받고 서 있었다. 뒤쪽으로 담광장 한가운데의 오벨리스크가 보였다. 카를라가 스태프 한 사람에게 뭘 하는 중인지 물었다.

"관광공사에서 주문한 포스터를 촬영중이에요."

"외국 사람들한테 네덜란드를 이런 식으로 판다고요? 이곳에선 사람들이 도시를 벌거벗고 활보한다고?"

스태프는 대꾸 없이 자리를 떴다. 촬영이 중단됐다. 메이크업 담당자가 모델에게 다가가 오른쪽 젖가슴의 분장을 고쳤다. 그 사이 카를라는 다른 스태프에게 같은 질문을 던졌다. 사내가 다소 성가신 표정으로 방해하지 말아달라고 했으나 카를라는 집요했다.

"그런데 좀 초조해 보이시네요. 무슨 문제라도 있나요?"

"해 때문에요. 좀 있으면 해가 떨어질 거고 그럼 광장이 어둑해질 거예요." 스태프가 카를라를 쫓아버릴 요량으로 대답했다.

"여기 분이 아니로군요? 지금은 초가을이고, 일곱시까지는 해가 있을 거예요. 게다가 저한테는 해를 붙들어놓는 능력도 있답니다."

사내가 놀란 기색으로 카를라를 바라보았다. 그녀는 끝내 성공적으로 사내의 관심을 끌었다.

"왜 튤립으로 성기를 가린 벌거벗은 여자 사진으로 포스터를 만드는 거죠? 전 세계에 네덜란드를 그런 모습으로 팔고 싶은가요?"

사내가 애써 짜증을 억누른 목소리로 대답했다.

"네덜란드라니요? 누가 여기가 네덜란드랍디까? 길 쪽으로 나지막하게 난 창문에 실내가 다 비치는 레이스 커튼을 달고서, 안에서 무슨 일이 일어나는지, 누가 죄를 짓고 있지 않은지 훤히 보이고, 각 가정의 삶이 펼쳐놓은 책처럼 훤한 곳이요? 그게 네덜란드죠, 아가씨. 면죄를 증명할 때까지 모두가 죄인이고, 모두의 마음과 정신과 육체와 감정 속에 죄의식이 자리하고, 선택받은 몇몇만이 신의 은총을 통해 구원받을 수 있다고 생각하는 나라, 칼뱅주의가 지배하는 나라요. 네덜란드인이면서 아직까지 그것도 몰랐단 말입니까?"

그는 담배에 불을 붙였고, 좀전까진 기세등등했으나 이내 의기소침해진 카를라를 응시했다.

"하지만 여긴 그냥 네덜란드가 아니라 암스테르담이라고, 아가씨. 유리창 안에 창녀들이 있고 거리에 마약중독자들이 활보하는 곳. 암스테르담은 보이지 않는 봉쇄선으로 둘러쳐져 있어요. 이 도시 밖에서 똑같이 행동했다가는 봉변을 당할 거라고요. 옷을 멋지게 차려입지 않는 한, 푸대접을 당하는 정도가 아니라 아예 받아주는 호텔이 단 한 곳도 없을 테니까. 아가씨도 다 아는 사실이잖아요, 안 그래요? 그러니 제발 그만 저쪽으로 물러나주시죠, 우린 일을 해야 하니까."

정작 물러난 건 그였다. 마치 따귀라도 언어맞은 듯 어안이 벙벙해진 카를라를 남겨두고서. 파울로가 그녀를 위로하려 했으나 그녀는 이렇게 중얼거렸다.

"맞아. 맞는 말이야, 사실이라고."

어떻게 사실이란 말인가? 국경의 공무원조차 귀걸이를 하고 있었는데!

"이 도시 주위엔 보이지 않는 벽이 있어." 카를라가 말했다. "방종을 원해? 그럼 누구든 원하는 걸 거의 모두 다 할 수 있는 곳으로 안내해줄게. 하지만 이 도시의 경계는 넘지 말아야 해, 그 즉시 마약밀매로 체포될 테니까. 판매가 아니라 혼자 소비하기만 했더라도 말이야. 아니면 풍기문란 명목이 될 수도 있고. 브래지어도 착용해야 하고, 윤리와 도덕을 준수해야 하거든. 이 나라가 발전하려면."

파울로는 흠칫 놀랐다. 자리를 뜨며 카를라가 말했다.

"그럼 이따 밤 아홉시에 여기서 만나자. 약속대로 진짜 음악을 듣고 춤출 수 있는 곳으로 데려가줄게."

"꼭 그러지 않아도⋯⋯"

"당연히 그래야지. 이따 나 헛걸음하게 하지 마. 이제껏 남자한테 바람맞아본 적은 없으니까."

카를라는 걱정스러웠다. 길에서 춤추고 노래하던 행렬에 합류하지 않았던 게 후회스러웠다. 파울로와 더 가까워질 기회였을 것이다. 하지만 달리 생각하면 모든 커플에겐 위기가 필요하지 않던가.

커플이라고?

"난 늘 사람들 얘기를 죄다 믿으며 살았는데, 그럼 결국 남는 건 실망뿐이더라고." 그녀가 자주 듣던 말이었다. "넌 그런 적 없어?"

물론 그녀도 마찬가지였다. 하지만 이제 스물세 살이 된 그녀는 스스로를 더 잘 지켜낼 수 있었다. 다른 사람을 믿는 대신 할 수 있는 유일한 선택은 늘 방어적인 사람이 되는 것이었다. 그래서 타인을 사랑하거나 결단을 내리지 못하고 늘 남에게 잘못을 떠넘기곤 했다. 그러한 삶에 무슨 즐거움이 있겠는가.

스스로를 믿는 사람은 타인도 믿을 수 있다. 그리고 그런 사람은 배신을 당하더라도—그런 때는 언제든 오기 마련이고, 그저 살다보면 겪게 되는 일일 뿐이다―스스로를 지켜낼 힘이 있다.
위험을 감수하는 것, 인생을 더욱 풍요롭게 만드는 건 그것이다.

카를라가 그를 데려간 클럽은 '파라디소'라는 도발적인 이름
으로 불렸다. 그곳은 원래…… 교회였다. 이 지역 신도들을 수
용하기 위해 19세기에 지어진 곳으로, 1950년대 중반부터 루터
의 종교개혁을 개혁하자고 설파했음에도 불구하고 교회는 더이
상 신도들을 끌어들이지 못했다. 1965년, 건물 유지비를 감당하
지 못한 마지막 신도 몇몇이 교회를 버리고 떠났고, 그로부터 이
년 뒤 토론이며 콘퍼런스며 콘서트 등 정치적 활동에 교회의 중
앙홀이 최적이라고 판단한 히피들이 이곳을 차지했다.

얼마 뒤 경찰이 그들을 쫓아냈지만 그것도 잠시, 늘 비어 있던
건물에 수많은 히피들이 다시 몰려들었다. 정부의 선택지는 사
회적 손실과 파장을 감수하고서 그들을 몰아내든가, 아니면 그

곳에 자리잡도록 내버려두든가뿐이었다. 치렁한 머리칼의 사회 부적응자 대표단과 말쑥한 차림의 관료가 만났다. 히피들이 티켓 판매 수익에 대한 세금을 지불하고 교회 뒷벽의 스테인드글라스를 망가뜨리지 않도록 조심한다는 조건하에 옛 제단이 있던 자리에 무대를 설치해도 좋다는 허가가 떨어졌다.

납세는 당연히, 한 번도 이루어지지 않았다. 운영진들은 한결같이 자신들의 문화활동이 적자라고 주장했고, 또다시 쫓겨날까봐 신경쓰거나 걱정하는 사람은 아무도 없는 것 같았다. 그러면서도 스테인드글라스만큼은 무척 깨끗하게 관리했고, 작은 균열만 생겨도 납땜과 채색유리로 즉시 보수해 '왕중왕'의 아름다움과 영광을 유지했다. 왜 그토록 지극정성으로 스테인드글라스를 관리하느냐는 물음에 책임자들은 이렇게 답변했다.

"아름다우니까요. 저걸 기획하고 디자인하고 제작하기까지 얼마나 많은 수고가 들었겠어요. 우리가 이곳에 모인 이유도 우리의 예술을 보여주기 위함이고, 그렇다면 선인들의 예술도 존중해야죠."

파울로와 카를라가 안으로 들어갔을 때 사람들은 당대 유행하는 음악에 맞춰 춤을 추고 있었다. 천장이 매우 높아 음악을 들기에 좋은 여건은 아니었으나 무슨 상관이겠는가. 파울로가 길거리에서 하레 크리슈나를 부르며 음향에 대해 생각했던가? 중요한 것은 모두가 웃고, 즐기고, 담배를 피우며 유혹적이거나 단순한 찬미의 시선을 교환하는 것이었다. 누구든 입장료나 세금을 낼 필요가 없었다. 시청에서 법규 위반을 통제할 뿐만 아니라, 보조금까지 주며 시설 관리를 맡고 있던 터였다.

틀립으로 성기를 가린 나체 여인을 넘어서서, 암스테르담 시청의 관료들에게는 분명 암스테르담을 특정 종류의 문화도시로 만들려는 의도가 있었다. 그 결과 도시는 히피들에 의해 활기를 띠었고, 카를라의 말에 따르면 호텔 예약도 증가했다고 한다. 사람들은 언제든 누구와도 잠자리를 할 준비가 되어 있다는—물론 사실이 아니었다—여자들이 속한 이 우두머리 없는 집단을 궁금해했기 때문이다.

"네덜란드인들이 영리하네."

"그렇고말고. 과거엔 우리가 브라질은 물론이고 전 세계를 정복했는걸."

그들은 중앙홀을 둘러싼 발코니로 올라갔다. 그곳에서는 기적처럼 음악소리가 크게 들리지 않아서 그들은 아래쪽에서 울려대는 요란한 소음에 방해받지 않고 이야기를 나눌 수 있었다. 하지만 파울로도 카를라도 말을 하고 싶은 생각이 없었다. 그들은 나무 난간에 몸을 기댄 채 춤추는 사람들을 잠자코 지켜보았다. 카를라가 내려가서 함께 춤추지 않겠느냐고 제안했으나, 파울로는 자신이 춤출 수 있는 음악은 '하레 크리슈나 하레 라마'뿐이라고 털어놓았다. 그들은 깔깔 웃음을 터뜨린 뒤 담배 하나에 불을 붙여 나눠 피웠다. 카를라가 누군가에게 손짓을 했다. 연기 사이로 한 여자가 보였다.

"빌마라고 해." 여자가 자신을 소개했다.

"우린 네팔로 떠나기로 했어."

카를라의 말이 농담이라고 생각한 파울로는 쿡 웃음을 터뜨렸다.

빌마는 놀란 기색이었으나 감정을 드러내지는 않았다. 카를라는 파울로에게 친구와 잠시 네덜란드어로 얘기를 나누어도 되는지 물었고, 파울로는 춤추는 사람들에게로 눈을 돌렸다.

네팔이라고? 만난 지 얼마 되지도 않은, 자신과 함께 있고 싶어하는 듯했던 이 여자가 곧 떠난다는 말인가? 그녀는 그 여행에 동참할 누군가가 있다는 듯 '우리'라고 말했다. 게다가 교통비도 턱없이 비쌀 게 분명한 그렇게 먼 곳까지?

파울로는 암스테르담이 왜 그토록 자신의 마음에 들었는지 깨달았다. 이곳에서 그는 혼자가 아니었기 때문이다. 이곳에선 누구든 사귀려고 애쓸 필요가 없었다. 그는 이곳에 도착하자마자 함께 어디든 누비고 다니고 싶은 누군가를 만난 것이다. 그가 사랑에 빠지는 중이라고 말하는 건 과장일 터였다. 하지만 카를라는 그가 좋아하는 성향의 여자였다. 그녀는 자신이 어디로 가고 싶어하는지 정확히 알고 있었다.

허나 그는 과연 네팔에 가고 싶은가? 그것도 원하든 원치 않든, 부모님에게 교육받은 대로 지켜주고 보호해줘야 한다는 의무감을 느끼게 될 여자와 함께? 돈도 모자랐다. 그는 조만간 자신이 이 매력적인 도시를 떠나야 하고, 다음 목적지는—영국 세관을 통과한다면—전 세계에서 사람들이 몰려드는 피커딜리서커스임을 알고 있었다.

카를라는 여전히 친구와 대화중이었고, 파울로는 음악들에 집중하는 척했다. 사이먼 앤드 가펑클, 비틀스, 제임스 테일러, 산타나, 칼리 사이먼, 조 코커, 비비 킹, 크리던스 클리어워터 리바이벌 등 선곡 리스트는 매달, 매일, 매시간 길어졌다. 오후에 만났던 브라질 커플도 그에게 분명 다른 사람들을 소개해줄 수 있을 터였지만, 이제 막 그의 인생에 들어온 이 여자를 그는 과연 그냥 떠나보낼 수 있을 것인가.

그는 애니멀스의 익숙한 화음을 들으며 좀전에 카를라에게 해 뜨는 집에 데려가줄 건지 물었던 걸 떠올렸다. 노래의 후반부는 끔찍했다. 그는 가사의 의미를 잘 알았으나 그럼에도 그 위험함이 그를 끌어당기고 매료했다.

　　오 어머니 다른 형제들에게 말해줘요
　　내가 저지른 일을 하지 말라고
　　죄악과 비참함 속에서 인생을 허비하지 말라고
　　해 뜨는 집에서

　좀전에 갑자기 생각이 떠올라 그렇게 말했다고, 카를라는 빌마에게 설명했다.
　"네가 평정을 지켜줘서 다행이야. 하마터면 다 망칠 뻔했는데."
　"네팔에 간다는 거?"
　"응. 언젠가 나는 늙고 뚱뚱해지고, 질투심 많은 남편이랑 나 자신은 돌볼 틈을 주지 않는 자식들이랑 매일 똑같은 일만 반복되는 직장을 갖게 될 거야. 그리고 그 일상과 안락함과 내가 살아가는 공간에 익숙해지겠지. 로테르담엔 언제든 돌아갈 수 있어. 사회보장 혜택이나 실업수당도 언제든 누릴 수 있을 테고. 또 셸이나 필립스나 유나이티드 프루트 같은 회사 대표가 될 수도 있을 거야. 나는 네덜란드인이고 그들은 네덜란드 사람만 신임하니까. 하지만 네팔은 지금이 아니면 절대 갈 수 없어. 난 벌써 늙기 시작했거든."

"스물세 살에?"

"세월은 생각보다 빨리 흘러, 빌마. 아직 건강하고 용감한 지금 나는 위험을 감수하기로 결심했어. 너도 그랬으면 좋겠고. 우리 둘 다 암스테르담이 미치도록 따분하다고 생각하잖아. 그런데 그건 우리가 이곳에 익숙해졌기 때문이야. 오늘 저 브라질 남자를 만나고 그의 반짝이는 눈동자를 보면서, 미치도록 따분한 건 이 도시가 아니라 바로 나 자신이라는 걸 깨달았어. 내가 이곳에 익숙해져서 자유의 아름다움을 보지 못했어."

카를라는 시선을 돌려 두 눈을 감고 팝송 〈스탠 바이 미〉에 귀를 기울이고 있는 파울로를 바라보았다. 그리고 말을 이었다.

"난 아름다움을 다시 발견해야 해. 아름다움 그 자체를. 언젠가 다시 돌아오게 되겠지만, 세상엔 내가 아직 보거나 경험하지 못한 것들이 많다는 걸 깨달아야 해. 다채로운 인생의 알려지지 않은 길들을 모른다면 과연 내 마음은 어디로 향할까? 마음먹은 대로 지금 떠나지 않는다면 나의 다음 목적지는 과연 어디가 될까? 나를 지탱해줄 끈을 발견하지 못한다면 나는 어떤 언덕을 기어오르게 될까? 내가 로테르담을 떠나 암스테르담으로 온 건 바로 그래서야. 그간 숱한 남자들에게 미지의 길을 함께 떠나자고, 항구에 결코 닿지 않을 배를 타자고, 끝없는 하늘까지 오르자고 제안해보았지만 다들 거절했어. 다들 나한테 겁을 먹거나 미지의 세계에 겁을 먹었지. 오늘 오후에 저 브라질 남자를 만나기 전까진 말야. 내 의견에 아랑곳없이 저 남자는 하레 크리슈나 신도들을 따라 길거리로 나가서 그들과 함께 춤을 추고 노래했어. 나도 그를 따라가고 싶었지만 강한 여자로 보일까봐 그러지 못했어. 하지만 이젠 더는 의심하지 않아."

빌마는 왜 네팔인지, 파울로가 어떻게 그녀의 결심을 도왔다는 것인지, 여전히 이해하지 못했다.

"조금 전 네가 왔을 때 내가 네팔 얘기를 꺼냈잖아, 그 순간 나는 정확히 내가 해야 할 말을 하고 있다고 느꼈어. 그가 단순히 놀란 정도가 아니라 질겁하는 게 보였거든. 여신이 내가 그 말을 하도록 만들었을 거야. 난 이제 그 꿈을 실현할 수 있을지 의심이 들더라도 오늘 아침보다, 아니 지난주보다 덜 불안해."

"오래전부터 품어온 꿈이야?"

"아니. 어느 대안 신문에 실린 광고를 봤을 때부터였는데, 그 뒤로 내 머릿속을 떠난 적이 없어."

빌마가 카를라에게 혹시 오늘 해시시를 너무 많이 피운 건 아닌지 물으려던 찰나, 파울로가 다가왔다.

"춤추러 갈까?" 그가 카를라에게 물었다.

카를라가 그의 손을 잡았고 두 사람은 중앙홀로 내려갔다. 빌마는 혼자 덩그러니 남겨진 채 무엇을 해야 할지 몰랐다. 하지만 그 상태가 오래 지속되지는 않을 터였다. 그녀가 혼자임을 발견한 누군가가 즉시 다가와 말을 걸 테니까. 그곳에선 모두가 모두와 이야기를 나누었다.

클럽을 나서니 고요 속에 이슬비가 뿌리고 있었다. 시끄러운 음악 때문에 귀가 여전히 윙윙 울렸다. 서로 대화하려면 소리를 질러야 했다.

"내일도 이 근처에 있을 거야?"

"우리가 처음 만났던 곳에 있을게. 그다음엔 네팔행 버스표 파는 데도 가야 해."

또 네팔 얘기란 말인가? 버스표는 뭐고?

"원하면 함께 가자." 그녀가 크게 선심 쓰듯 말을 이었다. "하지만 그전에 너한테 암스테르담 교외를 구경시켜주고 싶어. 혹시 풍차는 본 적 있어?"

그녀가 자기 질문에 스스로 피식 웃음을 터뜨렸다. 전 세계 사람들이 네덜란드 하면 흔히 떠올리는 것이었기 때문이다. 나막신, 풍차, 젖소, 유리창 안의 매춘부들.

"같은 곳에서 만나자." 파울로가 대답했다. 그는 불안한 동시에 만족스러웠다. 이 전형적인 미인, 꽃으로 장식한 곱게 빗은 긴 머리에, 긴 치마에 작은 반짝이가 달린 조끼를 입고, 파촐리 향을 풍기는 눈부시게 아름다운 여자가 그를 다시 만나고 싶어 했기 때문이다. "오후 한시쯤 가 있을게. 잠을 좀 푹 자야겠어. 그런데 우리 '해 뜨는 집'에 가기로 하지 않았었나?"

"그중 한 군데를 보여주기로 했었지. 같이 가겠다고는 안 했어."

그들은 200여 미터를 채 못 가 어느 골목에 닿았고, 간판도 없고 음악도 나오지 않는 어떤 문 앞에서 걸음을 멈췄다.

"자, 여기가 그중 한 곳이야. 두 가지 제안을 할게." 그녀는 '충고'라는 단어를 생각했으나 세상에 그보다 끔찍한 단어는 없을 터였다. 그리고 말을 이었다.

"나올 때 아무것도 들고 나오지 마. 당장은 경찰이 보이지 않지만 저 창문들 중 어딘가 뒤에 숨어서 출입을 감시하고 있을 거야. 대개는 여기서 나오는 사람들 몸을 뒤지고 무언가가 발견되면 바로 철창행이야."

파울로가 고개를 주억거리고는 두번째 제안은 무엇인지 물었다.

"아무것도 시도하지 마."

이어서 그녀는 그의 입술에 키스했다. 많은 것을 약속하지만 아무것도 허락하지 않는 별 뜻 없는 키스를. 그러고는 돌아서서 숙소를 향해 떠났다. 홀로 남겨진 파울로는 이 문턱을 넘어야 할지 말아야 할지 자문했다. 어쩌면 이대로 돌아가서 오후에 구입한 별모양 금속 배지를 재킷에 다는 게 나을지도 몰랐다.

하지만 호기심이 모든 것을 압도했다. 그는 문 쪽으로 몸을 돌렸다.

복도는 비좁고 천장이 낮았으며 어둑어둑했다. 경찰들의 수법
에 이골이 난 듯한 민머리 사내가 저쪽 끝에서 그를 위아래로 훑
었다. 눈앞에 있는 상대의 의도, 긴장 정도, 재정상태, 직업 등을
가늠하는 이른바 '몸짓언어 해석'이었다. 사내가 그에게 수중에
돈이 있는지 물었다. 그는 그렇다고 답하면서도, 세관에서처럼
돈을 꺼내 보이려고 하지는 않았다. 사내는 잠시 의심스러워하
다가 그를 들여보냈다. 그가 관광객은 아닐 거라고 확신했을 터
였다. 관광객들은 이런 데 관심이 없으니까.

몇몇 사람들이 바닥 여기저기에 듬성듬성 깔린 매트리스 위에
누워 있었고, 다른 이들은 빨간 칠을 한 벽에 기대어 앉아 있었
다. 그는 왜 여기 와 있는 걸까. 병적인 호기심을 충족시키기 위

해서?

　방안엔 말소리도 음악소리도 전혀 들리지 않았다. 그의 병적인 호기심은 그가 볼 수 있는 것을 넘어서지 못했다. 모두들 똑같은 눈빛, 똑같이 빛을 잃은 시선이었다. 그는 또래로 보이는 남자에게 몇 마디 말을 걸어보았다. 남자는 웃통을 벗은 앙상한 몸에 피부는 벌레에 물려 긁어서 부어오른 듯 붉은 자국들로 여기저기 얼룩덜룩했다.

　한 사내가 들어왔다. 다른 대부분의 젊은이들보다 열 살은 많아 보였으나 실은 비슷한 연배인 듯했다. 적어도 지금으로서는 유일하게 제정신인 사람 같았다. 하지만 머지않아 또다른 세계로 스며들 터였고, 그래서 파울로는 그에게서 행여 무엇이라도 얻을까, 그게 언젠가 자신이 쓰고자 하는 책의 한 문장이라도 될까 싶어 사내한테 다가갔다. 그의 꿈은 작가가 되는 것이었고, 그 길을 위해 무척 비싼 값을 치렀다. 정신병원 감금과 옥살이와 고문을 거쳐, 청소년 시절 여자친구의 어머니가 그의 접근을 금지했던 일, 독창적으로 옷을 입기 시작한 그에게 쏟아진 학교 친구들의 경멸까지.

　이후 그는 멋지게 복수했다. 그가 아름답고 돈 많은 첫 여자친구를 만나 전 세계를 돌아다니기 시작했을 때 모두들 그를 부러워했다.

그런데 그는 왜 하필 이런 퇴폐적인 분위기 속에서 지나온 인생을 떠올리는 것일까? 그는 절실하게 누군가와 이야기를 나누고 싶었다. 그는 방금 들어온 늙수그레한 젊은이 곁에 가서 앉았다. 사내가 손잡이 부분이 구부러진 숟가락과 오래 사용한 듯한 주사기를 꺼냈다.

"저 혹시……"

상대가 벌떡 일어나 자리를 옮기려다가, 파울로가 호주머니에서 3, 4달러쯤 되는 돈을 꺼내어 숟가락 가까이에 내려놓자 바로 동작을 멈췄다. 사내가 놀란 눈으로 그를 바라보았다.

"경찰이오?"

"아니, 난 경찰이 아니에요. 네덜란드인도 아니고요. 난 다만……"

"그럼 기자?"

"아니요, 작가예요. 그래서 여기 온 거예요."

"무슨 책을 썼는데?"

"아직은 없어요. 우선 자료 수집을 해야 하거든요."

마약중독자가 바닥의 돈을 바라보다가 파울로에게 눈길을 돌렸다. 이렇게 젊은 청년이 무엇이 됐든 글을 쓴다는 걸 못 믿겠다는 눈치가 역력했다. '보이지 않는 편지'를 포함한 신문들에 실릴 게 아니라면 말이다. 그가 돈을 향해 손을 뻗자 파울로가 가로막았다.

"오 분이면 돼요. 오 분 이상 안 붙잡아요."

상대가 수락했다. 사내는 다국적 은행의 전도 밝은 간부직을 그만두고 '주삿바늘의 키스'를 처음으로 접한 이후, 누구도 그의 시간에 대한 대가로 단돈 1상팀도 준 적이 없다고 했다.

"주삿바늘의 키스요?"

"그래요. 보통 헤로인을 주입하기 전에, 바늘로 팔 여기저기를 수차례 찌르거든. 흔히들 고통이라고 부르는 게 우리에겐 남들은 절대로 이해 못할 무언가와의 만남의 서곡이지."

두 사람은 이목을 끌지 않기 위해 목소리를 최대한 낮췄다. 하지만 파울로는 설사 이곳에 원자폭탄이 떨어진다 하더라도 아무도 애써 도망치려 하지 않으리라는 걸 알았다.

"내 이름은 밝히지 말고."

사내가 이야기를 시작했고, 오 분은 금세 흘러갔다. 파울로는 이곳에서 악마의 존재를 느낄 수 있었다.

"그래서요? 기분은 어떻죠?"

"뭐라고 표현할 수가 없어. 그저 그쪽이 직접 해보는 수밖에. 아니면 루 리드와 벨벳 언더그라운드의 말을 믿어보든가."

그게 나를 남자로 느끼게 해주니까

정맥에 주삿바늘을 찔러넣을 때
모든 게 이전과 같지 않았지
흥분이 최고조에 달했을 땐
예수의 아들이라도 된 듯한 기분이었어

파울로는 루 리드의 음악을 이미 들어본 적이 있었다. 하지만 그걸로는 충분치 않았다.

"제발 얘기해봐요. 오 분이 다 가고 있어요."

사내가 깊은 숨을 들이마셨다. 그의 한쪽 눈은 파울로에게, 다른쪽 눈은 주사기에 가 있었다. 그로서는 이 버릇없는 '작가'가 돈도 안 주고 문밖으로 내쫓기기 전에 서둘러 대답해주고 보내야 했다.

"그쪽도 약물 경험이 어느 정도는 있을 것 같은데. 나도 해시시와 마리화나의 효과는 잘 알고 있지. 마음의 평화, 행복감, 자신감, 식욕, 성욕. 나는 그런 것들엔 전혀 관심 없어. 그건 학습된 삶의 일부야. 해시시를 피우면 이런 생각이 들지. '세상은 아름다워, 이제야 모든 게 제대로 보이는구나!' 물론 양에 따라 지옥으로 향하는 여행이 되기도 하지만. LSD가 들어가면 또 이런 생각이 들어. '우와, 아니 나는 왜 예전엔 이 모든 걸 알아보지 못했을까, 대지가 숨을 쉬고 대지의 색깔이 시시각각 변하는데 왜?'

그쪽이 알고 싶은 게 바로 이런 건가?"

그랬다. 하지만 파울로는 상대가 이야기를 이어가도록 가만히 기다렸다.

"하지만 헤로인은 전혀 다른 이야기지. 헤로인을 하면 모든 걸 통제하게 돼. 나의 육체와 정신과 예술을 말야. 형용할 수 없는 엄청난 지복이 온 우주를 가득 채우는 거야. 예수가 강림하고, 크리슈나가 혈관 속을 흐르고, 부처가 하늘에서 나에게 미소 짓는 기분이라고 할까. 그 모든 게 환각이 아니라 현실처럼 느껴지는 거야. 순전한 현실. 내 말 믿어져?"

그럴 리가. 하지만 파울로는 아무 말도 하지 않고 그저 고개를 끄덕였다.

"다음날 후유증도 없어. 다만 천국에 올라갔다가 이 거지같은 세상에 다시 떨어진 듯한 기분이랄까. 그러고 나서 직장에 가면 불현듯 모든 게 거짓이라는 생각이 들지. 사람들은 저마다 자기 인생에 의미를 부여하려 노력하고, 중요한 사람으로 보이고 싶어하고, 자기 권위와 권세를 드러내느라 매 순간 다른 이들의 인생에 훼방을 놓지. 그러니 그 모든 위선을 더이상 견디지 못하고 다시 천국으로 돌아가야겠다고 결심하게 되는 거지. 하지만 천국은 비싸고, 입구는 좁아. 그곳에 들어간 이는 인생이 아름답고, 태양은 정말 여러 갈래의 광선으로 갈라진다는 걸 알게 되지. 더이상 우리가 똑바로 쳐다볼 수조차 없는 단색의 동그란 원이 아닌 거야. 다음날에도, 일을 마치고 멍한 눈을 한 사람들, 여기 있는 이들보다 더 멍한 사람들로 가득찬 열차에 몸을 싣지. 모두가 집으로 돌아가 저녁식사를 준비하고 텔레비전을 켜고 현실을 잊으려고 하지. 이런 젠장, 현실은 이 하얀 가루인데 말이야, 텔레비전이 아니라!"

사내의 설명을 들으면 들을수록 파울로는 한 번만, 정말 딱 한 번만 그걸 경험해보고 싶은 마음이 들었다. 상대도 그 사실을 잘 알고 있었다.

"해시시로는 내가 속하지 않은 세상의 존재를 알게 돼. LSD도 마찬가지고. 하지만 헤로인은, 뭐랄까, 헤로인은 그냥 나야. 밖에서 뭐라고 떠들든 상관없이, 삶을 살아갈 만한 가치가 있게 만들어준다고. 문제가 하나 있다면……"

문제가 하나라니 좋은 소식이었다. 파울로는 당장 알고 싶었다. 불과 몇 센티미터 떨어진 곳에 주사기가 있었고, 그가 첫 경험을 하기까지 그리 멀지 않았기 때문이다.

"체내에 점점 내성이 생긴다는 거야. 나도 처음엔 하루에 5달러가 필요했는데, 이젠 천국에 닿는 데 20달러가 필요해. 가지고 있던 건 이미 죄다 팔았고, 그다음엔 구걸하게 되겠지. 구걸 다음엔 도둑질이 될 테고. 악마는 사람들이 천국을 맛보는 걸 싫어하거든. 내게 닥칠 일이 훤히 보여. 지금 이곳에 있는 이들 모두에게 일어난 일이니까. 하지만 그 또한 상관없어."

정말 신기한 일이었다. 천국에 들어가는 문이 어느 쪽에 있는지 모두가 생각이 분분했다.

"오 분 지난 것 같은데."

"그래요, 충분한 설명이 되었어요. 고마워요."

"이것에 대해 글을 쓰게 된다면 자신이 이해하지 못하는 바를 단죄하는 데 열중하는 다른 이들처럼은 되지 마. 정직해지라고. 빈칸은 그쪽의 상상력으로 메우고."

대화가 끝났다. 하지만 파울로는 움직이지 않고 그대로 있었다. 늙수그레한 젊은이는 그를 신경쓰지 않는 것 같았고, 돈을 호주머니에 넣었다. 상대가 값을 치렀으니 지켜볼 권리도 있다고 생각하는 듯했다.

남자는 숟가락에 하얀 가루와 물을 조금씩 붓고서 라이터 불로 숟가락 아래쪽을 데웠다. 혼합물이 조금씩 보글거리기 시작하더니 균일하게 섞였다. 남자가 파울로에게 정맥이 잘 드러나도록 압박띠를 매는 걸 도와달라고 청했다.

"팔에는 더이상 자리가 없어서 발이나 손등을 찌르는 이들도 있지. 그런데 신께 감사하게도 난 아직 자리가 많아."

사내는 숟가락 안의 액체를 주사기에 채우고, 처음에 설명했던 것처럼, 이른바 그 문이라는 게 열리기를 고대하며 바늘로 팔 이곳저곳을 찔렀다. 마침내 그는 압박띠를 풀고서 약물을 주입했다. 그의 눈빛에 불안 대신 황홀경이 자리를 차지했다. 오 분에서 십 분쯤 뒤에 눈동자가 완전히 빛을 잃더니, 허공 속 한 지점에, 그가 말한 대로라면 부처와 크리슈나와 예수가 떠다닌다는 미지의 지점에 고정되었다.

파울로는 몸을 일으켜 더러운 매트리스 위에 널브러진 청년들을 최대한 조심스럽게 넘으며 출구로 향했다. 그런데 민머리 문지기가 그를 가로막았다.

"들어온 지 얼마 되지도 않았는데 벌써 가시나?"

"네, 돈이 없어서요."

"거짓말. 누가 당신이 테드한테 돈 주는 걸 봤다는데. (그 남자의 이름이 테드인 모양이었다.) 새 고객들을 찾아 영업하러 온 건가?"

"천만에요. 나는 한 사람하고만 얘기했어요. 우리가 무슨 얘기를 했는지 나중에 그 사람한테 확인해보세요."

파울로가 다시 한번 지나가려 하자 그 거구가 가로막았다. 카를라가 문밖 창문 뒤에서 경찰들이 감시중이라고 말해주었기에 절대 일이 크게 잘못되지는 않으리란 걸 알고 있었으나 두려웠다.

"내 친구 하나가 너랑 얘기 좀 하자는데." 거구가 복도 끝 문을 가리키며 말했다. 복종할 수밖에 없는 어조였다. 어쩌면 경찰이 지켜보고 있다는 얘기는 카를라가 그를 보호하기 위해 지어낸 말일지도 몰랐다.

선택의 여지가 없음을 깨달은 파울로는 거구가 가리킨 문으로 향했다. 그가 다가가기도 전에 문이 열리더니 평범한 복장에 엘비스 프레슬리의 헤어스타일에 구레나룻이 있는 사내가 나타났다. 그가 친절한 어조로 들어오라고 말하고는 자리를 권했다.

사무실은 영화에서 봐왔던 장면과는 거리가 멀었다. 육감적인 여자들, 샴페인, 선글라스를 끼고서 장총으로 무장한 사내들 따위는 없었다. 오히려 간소했다. 하얀 칠을 한 벽에 걸린 싸구려 복제품 몇 점과 오래돼 보이지만 상태는 훌륭한 책상 위에 덩그러니 놓인 전화기 한 대, 그리고 책상 바로 뒤에 걸린 커다란 사진이 전부였다.

"벨렘탑이군요." 파울로가 모국어로 말하고 있다는 사실을 깨닫지 못한 채 내뱉었다.

"그렇소." 사내도 포르투갈어로 대답했다. "우리의 세계 정복이 저기서 시작되었지. 뭐 좀 마시겠소?"

그는 사양했다. 그의 가슴이 아직 진정되지 않았다.

"좋소, 보아하니 바쁜 분 같은데……" 이 상황에 썩 어울리지는 않았지만, 그래도 친절이 배어 있는 말이었다. "선생이 여기 와서 우리 손님 중 한 사람하고만 이야기하고 자리를 뜨는 걸 보았소. 사복경찰 같지는 않고, 각고의 노력 끝에 이 도시에 도착해서 이곳에서 할 수 있는 건 모두 해보고 싶어하는 여행자 같소만."

파울로는 침묵을 지켰다.

"또 선생은 우리가 이곳에서 제공하는 훌륭한 물건에도 관심 없는 것 같고. 그래서 말인데, 혹시 괜찮다면 여권 좀 보여주시겠소?"

물론 괜찮지는 않았지만 어떻게 거절하겠는가. 그는 허리띠 안쪽 주머니에 손을 넣어 여권을 꺼낸 뒤 상대에게 건넸다. 그러고는 이내 후회했다. 만일 사내가 여권을 돌려주지 않는다면?

하지만 사내는 여권을 간단히 훑어보고 미소를 짓더니 그에게 돌려주었다.

"여행한 나라가 얼마 안 되는군. 잘됐네요. 페루, 볼리비아, 칠레, 아르헨티나, 이탈리아. 아, 그리고 네덜란드까지. 국경을 별 문제 없이 통과한 모양이오."

아무 문제 없었다.

"이제 어디로 갈 생각이오?"

"영국요."

이 한마디가 그의 입에서 나온 유일한 대답이었다. 물론 이 사내에게 여정을 시시콜콜 알릴 생각은 손톱만큼도 없었지만.

"선생한테 제안을 한 가지 하겠소. 내가 독일 뒤셀도르프까지 보낼 물건이 좀 있어요. 무언지는 짐작할 거요. 2킬로그램밖에 안 되니 셔츠 속에 쉽게 감출 수 있을 거요. 헐렁한 스웨터를 사 주리다. 겨울엔 모두가 스웨터에 외투를 걸치니까. 게다가 지금 선생의 재킷은 오래 못 입을 거요. 가을이 오고 있으니."

　파울로는 가만히 사내의 제안을 듣고 있었다.

　"5천 달러를 지불하겠소. 반은 지금 여기서, 나머지 반은 선생이 독일에 있는 우리 공급책한테 물건을 전달하면 주지. 더도 덜도 말고 국경 하나만 건너면 그만이오. 그러면 틀림없이 선생도 영국에 들어가기가 한결 쉬워질 거요. 거긴 국경 검문이 대체로 훨씬 엄격하거든요. '관광객' 수중에 돈이 얼마나 있는지 보자고 하니까."

　파울로는 자신의 귀를 의심했다. 사내의 말은 너무도 유혹적이었다. 그 정도 돈이면 적어도 이 년은 더 여행할 수 있었다.

　"대답은 최대한 빨리 해주시오. 내일까지면 좋고. 내일 오후 네시에 공중전화에서 이 번호로 전화하시오."

　파울로는 사내가 건네는 명함을 받았다. 전화번호가 인쇄되어 있었다. 요즘 운반할 물건이 아주 많거나, 아니면 필적감정을 염려해서인지도 몰랐다.

　"그럼 이만 실례해야겠소. 다시 일을 시작해야 해서 말이오.

140

누추한 사무실까지 와주셔서 대단히 고맙소. 내가 하는 모든 일은 사람들을 행복해지게 한다오."

사내가 일어나서 파울로에게 문을 열어주었다. 파울로는 매트리스에 앉거나 누워 있는 마약중독자들을 타넘으며 방을 다시 통과했다. 그리고 이번에는 그저 공모자의 미소를 씩 지어 보일 뿐인 문지기 앞을 지나 거리로 나왔다.

파울로는 이슬비 속에서 신께 도와달라고, 그를 밝혀주고, 지금 이 순간 혼자 내버려두지 말라고 기도했다.

그는 모르는 동네에 와 있었고, 중심가로 돌아갈 방법을 몰랐고, 지도도, 아무것도 없었다. 이런 비상 상황에서 가장 간단한 해결책은 물론 택시를 타는 것일 테지만, 그는 가랑비 속에서 걸어야 할 필요를 느꼈다. 비가 금세 본격적으로 쏟아질 기세였다. 하지만 비는 아무것도 씻어내지 못하는 듯했다. 그를 둘러싼 공기도, 5천 달러에 사로잡힌 그의 상념도.

그는 행인들에게 어디로 가야 담광장이 나오느냐고 물었으나 그들은 대답 없이 발걸음만 재촉했다. 아마 속으로는 이런 생각을 하지 않았을까. '또 어느 정신 나간 히피놈이 여기까지 굴러들어와 제 동료들도 못 찾는 모양이군……' 마침내 그는 자비로운 영혼을 만났다. 가판대에서 다음날 신문들을 진열하던 남자가 그에게 지도를 팔면서 시내로 가는 길을 알려주었다.

호스텔에 도착하자 야간 경비원이 그가 그날 치 숙박비를 지불했는지 확인하기 위해 특수 전등을 켰다. 손님들은 외출 전에 늘 맨살에 보이지 않는 잉크로 도장을 받았다. 그런데 그의 도장은 전날 것이었다. 밖에서 이십사 시간 이상 보냈기 때문이다. 그에겐 끝나지 않을 것 같았던 시간이었다. 그는 하루 치 숙박비를 추가로 지불해야 했다. "하지만 도장은 지금 찍지 말아주세요. 샤워를 할 거거든요. 좀 씻어야겠어요. 여러모로 더러워져서요."

경비원은 늦어도 삼십 분 이내로 다시 와서 도장을 받는다는 조건하에 수락했다. 삼십 분 뒤면 근무 시간이 끝나기 때문이다. 파울로는 사람들이 목청 높여 떠드는 남녀 공용 샤워장으로 갔다가, 방으로 돌아가 전화번호가 적힌 종이를 손에 들고 이미 알몸인 채로 다시 샤워장으로 돌아왔다. 그러고 맨 처음 한 일은 쪽지를 갈가리 찢은 뒤 조각을 다시 맞출 수 없도록 물에 흠뻑 적셔 바닥에 버린 것이었다. 누군가 항의했다. 그럼 안 되죠, 세면대 밑에 쓰레기통이 있잖아요. 다른 이들도 하던 일을 멈추고 공공장소 예절도 없는 못 배운 이 인간을 노려보았다. 파울로는 아무도 쳐다보지 않고 변명을 하려고도 하지 않은 채 그저 복종했다. 오래전부터 더는 누구에게도 복종하지 않았던 그가.

이윽고 그는 다시 샤워기 아래 서서 그제야 마침내 자유가 된 기분을 느꼈다. 물론 언제든 조금 전 빠져나온 그곳을 찾아가 다시 전화번호를 알아낼 수도 있었지만, 그러지 못하리라는 걸 알고 있었다. 그에겐 기회가 있었는데, 그는 그 기회를 잡지 않았다.

그 사실에 그는 몹시 행복해졌다.

그는 침대에 누웠다. 악마들이 이제 떠났다고 그는 확신했다. 그가 제안을 받아들여 그들의 왕국에 더 많은 신하들을 끌어들이기를 바라던 악마들. 그는 자신의 생각이 우습게 느껴졌다. 마약은 이미 충분히 그런 식으로 악마 취급을 당하고 있지 않은가. 그러나 이번만큼은 사람들 생각이 옳았다. 무엇보다 약물을 늘 일종의 의식의 확장제라고 변호해오던 그가 그런 생각을 하게 됐다는 게 우스웠지만, 그는 이제 네덜란드 경찰이 해 뜨는 집에 대한 관용을 멈추고, 운영자들을 모조리 체포해서, 세상의 평화와 사랑을 갈망하는 이들로부터 멀리 떨어뜨려놓아주기를 바랐다.

좀처럼 잠이 오지 않아 그는 신, 혹은 천사들과 대화를 시도했다. 그리고 소지품을 보관해둔 수납장으로 가서 목에 걸어두었던 열쇠로 문을 열고 평소에 생각과 경험들을 기록하는 수첩을 꺼냈다. 테드에게 전해들은 얘기를 모두 옮겨 쓸 생각은 없었다. 장차 그 주제에 대해 글을 쓰는 데에는 어려움이 따를 것 같았다. 그는 신이 전하는 말들을 받아 적는 기분으로 몇 글자를 휘갈겼다.

바다와 파도 사이에는 아무 차이가 없다.

거칠게 일어나는 파도도 물로 이루어졌고

모래 위에서 부서지는 파도 또한 똑같은 물로 이루어졌다.

신이시여, 말씀해주소서, 어째서 그 두 가지가 똑같습니까?

불가사의와의 경계는 어디에 있습니까?

신께서 대답하시길, 모든 사물과 모든 인간은 똑같으니,

그것이 바로 불가사의와의 경계니라.

카를라가 막 도착했을 때 파울로는 이미 와 있었다. 눈가에 진한 다크서클이 내려앉은 것이 밤을 하얗게 지새웠거나, 아니면…… 그녀는 두번째 가능성에 대해서는 생각하지 않기로 했다. 그렇다면 그녀가 앞으로 그를 전혀 신뢰할 수 없다는 뜻이기 때문이었다. 그녀는 이미 그의 존재와 그의 체취에 길들여져버렸다.

"그럼 오늘은 네덜란드의 상징 중 하나인 풍차를 보러 갈까?"

그가 꾸물거리며 말없이 일어나 그녀를 따랐다. 그들은 버스를 타고서 암스테르담을 벗어났다. 카를라가 그에게 버스 안에 있는 매표 기계에서 차표를 사야 한다고 알려줬지만 그는 말을 듣지 않았다. 간밤에 잠을 설쳐 모든 게 귀찮았고, 재충전의 시간이 필요한 터였다. 그는 서서히 기운을 회복했다.

풍경은 단조로웠다. 드넓은 평원과 드문드문 풍경을 가르는 제방, 무언가를 어디론가 실어나르는 바지선들이 다니는 운하 위 도개교. 어디에도 풍차는 눈에 띄지 않았으나, 날이 환했고 태양이 다시 비치고 있었다. 카를라는 얼마나 드문 날씨인지 한마디하지 않을 수 없었다. 네덜란드에는 언제나 비가 내리니까.

"어제 몇 글자 끼적여봤어." 파울로가 호주머니에서 수첩을 꺼내며 말했다.

그는 제법 큰 목소리로 글을 읽었고, 카를라가 가타부타 말이 없자 화제를 돌렸다.

"바다는 어디 있어?"

"저쪽에. 이런 속담이 있어. '신이 세상을 창조했고, 네덜란드인들이 네덜란드를 창조했다.' 바다는 여기서 멀어. 바다랑 풍차를 하루에 다 볼 수는 없어."

"아니, 바다를 보고 싶은 게 아니야. 풍차도 아니고. 평범한 관광객들은 좋아할지도 모르겠지만, 난 그런 걸 보려고 여행하는 게 아니야. 너도 짐작했을 텐데."

"그럼 왜 아까는 그렇게 얘기 안 했어? 이젠 원래 기능으로 쓰이지도 않는 풍차 따위나 보여주느라 외국인 친구들을 데리고 매번 똑같은 곳만 다니는 거 나도 신물이 났는데. 이럴 줄 알았으면 그냥 암스테르담에 있을걸."

    ……그리고 곧장 네팔행 버스표나 사러 갈걸, 하는 생각이 들었지만, 카를라는 속으로만 담아뒀다. 물고기를 낚아채려면 적당한 때를 기다려야 했다.

"내가 아까 아무 말도 하지 않은 건……"

    ……파울로는 의도치 않게 해 뜨는 집에서 겪은 모든 일을 털어놓았다.

    카를라는 안도감과 걱정을 동시에 내비치며 그의 말을 경청했다. 그의 이런 반응은 좀 극단적이지 않나? 환희에서 우울로, 또 그 반대로 계속 양극단을 오가는 사람인 걸까?

    모두 털어놓고 나자 파울로는 기분이 한결 나아졌다. 카를라는 아무런 판단도 하지 않은 채 잠자코 그의 말을 듣고 있었다. 그녀는 파울로가 5천 달러를 쓰레기통에 던져버렸다는 식으로 생각하지 않았다. 그리고 그를 나약한 사람으로 여기지도 않는 듯했다. 그것만으로도 파울로는 더 강한 사람이 된 기분이었다.

    마침내 그들은 풍차 앞에 이르렀다. 관광객 한 무리가 가이드의 설명을 듣고 있었다. "가장 오래된 풍차는…… 〔발음할 수 없는 이름〕에 있고, 가장 높은 풍차는…… 〔발음할 수 없는 이름〕

에 있어요. 풍차의 에너지는 옥수수나 커피콩이나 카카오 열매를 빻거나 기름을 만드는 데 쓰였죠. 선박을 건설하기 위한 대형 널빤지를 가공하는 데도 쓰였고요. 그 덕분에 우리의 항해자들이 아주 멀리까지 진출해서 제국을 확장할 수 있었던 거랍니다⋯⋯"

버스의 시동이 걸리는 소리가 들리자 파울로는 카를라의 손을 잡고 당장 암스테르담으로 돌아가자고 말했다. 이틀 뒤면 그도 관광객들도 풍차가 어디에 쓰였는지 기억도 못할 터였다. 그런 것 따위나 머릿속에 담자고 하는 여행이 아니었다.

돌아오는 길에 정류장 한 곳에서 '검표'라고 쓰인 완장을 두른 여자가 버스에 올라타더니 승객들의 표를 검사하기 시작했다. 파울로의 차례가 되었고, 카를라는 고개를 돌렸다.

"없는데요." 파울로가 말했다. "전 무료인 줄 알았어요."

검표원은 이미 귀가 닳도록 들어온 변명이었으리라. 검표원은 곧장 달달 외운 대사 같은 유려한 대답을 쏟아냈다. 네덜란드가 대단히 관대한 국가임에는 틀림이 없으나, 대중교통이 무료라는 생각은 바보가 아니고서는 못할 거라고.

"세계 어느 나라에서고 그런 경우를 본 적이 있나요?"

물론 없었다. 하지만 그는 그렇지 않은 경우 또한⋯⋯ 그때 그를 툭 치는 카를라의 발길이 느껴졌고, 그래서 그는 입을 다물

기로 마음먹었다. 그는 군말 없이 버스팟값의 스무 배에 해당하
는 벌금을 물었고, 덤으로 청교도적이고 정직하며 법을 준수하
고, 담광장이나 그 근처엔 얼씬도 한 적 없었을 법한 다른 승객
들의 비난어린 눈초리를 견뎌야 했다.

버스에서 내리며 파울로는 마음이 불편했다. 항상 단호하게
원하는 바를 얻어내긴 해도 꽤 상냥한 이 여자한테 그 자신의 존
재가 부담이 되는 건 아닐까? 이쯤에서 작별을 고하고 여자가 제
갈 길을 가도록 해야 하는 건 아닐까? 그들은 거의 모르는 사이
임에도 이미 이십사 시간 이상을 마치 당연하다는 듯 꼭 붙어다
녔다.

카를라가 그의 생각을 읽은 듯했다. 그에게 네팔행 버스 여행
사까지 함께 가자고 청한 것이다.

버스라니!

그것은 그가 상상할 수 있는 가장 황당한 생각을 넘어섰다.

문제의 여행사는 직원이 한 사람뿐인 협소한 사무실이었다.
직원은 라르스 아무개라는 기억하기 어려운 이름으로 자신을 소
개했다.

카를라가 다음 '매직 버스'(그게 버스 이름이었다)는 언제 출
발하는지 물었다.

"내일요. 두 자리밖에 남지 않았고, 그것도 곧 매진될 거예요. 당

장 매진은 아니어도 가는 길에 누군가가 타서 함께 가게 되겠죠."

그렇다, 이제 곧 카를라가 에둘러 말하기를 멈춰야 할 때였다.

"여자 혼자서 가기는 위험하지 않나요?"

"하루도 안 돼서 혼자가 아니게 될걸요. 카트만두에 도착하기도 전에 남자 승객들이 다 그쪽한테 사귀자고 할 테니까. 그쪽 말고 다른 여자들도 혼자서 여행해요."

이상하게도 카를라는 그 가능성에 대해서는 전혀 생각해보지 못했다. 그녀는 이미 알고 있는 곳만 다니려 하고 라틴아메리카도 위험하다고 생각하는 한 무더기의 겁쟁이 남자들 중에서 동행을 구하느라 많은 시간을 허비했다. 그저 엄마의 치마폭에서 멀리 떨어지지 않은 안전한 범위 안에서만 자유롭다고 느끼는 이들. 그녀는 동요하는 기색을 감추려고 노력하는 파울로의 모습을 눈치챘고, 그래서 만족스러웠다.

"편도표 한 장 주세요. 돌아오는 편은 나중에 생각해볼게요."

"카트만두까지요?"

매직 버스는 정류장 여러 곳을 거치며 승객들을 태우고 내려주었다. 뮌헨, 베오그라드, 아테네, 이스탄불, 그리고 도로 사정에 따라 테헤란이나 바그다드까지.

"네, 카트만두까지요."

"인도에 가보고 싶은 생각은 없어요?"

파울로는 카를라와 라르스가 서로 시시덕거리는 것을 놓치지 않았다. 그래서 뭐? 그녀는 그의 여자친구가 아니라 그저 아는 사람일 뿐이었다. 친절하지만 거리감이 있는.

"없어요, 네팔행 표는 얼마예요?"

"70달러요."

세상의 끝까지 가는 데 고작 70달러라고? 대체 어떤 버스기에? 파울로는 자신의 귀를 의심했다.

카를라가 허리춤에서 돈을 꺼내 '여행사 직원'한테 건넸다. 라르스는 식당 영수증과 똑같이 생긴 종이에 별다른 인적사항 없이 그녀의 이름과 여권번호와 최종 목적지만을 기입한 뒤, 도장을 찍었다. 아무 의미 없는 도장이었으나 종이가 한결 그럴듯해 보였다. 마침내 그가 카를라에게 경유지를 표시한 지도와 함께 버스표를 건넸다.

"여행중 국경 폐쇄나 천재지변, 또한 무력 충돌이나 그와 비슷한 사건 발생 시에도 환불되지 않습니다."

카를라는 완벽하게 이해했다.

"다음 '매직 버스'는 언제 출발해요?" 파울로가 침묵에서 빠져나오며 불편했던 감정을 잊고 끼어들었다.

"그때그때 달라요. 그쪽이 생각하듯 규칙적인 운행편이 아니라서요."

라르스의 목소리에는 살짝 적의가 섞여 있었고, 그는 파울로를 바보 취급했다.

"그건 압니다. 제 질문엔 아직 대답하지 않으셨는데요."

"별 문제가 없으면 아마 코르테스가 버스를 끌고 보름 뒤에 여기 도착할 겁니다. 좀 쉬었다가 다시 길을 떠나려면 이달 말쯤 되지 않을까 싶네요. 하지만 아무것도 장담할 수 없습니다. 코르테스도 우리 다른 운전기사들처럼⋯⋯"

그가 조금 전에 부인하던 것과 달리, '우리'라고 말하는 그의 어법에서 이곳이 대형 여행사인 것처럼 여겨졌다.

"⋯⋯같은 코스만 달리는 데 이골이 났을 테니까. 버스도 자기 소유겠다, 다음엔 마라케시 같은 곳으로 떠날 수도 있어요. 아니면 카불이라든가. 저한테 노상 그 얘기거든요."

카를라가 그 스웨덴 남자에게 부드러운 눈빛을 보내며 작별인사를 건넸다.

"내가 바쁘지만 않았어도 그 버스를 직접 운전했을 텐데!" 그가 카를라의 말없는 인사에 화답했다. "그럼 당신과 좀더 알아갈 수 있을 텐데⋯⋯"

그에겐 카를라 옆에 서 있는 남자는 존재하지 않는 게 자명했다.

"다음 기회가 있겠죠. 돌아오면 커피 한잔해요, 우리 관계가 어떻게 진전될지 두고 보자고요."

그때 세상의 주인인 듯한 오만한 말투를 벗어던진 라르스가 아무도 예상치 못한 대답을 내놓았다.

"돌아온다면요…… 그쪽으로 떠난 사람들은 대개 적어도 이삼 년 동안은 안 돌아오거든요. 잘은 몰라도 운전기사들한테 들은 얘기예요."

"납치를 당하나요? 아니면 폭행을?"

"천만에요. 카트만두는 '샹그릴라', 즉 천국의 골짜기라는 별칭으로 불리는 곳인걸요. 고도에 적응만 하면 인생에 필요한 모든 걸 그곳에서 찾게 될 거예요. 그러니 다시 도시로 돌아와 살고 싶은 마음이 달아나버리죠."

그가 카를라에게 정류소들이 표시된 또다른 지도를 건넸다.

"내일 열한시 정각에 여기로 오세요. 지각하면 길바닥에 내버려두고 떠납니다."

"너무 이른 거 아니에요?"

"잠은 버스에서 내내 자게 될 겁니다."

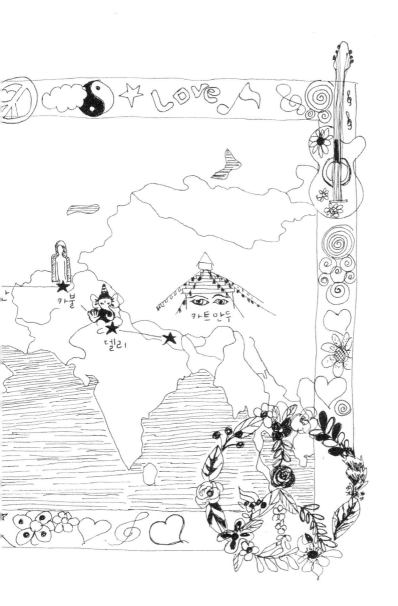

LOVE

카불

델리

카트만두

단호하고 집요한 카를라는 전날 파울로와 담광장에서 만나 암스테르담 교외를 둘러보면서 그가 자기와 함께 네팔에 가야 한다고 생각했다. 비록 그와 만난 지 만 하루가 조금 넘었을 뿐이지만 그와 함께 있는 게 좋았다. 그녀는 그와 사랑에 빠지는 일은 결코 없으리라 생각하며 안심했다. 그녀는 이 브라질 남자에게 이미 묘한 감정을 느끼긴 했지만, 마음이 떠나는 것 역시 순식간의 일이 되리라 생각했다. 마음에 드는 상대의 매력이 일주일도 못 가 휘발되게 하려면, 그 상대와 일상을 함께 보내는 일보다 더 좋은 방법은 없다는 게 그녀의 지론이었다.

만일 그녀가 이상적이라고 생각하는 이 남자를 암스테르담에 남겨둔 채 홀로 떠난다면, 그가 자꾸 생각나서 여행을 완전히 망칠 터였다. 만일 이 이상적인 남자의 이미지가 머릿속에서 계속해서 자라나게 내버려둔다면, 그녀는 여행 중간에 되돌아와서 끝내 그와 결혼하고 말 터였다. 이번 생의 그녀의 계획에 전혀 포함되어 있지 않은 일이었다. 아니면 그가 대도시 한복판에 인디언들과 뱀들이 넘쳐나는 이국적이고 머나먼 그의 땅으로 돌아가버릴 수도 있었다. 사실 이 인디언과 뱀 얘기는 그의 나라에 대해 전설처럼 떠도는 수많은 이야기들 중에서 그녀의 기억에 남은 것이다.

파울로는 그녀에게 단지 알맞은 순간의 알맞은 동행일 뿐이었다. 그녀는 다른 남자들의 구애를 끊임없이 거절해가면서 네팔 여행을 악몽으로 만들 마음이 추호도 없었다. 그녀는 떠나기로 마음을 완전히 굳혔다. 네팔로 떠나는 건, 한계를 모르고 자라난 그녀에게도, 자신의 한계를 훌쩍 뛰어넘는 가장 정신 나간 모험이었기 때문이다.

그녀는 결코 길에서 하레 크리슈나 무리를 따라가지 않을 것이었고, 마치 영혼을 완전히 비워야만 신에게 가까워질 수 있다는 듯 '마음을 비우라'는 것밖에 가르칠 줄 모르던 인도 구루들의 말에 현혹되지도 않을 것이다. 이 방면에서 처음 참담했던 경험들을 한 후로, 그녀는 두려움의 대상이자 열광의 대상인 신과 차라리 직접 교감하기를 원했다. 그녀의 관심은 오직 고독과 아름다움, 신과의 직접적인 교감뿐이었고, 무엇보다 그녀가 익히 알고 있으며 더는 관심이 없는 세계와 그녀 사이에 안전한 거리를 확보하는 것이다.

그런 식으로 생각하고 행동하기에 그녀는 좀 이른 나이가 아니었을까? 나중에 언제든 생각이 바뀔 수도 있겠지만, 커피숍에서 빌마에게 말했듯, 서양인들이 생각하는 천국은 그녀에게 하찮고, 반복적이고, 미치도록 따분한 곳이었다.

파울로와 카를라는 '커피숍'과 달리 커피와 비스킷만 판매하는 보통 카페의 테라스에 앉았다. 두 사람의 얼굴은 태양을 향한 채였다. 전날 비가 내린 후로 날이 여전히 화창했고, 그들은 이 축복이 언제 어느 때고 사라져버릴지도 모른다는 걸 알았다. 보다 전문적인 곳을 상상했던 카를라를 놀라게 한 작은 '여행사'에서 나온 이후로, 그들은 아무 말도 주고받지 않았다.

"자, 이제……"

"……이제 우리가 함께 보내는 마지막 날이겠네. 넌 동쪽으로, 난 서쪽으로……"

"그래, 피커딜리서커스로. 거기에 가면 넌 여기서 보았던 모든 것들의 복사본을 보게 될 거야. 광장 중앙의 기념물만 다르고.

하기는, 메르쿠리우스 조각상이 담광장의 남근 상징보다는 훨씬 멋진 것 같다."

카를라는 눈치채지 못했으나, '여행사'에 다녀온 뒤로 파울로는 그녀와 네팔에 함께 가고 싶어서 미칠 지경이었다. 더 정확히는 단돈 70달러로 인생에 단 한 번 가볼 수 있을 장소들에 가보고 싶었다. 그는 지금 자기 옆에 있는 이 여자에게 빠져드는 중이라는 생각을 받아들일 수 없었다. 정확한 사실이 아니라 단지 가능성일 뿐이었기 때문이다. 그는 자신을 똑같이 사랑해주지 않을 누군가에게 반할 마음이 없었다.

그는 지도를 면밀히 살피기 시작했다. 버스는 알프스산맥을 통과하여 적어도 두 개의 공산주의국가를 지나, 터키에 닿을 예정이었다. 그로서는 난생처음 방문하게 될 이슬람국가였다. 그는 빙글빙글 돌고 춤을 추며 신의 세계를 경험한다는 데르비시들에 대한 수많은 정보들을 읽어본 적이 있었다. 심지어 그는 브라질에 순회공연을 온 그 수도승들의 공연을 도시에서 가장 훌륭한 극장에서 관람한 적도 있었다. 책장의 글자에 불과했던 그 모든 정보들이 바야흐로 실제가 되려 하고 있었다.

그것도 단돈 70달러에. 그처럼 모험을 즐기는 사람들과 함께.

그렇다, 피커딜리서커스는 그저 경찰들이 무기를 소지하지 않고 술집들은 밤 열한시면 문을 닫는 나라에 있는, 다채로운 옷차림을 한 사람들이 벌떼처럼 몰려드는 원형 광장일 뿐이었다. 그곳에서 할 수 있는 흥미로운 일이란 역사적인 건물이나 다른 구경거리를 찾아 도시를 산책하는 게 고작이리라.

몇 분 뒤, 그는 마침내 결심했다. 모험은 광장 하나보다 월등히 흥미로웠다. 옛말에 변화는 항구적이고 영속적이라고 했다. 인생은 짧고 시간은 쏜살같이 흐른다. 만물이 불변하다면 우주 또한 존재하지 않을 터였다.

마음을 그토록 빨리 바꿀 수도 있을까.

영적인 길로 나아갈 때 인간의 마음을 움직일 수 있는 감정들은 수두룩하다. 동기는 고결할 수 있다. 믿음, 가족이나 친구에 대한 사랑, 또는 자비심. 아니면 단순한 변덕이나 고독에 대한 공포, 호기심, 사랑받고 싶은 욕망 때문일 수도 있다.

하지만 이 모든 것들은 하등 중요하지 않다. 진정으로 영적인 길은 우리를 그 길로 이끄는 동기들보다 강하다. 그리고 사랑과 규율과 존엄과 함께 점차 단단해진다. 언젠가 뒤를 돌아보고 여정의 초기를 떠올리는 순간이 오면 우리는 스스로에게 미소를 지을 것이다. 우리가 중요하다고 생각했으나 실은 극히 하잘것없었던 이유들 때문에 걸었던 그 모든 길들을 통해서도 우리는 성장할 수 있다. 우리에겐 필요한 순간에 길을 바꿀 능력이 있다.

신의 사랑은 우리를 신에게 이끄는 동기들보다 강하다. 파울로는 온 영혼의 힘을 다해 그것을 믿었다. 신의 권능이 매 순간 우리와 함께한다. 신의 권능이 우리의 정신에, 우리의 감각 속에, 우리의 숨결 속에 발현되도록 하려면 용기가 필요하다. 우리가 그저 신의 의지를 실현하는 도구일 뿐이고 우리가 따라야 할 것은 신의 의지임을 깨달았을 때, 마음을 바꾸기 위해서는 용기가 필요하다.

"어제 파라디소에서부터 치밀하게 덫을 놓아두는 걸 보면 넌 아마 내가 같이 가겠다고 대답하길 기다리는 것 같아."

"미쳤구나!"

"늘 미쳐 있지."

그랬다. 그녀는 그가 같이 가주기를 간절히 바랐지만 남자들의 사고방식을 익히 알기에 아무 말도 할 수 없었다. 만일 그녀가 인정한다면 그는 강자가 되었다고 느낄 것이고, 더 나쁘게는 약자가 되었다고 느낄 것이었다. 그는 이제야 '덫'이라고 부른 이 게임의 정체를 이해했다.

"내 질문에 대답해. 내가 함께 가기를 원해?"

"나는 전혀 상관없어."

'부탁이야, 함께 가줘.' 그녀는 마음속으로 생각했다. '네가 특별히 흥미로운 남자여서는 아니야. 솔직히 좀전에 여행사에서 만난 스웨덴 남자가 더 적극적이고 강단 있는 것 같아. 다만 너와 함께 있으면 기분이 좋아지거든. 내 조언을 받아들여서 독일까지 헤로인을 운반하지 않기로 결정하고, 수많은 영혼들을 구한 네가 정말 자랑스러웠어.'

"상관없다고? 아무래도 좋단 얘기야?"

"응."

"그렇다면, 혹시 내가 당장 여기서 일어나 여행사로 가서 마지막 남은 버스표를 산대도 너는 그다지 반갑지 않겠네?"

그녀는 그의 눈을 똑바로 들여다보며 미소 지었다. 자신의 미소가 대신 모든 걸 고백해주기를 바랐다. 그녀는 그가 여행 동반자가 되는 것이 매우 기뻤지만, 그 마음을 말로 표현할 수도 없었고 또 표현하지도 않을 터였다.

"커피는 네가 사." 파울로가 일어나며 말했다. "난 버스에서 벌금을 무느라 이미 큰돈 날렸으니까."

그는 카를라의 미소를 읽었다. 기쁨을 숨기고 싶었던 그녀는 머릿속에 제일 먼저 스친 말로 응수했다.

"여기선 여자들도 늘 반씩 내. 우린 성적 대상으로 키워지지 않았거든. 네가 벌금을 문 건 내 말을 듣지 않았기 때문이지만, 그래, 좋아, 네가 꼭 내 말을 들어야 하는 건 아니니까. 오늘 커피값은 내가 낼게."

파울로는 카를라가 정말 지독한 여자라고 생각했다. 그녀는 무엇이든 그냥 넘어가지 않고 자기 의견을 개진했다. 하지만 그녀가 매순간 자신의 독립성을 드러내는 점이 그는 마음에 들었다.

여행사로 향하면서 그는 카를라에게 정말로 그렇게 싼값으로 그토록 먼 나라인 네팔까지 갈 수 있다고 생각하느냐고 물었다.

"몇 달 전까진 나도 의심했어. 목적지가 인도든 네팔이든 아프가니스탄이든 늘 푯값은 70달러에서 100달러 사이인 버스 광고를 보고서도. 그러다가 대안 신문인 〈아크〉지에서 그렇게 여행을 다녀온 사람의 이야기를 읽게 되었고, 그뒤로 나도 너무너무 그 사람처럼 여행하고 싶어졌어."

그녀는 자기는 오직 떠날 생각만 하고 있고 귀국은 수년 뒤에나 할 생각이라는 말은 하지 않았다. 파울로가 나중에 수천 킬로미터의 길을 혼자 돌아와야 할 것을 탐탁지 않아할 수도 있었다.

하지만 파울로는 순응해야 할 터였다. 산다는 건 곧 순응하는 것이다.

문제의 '매직 버스'는 마법과는 전혀 거리가 멀었고, 여행사에 붙어 있던 포스터 속의 멋진 문구와 그림으로 뒤덮인 총천연색 차량과도 닮은 구석이 없었다. 그저 학생들을 실어나르던 낡은 통학버스 같았다. 좌석 등받이도 젖혀지지 않았고, 지붕엔 난간이 설치되었으며, 뒤편엔 기름통과 예비 타이어가 매달려 있었다.

　　운전기사가 승객들을 집합시켰다. 스무 명 남짓 되는 이들은 연령대는 다양했지만 모두가 같은 영화에서 빠져나온 듯 보였다. 개중엔 가출한 미성년자처럼 보이는 이들도 있었고(젊은 여자 두 명이었는데, 아무도 그들에게 신분증을 보여달라고 하지 않았다), 지평선 너머로 시선을 고정한 중년 남자도 있었다. 그는 마치 애타게 갈망해온 깨달음을 마침내 얻어 이제는 산책을,

기나긴 산책을 떠나기로 결심한 사람 같아 보였다.

　운전기사는 두 명이었다. 한 사람은 영국식 억양이 있었고, 다른 이는 인도인 같기도 하고 아랍인 같기도 했다.

　"규칙이라면 나도 질색이지만, 그래도 몇 가지 반드시 지켜야 할 사항을 얘기하겠습니다. 첫째, 이제 국경을 넘으면 버스에서 약물은 금지예요. 감옥행으로 그치는 나라도 있겠지만, 아프리카에서처럼 다른 몇몇 나라들에선 참수형으로 끝날 수도 있어요. 무슨 뜻인지 다들 잘 알아들었길 바랍니다."

　사람들이 잘 이해했는지 확인하기 위해 운전기사가 잠시 말을 멈췄다. 이번엔 승객들이 확실히 잠이 깬 표정들이었다.

　"차 밑 화물칸엔 큰 물통이랑 군사식량이 준비돼 있어요. 군사식량 한 끼분엔 고기 퓌레와 비스킷, 과일 시리얼바, 캐러멜과 견과류가 들어간 초코바, 분말 오렌지주스, 설탕과 소금이 들어 있습니다. 터키를 통과하고 나면 여정의 상당 기간 동안 따뜻한 음식은 구경도 못할 테니 각오들 하세요."

　"비자는 각 국경에서 발급될 겁니다. 경유 비자죠. 비용이 들지만 보통은 그리 비싸지 않아요. 몇몇 나라에선 버스에서 내릴 수 없습니다. 이를테면 불가리아 같은 공산국가에서는요. 그러니 국경을 넘기 전에 볼일을 보세요. 차를 세우지 않을 거니까."

　운전기사가 손목시계를 확인했다.

"시간이 됐군요. 짐을 들고 차에 오르세요. 다들 침낭을 챙겼길 바랍니다. 밤엔 차를 세울 거예요. 더러는 잘 아는 휴게소에 세울 수도 있지만, 대부분 도로 옆 들판에 세울 겁니다. 터키 이스탄불에서처럼 사정이 여의치 않을 땐 저렴한 호텔에서 묵게 될 겁니다."

"가방을 지붕 위에 실어도 될까요? 다리를 펼 공간이 부족해서요."

"물론이죠. 하지만 잠깐 쉬어가는 동안 가방이 사라지더라도 놀라진 말아요. 버스 뒤쪽에 짐칸이 있어요. 짐은 일인당 하나씩이라고 지도 뒷면에 쓰여 있었을 거예요. 식수는 찻값에 포함되지 않았으니 각자 물병을 챙겼기를 바랍니다. 휴게소에 들르면 거기서 물을 채울 수 있어요."

"혹시 무슨 일이 생기면요?"

"이를테면?"

"혹시 누가 아프거나 하면요."

"구급상자가 있어요. 하지만 말 그대로 '구급'용이죠. 환자를 시내 병원에 이송할 때까지 필요한 최소한의 장비요. 그러니까 자기 몸은 각자 알아서 챙기세요. 각자 영혼을 보살피듯 말입니다. 다들 황열과 천연두 예방접종은 받으셨겠죠?"

파울로는 황열 접종을 받았다. 브라질인들은 출국 전 황열 예방접종이 의무였다. 어쩌면 다른 나라 사람들이 브라질인들은 각종 전염병 보균자라고 생각하기 때문인지도 몰랐다. 하지만 그는 천연두 접종은 받지 않았다. 브라질에서는 주로 소아병인 홍역을 치르면 면역력이 생긴다고 믿기 때문이었다.

이러나저러나 운전기사는 누구에게도 의료증명서를 요구하지 않았다. 승객들이 버스에 올라 자리를 잡았다. 누군가가 옆자리에 가방을 올려놓으면 운전기사가 그 즉시 가방을 빼앗아 버스 구석으로 던졌다.

"다른 승객들이 계속 탈 거잖아요, 이기주의자 양반."

미성년자로 보이는, 아마도 가짜 여권을 소지했을 젊은 여자들은 나란히 자리를 잡았다. 파울로와 카를라도 나란히 자리를 잡았다. 차에 오르자마자 가장 먼저 두 사람이 한 일은 번갈아가며 창가에 앉기 위한 교대 시스템을 마련하는 것이었다. 카를라는 세 시간마다 자리를 교대하고, 밤에는 두 사람 다 잠을 자는 데 문제가 없으면 자신이 창가에 앉겠다고 제안했다. 파울로는 부도덕하고 부당한 제안이라고 지적했다. 그녀는 그동안 머리를 창에 기댈 수 있을 테니 말이다. 결국 그들은 하루씩 번갈아가며 창가 자리를 차지하기로 결정했다.

운전기사가 출발을 알렸다. '매직 버스'라는 이름 말고는 낭만적인 구석이 하나도 없는 통학버스가 세상 끝으로 향하는 수천 킬로미터의 여정을 시작했다.

"운전기사가 주의사항을 얘기하는데 모험을 떠나는 게 아니라 브라질 군복무를 하러 가는 줄 알았어." 파울로가 카를라에게 말했다. 그리고 버스로 안데스산맥을 내려오면서 스스로에게 했던 다짐을, 이미 수차례 어겨온 그 다짐을 떠올렸다.

카를라는 파울로의 지적이 거슬렸으나, 그렇다고 그와 다툴 수도, 버스가 출발한 지 오 분 만에 자리를 옮길 수도 없었다. 그녀는 핸드백에서 책을 꺼내 읽기 시작했다.

"이제 그렇게도 가고 싶어하던 곳으로 떠나게 돼서 행복해? 그러고 보니 여행사 작자가 우리한테 거짓말을 했네. 아직 빈자리가 있잖아."

"거짓말한 게 아니야. 너도 똑똑히 들었잖아. 중간에 타는 승객들도 있을 거라고. 그리고 난 가고 싶었던 곳으로 떠나는 게 아니라, 가야 할 곳으로 돌아가는 거야."

파울로는 그녀의 말을 이해하지 못했고, 그녀도 설명하지 않았다. 그는 그녀를 조용히 내버려두기로 마음먹고, 운하가 사방으로 가로지르는 주위의 광활한 평원에 몰두했다.

왜 신은 세상을 창조하고, 네덜란드인들은 네덜란드를 창조한 것일까. 지구상에 사람이 살 만한 다른 땅들이 충분치 않았던가.

두 시간 뒤, 그들은 모두 친구가 되었다. 아니, 친구라기보다는 적어도 서로 소개한 사이가 되었다. 한 무리의 호주인들은 상냥하고 늘 웃어 보이긴 했으나 대화에 동참하고 싶어하지 않는 기색이 역력했기 때문이다. 카를라도 마찬가지였다. 그녀는 벌써 제목도 잊어버린 책에 열중한 척하며 속으로는 아직 수천 킬로미터도 더 남은 목적지를, 히말라야에 도착하는 장면을 상상하고 있었다. 파울로는 이런 상황이 얼마나 불편할 수 있는지 익히 알고 있었으나 아무 말도 하지 않았다. 그녀가 못마땅한 기분을 그에게 쏟아내지 않는 한 문제될 게 없었다. 그녀가 푸념을 늘어놓는다면, 자리를 옮겨버리면 그만일 터였다.

뒷자리엔 프랑스인 부녀, 예민한 듯 보이지만 의욕적인 딸과 아버지가 앉아 있었다. 그리고 옆쪽엔 아일랜드인 커플이 자리했는데, 남자는 곧장 자신을 소개하더니 이번이 두번째 여행이며, 카트만두는 "물론 거기까지 무사히 도착한다면" 적어도 이년은 머물러야 하는 곳이라고 생각해서 이번엔 여자친구와 동행한다고 말했다. 지난번엔 일 때문에 일찍 돌아왔지만 이번엔 모든 것을 정리하고 수집하던 모형 자동차를 팔아 목돈을 마련한 뒤(모형 자동차가 돈이 된다고? 파울로는 자문했다), 살던 아파트를 비우고서 여자친구에게 함께 떠나자고 했다고 덧붙였다.

그가 만면에 웃음을 지어 보였다.

"적어도 이 년은 머물러야 하는 곳"이라는 말에 카를라는 책 읽는 척하던 걸 그만두고 그 이유를 물었다.

이름이 라이언인 그 남자는 자신이 네팔에 있었을 때 모든 일이 가능한 평행현실에서 시간을 초월하는 경험을 했노라고 설명했다. 딱히 인상이 좋지도 나쁘지도 않은 그의 여자친구 미르트까지 네팔을 모두가 앞으로 몇 년 살아봐야 할 곳이라고 여기는 것 같진 않았다.

하지만 보아하니, 그녀는 사랑에 이끌린 듯했다.

"평행현실이라니, 무슨 뜻이지?"

"행복감을 느끼고 가슴이 사랑으로 충만해 있을 때 육체와 영혼이 겪는 정신 상태라고 할까. 돌연 일상을 이루는 모든 게 다른 의미를 띠게 돼. 모든 색깔이 더욱 선명하게 빛나고 추위, 비, 고독, 공부, 일 등 그전엔 성가시기만 했던 모든 게 새롭게 보이는 거야. 왜냐하면 잠깐 동안이나마 우주의 영혼으로 들어가 달콤함을 맛보았으니까."

아일랜드 남자는 직접 체험해봐야만 알 수 있는 무언가를 말로 설명해낸 게 만족스러운 듯했다. 미르트는 남자친구가 미모의 네덜란드 여자와 대화를 나누는 게 마뜩잖은 눈치였다. 아무래도 그녀는 지금 모든 게 순식간에 추하고 고통스럽게 느껴지는 정반대의 평행현실로 들어간 듯했다.

"그리고 또다른 측면도 있어. 일상의 소소한 일들이 난데없이 심각한 문제들로 변할 때 말야." 여자친구의 기분을 알아차리지 못한 듯 라이언은 설명을 이어갔다. "평행현실은 하나가 아니라 여러 개니까. 우리가 지금 이 버스 안에 있는 건 우리가 선택했기 때문이지. 우리는 이제 수천 킬로미터를 가야 하는데, 이게 어떤 여행이 될지는 우리가 어떤 결정을 내리느냐에 달렸어. 이제까지는 불가능해 보이던 꿈을 추구해나가느냐, 아니면 불편한 좌석과 거슬리는 승객들한테만 얽매이느냐. 지금 우리가 머릿속에 그리는 모든 게 여행하는 내내 우리의 현실이 될 거야."

미르트는 남자친구의 암시를 알아듣지 못한 척했다.

"내가 처음 네팔에 갔을 때는 아일랜드와 어떤 협약을 맺은 기분이었고, 그 협약은 깨지지 않았어. 계속해서 이런 목소리가 들렸지. '지금 이 순간을 살고, 매 순간 최선을 다해 누려. 이내 집으로 돌아가게 될 테니까. 그리고 사진 찍는 걸 잊지 마. 친구들에게 네가 얼마나 씩씩하고 용감했는지 알려주고, 그들도 용기가 있었다면 동참하고 싶어했을 너의 경험들을 보여줘.'

일행 몇몇과 히말라야 산속의 어느 동굴에 가보기 전까지는 말이야. 상식적으로 아무것도 자라나지 못할 것만 같은 그곳에, 글쎄, 놀랍게도 손가락 반만 한 작은 꽃 한 송이가 피어 있는 거야. 우리는 거기서 어떤 기적, 어떤 계시를 보았고, 경외심을 표하기 위해 손에 손을 잡고서 만트라를 암송했지. 잠시 뒤 동굴이 흔들리기 시작하더니 더이상 한기가 느껴지지 않았고, 멀리 있던 산들이 가깝게 느껴졌어. 왜 그랬냐고? 그곳에 살던 사람들이 그곳에 들어오는 모든 이들, 모든 것들에 닿을 수 있을 만큼 생생한 사랑의 떨림을 남겨놓았기 때문이야. 꽃씨가 바람에 실려오듯이. 이 세상이 한결 나아지기를 바라는 우리의 열망, 그 간절한 열망이 구체화되고 모든 것에 가닿은 듯했어."

미르트에겐 이미 수차례 들은 익숙한 이야기였겠지만, 파울로와 카를라는 홀린 듯이 라이언의 이야기를 경청했다.

"그렇게 시간이 얼마나 흘렀는지 모르겠어. 우리가 묵고 있던 사원으로 돌아가 동굴에서 겪은 일을 이야기하니까 수도승들이 그 동굴에 사람들이 성자로 여기던 인물이 살았었다고 얘기해주더라고. 그러고는 세상이 변하고 있고, 어떤 열정이든 상관없이 모두 강렬해질 거라고 덧붙였어. 증오도 보다 격렬하고 파괴적으로 변하고, 사랑도 더 밝은 빛을 드러낼 거라고."

운전기사가 잠시 대화를 끊었다. 그러고는 원래 일정대로라면 룩셈부르크로 가서 밤을 보내야 하지만 그 대공국大公國에 관심 있는 사람은 아무도 없는 것 같으니, 이대로 계속 달려 독일 도르트문트 근처에서 노숙을 하는 게 어떻겠느냐는 제안을 했다.

"잠시 뒤 요기도 하고 사무실에 전화도 걸 겸 잠깐 쉬어가겠습니다. 다음 승객들이 버스를 좀더 일찍 탈 수 있도록 사무실에 얘기해둬야 해서요. 아무도 룩셈부르크에 가지 않는다면 귀중한 몇 킬로미터를 아낄 수 있으니까."

승객들은 박수를 쳤다. 자리로 돌아가려던 미르트와 라이언을 카를라가 멈춰 세웠다.

"하지만 명상을 하거나 신께 마음을 열어 보여야만 평행현실에 도달할 수 있는 줄 알았는데?"

"그건 내가 매일 하고 있는 거야. 동굴에 대해서도 매일 생각하지. 히말라야와 수도승들에 대해. 아무래도 이른바 '서구 문명' 시대에서의 내 시간은 다한 것 같아. 난 새로운 삶을 찾고 있어. 실제로 세상도 현재 변하고 있고. 긍정적인 감정과 부정적인 감정 모두 강렬한 힘을 드러낼 거야. 나는, 그리고 우리 모두는 아직 삶의 부정적인 면과 맞설 준비가 되어 있지 않은데."

"꼭 그렇진 않아." 미르트가 끼어들었다. 그녀가 단 몇 분 만에 질투라는 이름의 독을 넘어설 수 있다는 걸 증명해 보이며 처음으로 대화에 참여했다.

어느 면에서 파울로는 라이언이 얘기한 모든 것을 알고 있었다. 이미 유사한 경험을 한 터였다. 복수와 사랑 사이에서 선택할 수 있었을 때 그는 많은 경우 사랑을 택했지만, 그게 늘 좋은 선택은 아니었다. 때로 겁쟁이 취급을 당했으니까. 실제로 어떤 경우엔 그 자신도 세상을 개선하려는 순수한 열망보다는 두려움에 더 자극받기도 했다. 그도 나약하기 그지없는 인간이었다. 그는 자신의 인생에 닥치는 모든 일을 이해할 수는 없었지만, 스스로 빛을 향해 나아가고 있다고 굳게 믿고 싶었다.

그는 출발한 이후 처음으로 이 여행이 운명이라고 느꼈다. 그는 이 여행을 해야만 했고, 이 사람들과 만나야 했으며, 그가 습관처럼 설파했으나 늘 실행할 용기는 없었던 무언가를 해야만 했다. 우주에 자신을 내맡기는 것.

버스 안에 점차 작은 무리가 생겨났다. 때로는 공통의 언어에 따라, 때로는 섹스 같은 개인적 관심사에 따라서. 모두가 서로에 대해 알아나갔고 각자의 경험을 공유했다. 그렇게 처음 닷새는 훌쩍 지나갔다. 젊은 여자 둘은 예외였는데 그들은 모두에게, 철저히 모든 것에 거리를 두었다. 사람들의 관심이 자기들에게 집중돼 있다고 믿었기 때문이다(물론 착각이었다). 버스 안에 지루함이 스며들 틈이 없었다. 간간이 휴게소에 들러 버스의 기름을 채우거나, 승객들의 물병을 채우거나, 샌드위치나 음료수를 산다든가 화장실에 갈 때마다 여행길에 환기가 되었다. 나머지 시간은 서로 이야기하며 보냈다. 끝나지 않을 이야기를 하고 또 하며.

대부분의 경우 그들은 추위에 떨며 별하늘을 이불 삼아 밖에서 잠을 잤다. 하지만 하늘을 바라보며 침묵과 대화를 나눌 수 있음에, 어렴풋이 보일 듯한 천사들과 함께 잠들 수 있음에, 찰나의 순간일지언정 자신의 존재를 잊고서 주위를 에워싼 영원과 무한을 느낄 수 있음에 행복했다.

파울로와 카를라는 라이언과 미르트 커플과 가까이했다. 미르트의 경우, 그녀가 그들과 함께하는 건 자기 의지가 아니었다. 평행현실 이야기라면 이미 귀가 닳도록 들어온 터였다. 따라서 미르트가 이 자리에 있는 목적은 그저 남자친구를 줄곧 감시하기 위해서다. 이 년 가까이 함께한 애인의 관심을 꾸준히 이끌어내지 못해 여행 중도에 되돌아가는 일이 없도록 말이다.

파울로 역시, 기회를 엿보다 카를라와 자신이 어떤 관계인지 묻는 아일랜드인의 의도를 알아차렸다. 카를라가 한마디로 잘라 대답했다.

"아무 관계도 아니야."

"그냥 좋은 친구?"

"그조차도 아니야. 그냥 길동무쯤."

틀린 말은 아니지 않은가. 파울로는 사실을 있는 그대로 받아들이기로, 이미 확실히 물건너가버린 로맨티시즘은 고이 접어두기로 마음먹었다. 그들은 몇몇 나라를 향해 함께 항해하는 두 선원이었다. 선실 하나를 함께 사용하되 한 명은 위쪽 침대칸에서, 다른 한 명은 아래쪽 침대칸에서 잠을 자는.

라이언이 카를라한테 관심을 보일수록 미르트는 더욱 불안해하고 신경이 날카로워졌다. 하지만 당연히 내색하지는 않았다. 그러면 도저히 받아들일 수 없는 굴복의 표시가 될 테니까. 그녀는 파울로 곁으로 슬쩍 다가가 옆에 바짝 붙어앉았고, 간간이 그의 어깨에 머리를 기댔다. 그러는 동안에도 라이언은 카트만두에서 돌아온 후 그가 깨달은 모든 것들에 대해 계속해서 이야기했다.

"정말 멋지다!"

여행을 시작한 지 엿새가 지나자 활기 대신 권태가 온 버스 안을 잠식해갔다. 이제 승객들은 서로 할 이야기가 더이상 없었고 단지 먹고, 야외에서 잠을 자고, 버스 좌석에서 조금 더 편한 자세를 찾고, 담배 연기를 내보내려 창문을 여닫는 일 외에 할 수 있는 게 거의 없었다. 그들은 자기 이야기를 털어놓고 남들과 대화를 나누는 일에도 지쳐갔다. 사람들은 기회만 있으면 조금씩 다른 이들의 신경을 거스르는 말을 했는데, 인간이 집단을 이루면 으레 그러하듯, 이들처럼 좋은 의도로 만난 소규모의 무리도 다르지 않았다.

마침내 산이 모습을 드러내기 전까지는 그랬다. 그리고 골짜기. 이어서 협곡 깊숙이 흐르는 강물. 승객들 중 누군가의 질문에 인도인 운전기사가 이제 막 오스트리아로 넘어왔다고 대답했다.

"저 아래로 내려가 강가에 차를 세울 테니 목욕들을 좀 하세요. 우리 몸속에 피가 흐른다는 걸 상기하고 잡념일랑 쓰레기통에 던져버리기에 찬물보다 더 좋은 건 없으니까."

완전한 나체, 절대적 자유, 중간 매개 없는 자연과의 직접적인 접촉을 상상하자 모두들 기분이 좋아졌다.

버스가 자갈길로 접어들며 휘우뚱거리기 시작했다. 그러자 버스가 전복될까봐 겁을 먹은 승객 몇몇이 비명을 질러댔고, 운전기사는 그 소리를 듣고 낄낄거렸다. 마침내 그들은 강가에 닿았다. 보다 정확히는 원류에서 갈라져나와 잔잔하게 완만한 곡선을 그리다 다시 원줄기로 흘러들어가는 지류였다.

"삼십 분 드리겠습니다. 이참에 빨래도 하시고요."

모두가 일제히 짐 가방으로 달려들었다. 호텔에 묵는 대신 야영할 것을 대비하여 히피들은 언제나 수건과 칫솔, 비누를 챙겨다녔다.

"히피들이 씻지 않는다니, 정말 웃기는 소문이야. 우리를 비난하는 어느 부르주아들보다도 우리가 더 깨끗하지 않을까."

비난한다고? 그게 무슨 상관이란 말인가? 단순히 그런 비난을 의식하는 것만으로도 그 지적을 한 자에게 더 큰 힘이 실릴 터였다. 그 말을 꺼낸 당사자는 자신을 향한 성난 눈초리를 느꼈다. 그들은 타인의 말에 전혀 신경쓰지 않았다. 그건 절반의 사실이었다. 그들은 옷차림과 꽃 장식, 걸음걸음 드러나는 관능, 브래지어를 하지 않은 가슴이 부각되도록 목선이 깊게 파인 블라우스로 사람들의 눈길을 끌기 바랐다. 치렁한 치마 또한 더욱 관능적이었고 우아했다. 적어도 그들의 스타일리스트를 자처하는, 아무도 이름을 모르는 이들의 생각은 그러했다. 그들에게 노출은 누군가를 유혹하는 수단이 아니라 자신의 몸을 자랑스러워한다는 표현이었다.

수건이 없는 사람들은 티셔츠든 셔츠든 스웨터든, 요컨대 천으로 만들어져 몸을 닦을 만한 건 뭐든 집어들었다. 그리고 차에서 내려 강으로 향하며 실오라기 하나 남기지 않고 옷을 벗어던졌다. 물론 가장 어려 보이는 두 여자는 팬티와 브래지어는 벗지 않고 남겨두었다.

계곡 안쪽으로 바람이 밀려들었다. 바람 덕분에 이곳에선 모든 게 금세 마른다고 운전기사가 설명했다.

"그래서 여기서 쉬어가기로 한 거예요."

도롯가에서는 이 아래쪽이 전혀 보이지 않았다. 산봉우리에 태양은 가려졌지만, 분명 절경이었다. 듬성듬성 솟은 암벽과 그곳에 뿌리내린 소나무들, 수세기에 걸친 침식작용으로 반질반질 윤이 나는 자갈들. 그들은 주저 없이 찬물에 곧장 몸을 던지며 환호성을 내지르고, 서로서로 물을 튀겼다. 제각각 무리를 이루었던 그들이 하나가 된 그 순간이 이렇게 말하는 듯했다. "우린 가만히 머물러 있는 걸 혐오하는 세상에 속해 있고, 그것이 우리가 순례의 길 위에서 살아가는 이유다."

'우리 모두가 한 시간 동안 침묵한다면 신의 소리를 들을 수 있을 거야.' 파울로는 생각했다. '하지만 기쁨의 환호성을 지른다면 신께서 그 소리를 듣고서 우리를 축복하러 내려오실지도 모르지.'

아무 부끄러움 없이 알몸이 된 젊은이들의 모습에 익숙한 듯 두 운전기사는 승객들을 내버려두고서 바퀴의 압력이며 기름 상태를 점검했다.

파울로는 처음으로 카를라의 알몸을 보았고, 질투심이 싹트지 않도록 마음을 다스려야 했다. 그녀의 가슴은 담광장에서 포스터를 촬영하던 모델만큼 아름다웠다. 아니, 그보다 훨씬, 훨씬 더 아름다웠다.

진짜 놀라운 건 미르트였다. 길게 뻗은 다리와 완벽한 비율, 그야말로 오스트리아 알프스산맥 한가운데의 어느 계곡에 떨어진 여신이었다. 그녀가 자신을 향한 파울로의 시선을 알아차리고는 그에게 미소를 보냈다. 파울로는 그 미소가 라이언의 질투심을 유발해 그에게서 카를라를 멀리 떼어놓으려는 속셈에서 나왔음을 번연히 알면서도 그녀에게 똑같이 미소를 지어 보였다. 하지만 우리 모두가 알다시피, 별 뜻 없던 행동도 현실이 될 수 있다. 파울로는 그렇게 되기를 바랐고, 자진해서 자꾸 다가오는 이 여자에게 자신도 적극적으로 공세를 펴보기로 마음먹었다.

승객들은 옷가지들을 빨았다. 주위에 흩어진 스무 명 남짓의 벌거숭이들을 짐짓 못 본 척하던 어린 여자들 둘은 돌연 신나는 화젯거리를 찾은 듯했다. 파울로는 셔츠와 팬티를 빨고서 물기를 짜냈다. 입었던 바지도 마저 빨고서 짐 가방 속 새옷으로 갈아입을까 잠시 생각했지만, 다음 공동 목욕 때까지 그냥 더 입기로 마음먹었다. 청바지는 여러모로 편한 옷이었으나, 금세 마르지는 않았다.

그는 주위의 산봉우리들 중 하나에서 작은 교회당으로 보이는 건물을 발견했다. 수풀에 난 골들도 눈에 띄었다. 눈이 녹아내리면서 봄 한철에만 흐르는 물줄기가 만들어놓은 게 분명했다. 지금은 능선을 따라 내려오는 모래 줄기일 뿐이었다.

나머지는 완전한 혼돈이었다. 검은 암석들과 다른 암석들이 아무 미학적 고려 없이 무질서하게 뒤섞여 있어서 특별히 아름다웠다. 암석들은 끊임없는 자연의 공격을 견뎌내고자 적응하거나 모습을 바꾸지도 않았다. 어쩌면 수백만 년 전부터, 아니면 불과 이 주 전부터 그 모습이었는지도 몰랐다. 도로에 낙석 주의 안내판이 세워져 있었다. 이 산들은 아직도 만들어지고 있는 중이며 살아 있어서, 돌들도 인간들처럼 서로를 찾고 있다는 의미였다.

그 혼돈은 아름다웠다. 그것은 생명의 원천이었고, 그가 세상에 대해, 그리고 자신의 내면에 대해 상상하던 이미지였다. 그 아름다움은 비교나 기도, 또는 갈망에서 비롯된 게 아니었다. 그저 돌이나 소나무의 모습으로 기나긴 삶을 사는 데에서 기인했다. 늘 산에서 떨어져나갈 위험을 안고 있지만, 돌들의 환영과 호의를 받으며 서로 함께하기를 좋아했기에 그 자리에 분명 오랫동안 있어왔을 소나무의 모습으로 말이다.

"저 위에 교회당 같은 게 있어." 누군가 말했다.

그렇다, 그들 모두가 이미 교회당을 보았다. 그들 모두 자기 혼자만의 발견이라고 생각했지만 그렇지 않다는 사실을 이제 알게 되었다. 그리고 그곳에 누군가 살고 있는지 아니면 오래전에 버려진 곳인지, 왜 주변의 암석들이 검은색인데 벽을 하얗게 칠한 것인지, 사람이 어떻게 저 절벽까지 기어올라 건물을 올릴 수 있었는지 고요히 자문했다. 어쨌든 외딴 교회당이 있었고, 그건 주위의 근원적 혼돈과 다른 유일한 것이었다.

그들은 소나무와 암석 들을 바라보고 주위를 에워싼 이 산의 최고봉을 찾느라 멀거니 서 있다가, 이윽고 깨끗해진 옷들을 다시 꿰입으며 목욕을 통해 정신에 들러붙어 있던 수많은 고통을 치유할 수 있음을 다시 한번 깨달았다.

버스의 경적이 울렸다. 다시 여행을 시작할 시간이었다. 이곳의 절경으로 인해 잠시 잊고 있던 여행길로 돌아갈 시간.

카를라는 특정 주제에 대한 강박에 사로잡힌 게 분명했다.

"평행현실에 관한 이 모든 걸 어떻게 배웠는데? 동굴에서 어떤 계시나 깨달음을 얻는 일과, 수천 킬로미터를 달려 어디론가 되돌아가는 일은 전혀 다른 문제야. 영적 경험은 어디서든 할 수 있다고. 신은 도처에 계시니까!"

"그래, 신은 도처에 계시지. 수세기 전부터 우리 집안이 터를 잡고 살아온 도어도일 근방의 들판을 거닐 때나 리머릭으로 바다를 보러 갈 때, 항상 나는 신이 가까이 계심을 느껴."

그들은 파울로가 깊이 사랑했던 여인이 태어나고 자란 유고슬라비아 국경 근처의 길가 식당에 와 있었다. 이제까지는 누구도, 파울로 역시 비자 문제를 겪지 않았다. 하지만 이제 공산국가 입국을 눈앞에 두고서 그들은 조금 불안해졌다. 운전기사가 유고슬라비아는 불가리아와 달리 철의 장막 밖에 있는 나라라며 안심시키려 했으나 소용없었다. 미르트는 파울로 곁에, 카를라는 라이언 곁에 앉아 있었다. 네 사람은 애써 '모두 다 괜찮은' 표정을 지었으나 곧 커플에 변화가 생기리라는 것을 알고 있었다. 미르트는 네팔에 오래 머물 의사가 없음을 이미 명확히 밝혔고, 카를라는 어쩌면 네팔에 가서 돌아오지 않을 수도 있다고 선언했다.

라이언이 말을 이었다.

"도어도일은 노상 비가 내리지만 너희도 언젠가 한번은 꼭 가봐야 할 곳이야. 아무튼 내가 거기 살 때 나는 평생토록 그곳을 떠나지 못할 줄 알았어. 더블린조차 못 가본 우리 부모님이나, 평생 바다 한번 못 보고 가장 가까운 도시인 리머릭이 '엄청난 대도시'라고 믿으며 시골에 사셨던 조부모님처럼 말야. 수년 동안 나는 부모님이 시키는 대로 살았어. 학교에 가고, 식료품점에서 일하고, 또 학교에 가고, 럭비를 하고—우리 지역 팀이 있었는데 모두 열심히 했는데도 예선을 통과해본 적이 없었지—또 북아일랜드 사람들과는 달리 가톨릭교회에 다녔어. 왜냐하면 가톨릭이 우리 나라의 문화이자 정체성이거든.

나는 내 운명에 큰 불만이 없었어. 주말이면 바다를 보러 갈 수 있었고, 술집 주인과 아는 사이라 합법적인 나이가 되기 전에

맥주를 마실 수도 있었거든. 무탈하고 반복적인 일상을 잘 견뎠어. 마치 건축가 한 사람이 설계한 듯 똑같이 늘어선 집들을 보고, 가끔씩 여자와 데이트도 하고, 마을 외곽 헛간으로 데려가서 섹스에도 눈을 뜨면서. 좋았든 아니었든, 오르가슴이 있는 섹스였지. 갈 데까지 갔다가 부모님이나 신에게 벌을 받지나 않을까 두렵기도 했지만.

　모험소설에서는 모두들 꿈을 좇아 세상에 있을 법하지 않은 곳을 향해 떠나잖아. 그리고 중간에 고초를 겪지만 늘 승리자가 되어 돌아와 무용담을 늘어놓지. 장터에서든, 연극이나 영화의 형식을 빌려서든, 요컨대 들어줄 사람이 있는 곳이면 어디에서나 말야. 책을 읽다보면 이런 생각이 들어. 나도 언젠가 이런 인생을 살 거야, 세상을 정복하고 부자가 되어서 영웅처럼 귀환할 거야. 모두가 나의 성공을 부러워하고 추앙하도록. 여자들은 내 뒤를 졸졸 따르고, 남자들은 모자를 들어올려 경의를 표하며 내가 겪은 갖가지 모험 이야기를 수천 번도 더 해달라고 애원하겠지. 어떻게 내가 인생에서 유일한 기회를 잡아 수백만 달러를 벌 수 있었는지 말야. 하지만 그 모든 건 책에서나 가능한 일이야……"

　보조 운전기사인 인도인이 그들의 테이블로 와서 앉았다. 라이언은 이야기를 계속했다.

　"나는 우리 지역의 다른 남자들처럼 군생활을 했어. 넌 몇 살

이야, 파울로?"

"스물세 살. 그런데 난 군 면제야. 아버지가 나를 병역 등급 '3급'인 보충역 판정을 받게 해주셨거든. 그래서 이렇게 여행하면서 시간을 보낼 수도 있고. 브라질이 전쟁을 안 한 지 아마 이백 년은 됐을걸."

"난 제대했어." 인도인이 끼어들었다. "우리 나라는 독립 이후로 주변국들이랑 전쟁―선전포고 없는 전쟁―이 끊이질 않았거든. 그게 다 영국 때문이지."

"하여간 영국이 늘 말썽이라니까." 라이언이 맞장구쳤다. "우리 나라 북쪽도 영국이 차지하고 있잖아. 작년에 내가 네팔이란 천국에서 돌아와보니 긴장이 더 고조되었더라고. 신교와 구교가 충돌한 이후로 이젠 아일랜드도 전쟁 일보 직전이야. 영국은 군대를 보내고 있고."

"네 이야기를 계속해봐." 카를라가 말했다. "그래서 어떻게 네팔까지 가게 된 거야?"

"나쁜 친구 때문에." 미르트가 웃으며 대답했다. 라이언도 따라 웃었다.

"맞아. 우리 세대가 성인이 되면서 동창들이 북미로 이민을 가기 시작했어. 그곳의 아일랜드인 공동체는 규모가 엄청나서 누구나 친구가 있고 삼촌이나 다른 친척이 있지."

"설마 그것도 영국 탓이라고 말하려는 건 아니겠지?"

"그것도 영국 탓이야." 미르트가 말했다. "그들은 우리 나라 사람들을 두 번이나 굶겨 죽이려 했어. 그중 두번째인 19세기에는 우리 주식인 감자에 역병이 퍼져 감자밭이 초토화되었는데도 영국에 계속해서 감자를 보내야 했지. 그때 우리 국민의 약 팔분의 일이 굶어죽었다고. 알아? 굶어죽었다고! 이백만의 아일랜드인이 살아남기 위해 이민을 떠나야 했어. 신께서 보우하사 아메리카가 그때에도 우리를 두 팔 벌려 환영해줬고."

다른 행성에서 온 디바 같은 외모의 여자가 파울로로서는 금시초문인 두 차례의 기근에 대해 일장연설을 늘어놓기 시작했다. 수많은 죽음, 구제받지 못한 사람들, 독립을 위한 싸움과 같은 이야기들을.

"난 역사학과를 졸업했어." 미르트가 말했다. 카를라는 자신이 관심 있는 주제, 즉 네팔과 평행현실로 화제를 다시 돌리려 했으나 미르트는 좌중에게 아일랜드가 겪어야 했던 그 모든 일에 대해 알려주기까지 이야기를 그칠 줄 몰랐다. 수백만의 국민들이 어떻게 죽어나갔는지, 위대한 혁명 지도자들이 어떻게 두 차례의 반란을 일으키려다 총살되었는지, 그리고 마침내 어느 미국인이(그렇다, 미국인이!) 어떻게 그 끝나지 않을 듯했던 전쟁에 종지부를 찍을 평화협정을 마련했는지에 대해서.

"하지만 이제 그런 일은 절대 두 번 다시 일어나지 않을 거야. 절대 다시는. 우리 저항군이 훨씬 강해졌으니까. 우리한텐 IRA가 있고, 그들의 땅에서 전쟁을 일으킬 거야. 폭탄을 터뜨리든 암살을 하든 가능한 방법을 총동원해서. 조만간 영국이 좋은 핑계를 찾는 대로 우리 땅에서 그 더러운 발을 빼게 되겠지." 그리고 인도인을 바라보면서 말했다. "당신 나라에서 그랬듯이 말야."

인도인 라홀이 인도에서 일어났던 일들에 대해 막 입을 열려던 순간, 카를라가 보다 단호한 어조로 의견을 제시했다.

"이제 라이언 이야기의 결말을 좀 들어보면 어떨까?"

"미르트 말이 맞아. 내가 처음 네팔까지 가게 된 건 나쁜 친구 때문이었어. 리머릭에서 군생활을 할 때 부대 근처의 술집에 드나들었는데, 거기서 사람들과 다트나 당구나 팔씨름을 했지. 다들 자기가 얼마나 남자다운지, 얼마나 도전적인지 다른 사람들한테 증명해 보이려고 한 거야. 단골 중에 정말 과묵한 동양인이 하나 있었어. 그는 술집에 오면 아일랜드의 보물인 기네스 흑맥주를 두서너 잔만 딱 마시고서 주인이 열한시쯤 영업 종료를 알리는 종을 울리기도 전에 자리를 떴지."

"그게 다 영국 탓이야."

아닌 게 아니라 술집들이 열한시에 문을 닫는 전통은 제2차세계대전 초기에 영국에서 생겨났다. 전투기 조종사들이 술을 마시더라도 이튿날 다시 독일을 공격하러 나가기 전까지 숙취에서 깨어날 시간을 충분히 갖고, 군기가 빠진 군인들이 아침에 침대에서 뭉그적거리다 군대 전체의 사기를 떨어뜨리지 않도록 하려는 취지였다.

"어느 날엔가, 다들 하나같이 금방이라도 미국으로 떠날 거라고 떠드는 소리에 넌더리가 나서, 나는 그 동양인에게 합석해도 되냐고 물어봤지. 그렇게 한 삼십 분쯤 둘이서 잠자코 맥주만 들이켜며 앉아 있었을 거야. 난 그가 영어를 할 줄 모른다고 생각했고, 그를 불편하게 만들고 싶지 않았거든. 그런데 그가 자리를 뜨기 전에 남긴 한마디가 뇌리에 박혔어. '당신의 몸은 이곳에 있어도 영혼은 다른 데―우리 나라에―있군요. 가서 당신의 영혼과 만나세요.'

나는 고개를 끄덕이고는 인사로 잔을 들어올렸어. 더 자세한 얘기는 피했지. 내가 받아온 엄격한 가톨릭 교육으로는 사후에 육체와 영혼이 그리스도와의 만남을 기다린다는 것 외에 다른 일은 생각할 수도 없었거든. 속으로 동양인들은 참 별난 걸 믿는다고 생각했어."

"우리가 좀 그렇지." 인도인이 받아쳤다.

라이언은 자신이 실수했다는 걸 깨닫고서 만회하려 노력했다.

"우리 가톨릭교도들은 더 별난걸. 그리스도의 몸이 빵조각에 있다고 믿잖아. 기분 나빠하지 마."

인도인은 '별 문제 아니다'는 뜻으로 손짓을 해 보였고, 라이언은 자기 이야기를 마칠 수 있을 터였다. 다만 전체 이야기 중 일부만이었다. 좋지 않은 기운이 곧 그의 말을 끊을 것이기 때문이다.

"아무튼 난 제대한 뒤 가업을, 그러니까 아버지의 낙농장을 이어받을 작정이었어. 친구놈들은 대서양을 건너 자유의 여신상의 환대를 받을 꿈에 부풀었을 때 말야. 그런데 그날 밤, 그 동양인이 했던 말이 머릿속을 떠나지 않는 거야. 그때까지 나는 지금이 삶이 내게 어울린다고, 언젠가 좋은 여자를 만나 결혼을 해서 자식들이 생기면 도어도일의 공해와 매연에서 멀리 떨어져 살거라고 되뇌며 살아왔거든. 내가 아는 도시라곤 도어도일과 리머릭뿐이긴 했지만. 나는 그 두 도시를 오가면서도 중간에 있는 소도시들, 마을이라고 해야 할까, 아무튼 그 마을들이 궁금해져서 길을 멈추고 산책을 해볼 생각조차 한 적이 없었어.

여행은 책이나 영화로도 충분할뿐더러, 그편이 훨씬 안전하고 저렴하다는 생각이었어. 세상 누구도 내 주변 시골 풍경보다 더 아름다운 경치를 만끽하지 못할 거라고 굳게 믿었지. 그럼에도 불구하고 결국 나는 다음날 다시 술집으로 갔고, 동양인이 앉은 테이블에 앉아, 때로 어떤 의문에 대한 답을 얻는 데에는 엄청난 위험이 따른다는 걸 잘 알면서도 그에게 물었어. 전날 나한테 했던 얘기가 무슨 뜻인지, 그의 나라란 어디인지."

네팔이었다.

"다들 그렇듯이 나도 네팔이라는 나라가 있다는 건 학교에서 배워 알고 있었지만 수도가 어디인지는 잊어버렸어. 어렴풋하게나마 기억하는 건 그저 아주 멀리 있다는 정도였지. 남아메리카나 오스트레일리아나 아프리카나 아시아 어디일 거고 유럽은 절대 아니라는 정도? 그렇지 않다면 내가 이미 그 나라 출신 누군가를 만났거나 그 나라에 대한 책이나 영화를 보았을 테니까.

나는 또 전날 그가 한 말이 무슨 뜻인지 물었어. 네팔인은 자기가 무슨 말을 했었는지 기억나지 않는다며 자기가 뭐라고 했느냐고 되물었어. 내가 얘기해주었더니, 그는 말없이 기네스 맥주잔만 뚫어져라 바라보다가 한참이 지나서야 입을 열었어. '내가 그렇게 말했다면 당신은 네팔에 가야 할 거요.' '거긴 어떻게 가는데요?' '내가 여기 온 것처럼. 버스로.'

그러고 그는 가버렸어. 다음날, 멀리서 내 영혼이 나를 기다리고 있다는 얘기를 더 듣고 싶어서 그의 테이블에 앉으려고 했는데, 그가 혼자 있고 싶다고 하더라고. 매일 밤 그러던 것처럼.

하지만 그때 나는 네팔이 버스로 갈 수 있는 곳이라는 걸 알게 되었고, 그 버스 노선을 운영하는 여행사를 찾아낸다면 언젠가 그곳에 닿을 수 있을 거라 생각했어.

리머릭에서 미르트를 만난 게 바로 그 무렵이었어. 미르트는 내가 평소에 바다를 바라보던 자리에 앉아 있었지. 그녀가 졸업한 트리니티칼리지가 아니라 도어도일의 오코넬 우유 공장에 들어갈 나 같은 촌놈한테 그녀가 관심이 있을 줄은 몰랐어. 그렇지만 우리는 서로 금세 통했고, 그녀와 몇 마디 나누던 중 나는 네팔에서 온 기묘한 남자 이야기, 그가 내게 해주었던 이야기도 들려주었어. 나는 머지않아 집으로 돌아갈 터였고, 미르트며 술집이며 군대 동기들 같은 건 그냥 내 인생을 스쳐갈 한 단계에 불과했지. 하지만 나는 미르트의 상냥함과 지성, 그리고—말하지 않을 이유가 없는—미모에 반해버렸어. 미르트가 나를 미래를 함께해도 좋을 남자라고 판단했다면 더욱 자신감이 생겼을 거야.

제대를 얼마 앞두고 어느 긴 주말 연휴를 틈타 미르트가 나를 더블린으로 데려갔어. 그리고 『드라큘라』를 쓴 작가가 살았던 집과 자기가 다녔던 트리니티칼리지를 구경시켜주었지. 내가 상상하던 것보다 훨씬 웅장한 건물들이더군. 우리는 트리니티칼리지 근처 술집에서 가게 문을 닫을 때까지 대화를 나누고 술을 마셨어. 술집 벽에 붙은 아일랜드의 역사를 장식한 작가들의 사진을 바라보면서 말야. 제임스 조이스, 오스카 와일드, 조너선 스위프트, 사뮈엘 베케트, 조지 버나드 쇼 같은 작가들. 그리고 얘기 끝

에 미르트가 내게 카트만두에 가는 방법이 안내된 종이 한 장을
건넸어. 런던 토터리지 앤드 웻스톤 역에서 보름마다 한 번씩 버
스가 있다는 내용이었지.

　이제 미르트는 내가 지겨워졌나보다 생각했어. 그래서 나를
멀리, 가능한 한 멀리 떼어버리려는 심산인 모양이라고. 그때 나
는 런던에 갈 생각이 손톱만큼도 없었지만 어쨌든 그 종이를 챙
겨들었지."

　그때 오토바이 여러 대가 멈추더니 기어를 중립에 놓아 엔진이
부르릉거리는 소리가 들려왔다. 식당 안에서는 오토바이가 몇
대쯤 되는지 보이지 않았지만, 오토바이 소리는 위협적이고 정
도를 벗어난 듯했다. 식당 지배인이 다가와 그들에게 영업 종료
를 알렸지만 어느 테이블에서도 움직일 기미를 보이지 않았다.

　라이언은 아무 소리도 못 들었다는 듯 계속 이야기를 이었다.

　"그런데 놀랍게도 미르트가 이런 말을 하는 거야. '네 의지가
지레 꺾일까봐 거기까지 얼마나 걸리는지는 미리 말하지 않겠
지만, 네가 그곳에서 정확히 이 주를 보내고 돌아왔으면 해. 기
다릴게. 하지만 내가 생각한 날짜에 돌아오지 않으면 두 번 다시
날 만날 수 없을 거야.'"

미르트는 웃음을 터뜨렸다. 그녀는 그런 식으로 말하지 않았다. 오히려 이런 쪽에 더 가까웠다. "가서 네 영혼을 찾아. 내 영혼은 이미 찾았거든." 그리고 다음 말은 그날 밤에도 하지 않았고, 지금도 하지 않을 터였다. '내 영혼은 바로 너야. 네가 무사히 돌아와 우리가 다시 만날 수 있기를 매일 밤 기도할게. 그리고 네가 내 곁을 떠나고 싶은 생각이 들지 않게 해달라고. 우리는 서로에게 너무 잘 어울리니까.'

"난 어안이 벙벙했어. 날 기다린다고? 미르트가? 장차 오코넬 우유 공장 사장이나 될 나를? 대체 나처럼 배운 것도 없고 경험도 부족한 남자한테서 뭘 봤던 걸까? 그리고 내가 술집에서 만난 이상한 사내의 충고를 따르는 게 왜 그토록 중요했던 거지?

그렇지만 미르트는 자기가 뭘 하는지 알고 있었어. 나는 네팔에 관한 정보를 모조리 읽었고 부모님한테는 태도 불량으로 초과 복무 명령을 받아서 히말라야 깊은 곳에 있는 기지로 가게 되었다고 거짓말을 했지. 그리고 나서 네팔행 버스에 오른 순간, 나는 더이상 예전의 내가 아니라는 걸 알게 되었어. 네팔에서 돌아왔을 때 나는 남자가 되어 있었어. 미르트는 약속대로 나를 기다리고 있었지. 그녀 집으로 가서 우리는 함께 잤고, 그뒤로 절대 떨어지지 않았어."

"그런데 그게 화근이었지 뭐야!" 미르트가 불쑥 끼어들었고,

그 자리의 모두가 그 말이 진심이라는 걸 알았다. "당연히 어떤 멍청이를 짝으로 바라는 건 아니지만, 이런 말로 뒤통수를 맞을 줄은 몰랐어. '이제 네가 나와 함께 갈 차례야!'"

미르트가 소리 내어 웃었다.

"최악은 내가 승낙했다는 거고!"

미르트 옆에 앉은 파울로는 거북해졌다. 그들의 다리가 조금씩 맞닿았고 그녀가 이따금 그의 손을 어루만졌기 때문이다. 카를라의 눈빛은 달라져 있었다. 그녀가 찾던 남자는 그가 아니었다.

"자, 그럼 이제 평행현실에 대해 얘기해볼까?"

그사이 온통 검은 옷을 입은 남자 다섯이 식당으로 난입했다. 빡빡 깎은 머리에 허리춤에는 사슬을 매달고 긴 칼과 수리검 모양 문신을 한 남자들이었다. 그들은 테이블로 다가오더니 아무 말 없이 그들을 에워쌌다.

"여기 계산서요." 식당 지배인이 말했다.

"아직 식사가 끝나지 않은걸요." 라이언이 항의했다. "우린 아직 계산서 달라고 한 적 없어요!"

"내가 달라고 했어."

좀전에 식당에 들이닥친 남자들 중 하나가 말했다. 인도인이 몸을 일으키려 하자 다른 사내가 그를 강제로 다시 의자에 앉혔다.

"아돌프는 너희들이 떠나기 전에 앞으로 두 번 다시 이곳에 발을 들이지 않겠다고 약속하길 원해. 우린 부랑자들이라면 질색이야. 우리 국민은 법과 질서를 좋아하거든. 법과 질서! 외국인들은 사절이야. 너희 나라로 돌아가, 방종과 마약도 함께!"

외국인들? 마약? 방종이라고?

"식사 다 마치면 일어날 거야!"

카를라가 대꾸했고, 파울로는 신경이 거슬렸다. 왜 저들을 더 자극한단 말인가? 파울로는 자기들 무리의 모든 면을 혐오하는 자들에게 포위되어 있음을 인지했다. 허리춤에 사슬을 매달고, 파울로가 암스테르담에서 장식용으로 샀던 것과는 전혀 다른 진짜 징이 박힌 장갑을 낀 자들이었다. 사람을 정말로 위협하고 다치게 할 목적으로 만들어진 징이었고, 저들이 주먹을 휘두르면 심각한 상해를 입을 터였다.

라이언이 우두머리로 보이는 사내를 돌아보며 말했다. 다른 사내들보다 나이가 훨씬 들어 보이는 그는 주름이 팬 얼굴로 묵묵히 현장을 지켜보고 있었다.

"우린 각기 속한 집단은 달라도, 모두 같은 것에 대항해 싸우고 있어요. 식사만 마치고 떠날게요. 우린 당신들의 적이 아닙니다."

우두머리는 목에 확성기를 갖다대는 걸로 보아 말하기가 불편한 기색이 역력했다.

"우린 아무 집단도 아니거든." 금속 기계를 통해 그의 목소리가 흘러나왔다. "당장 꺼져."

절대로 끝나지 않을 것 같은 순간이 이어졌다. 카를라와 미르 트는 낯선 사내들의 눈을 응시했고, 다른 남자들은 여러 경우의 수를 재고 있었다. 검은 옷을 입은 사내들은 말없이 버티고 서 있었고, 그들 중 하나가 식당 주인을 돌아보며 외쳤다.

"이것들이 가고 나면 의자를 소독하쇼! 페스트든 성병이든 분명 뭔가 옮기고 다닐 거라고!"

식당 안의 다른 손님들은 크게 신경쓰는 눈치가 아니었다. 어쩌면 그들 중 하나가 이 사내들을 호출했는지도 몰랐다. 세상에 자유를 만끽하는 사람들이 존재한다는 단순한 이유만으로 개인적인 모욕감을 느낀 누군가가.

"여기서 꺼지라고, 겁쟁이들아!" 해골 그림으로 장식된 검은색 가죽점퍼를 걸친 다른 사내가 말했다. "나가서 쭉 걸어가면 1킬로미터도 못 돼서 너희를 두 팔 벌려 환영해줄 공산국가가 나올 거야. 남아서 우리 누이들과 가족에게 나쁜 영향을 끼칠 생각일랑 꿈도 꾸지 말라고. 여기선 다들 기독교적 가치관을 갖고 있고, 우리 정부는 무질서를 용납하지 않으니까. 우린 다른 이들을 존중하거든. 그러니 얼른 꼬리 내리고 꺼져!"

라이언의 얼굴이 붉게 달아올랐다. 인도인은 아무렇지도 않은 듯했다. 그는 이미 이런 일을 겪어봤기 때문인지도, 전장을 앞에 두고 아무도 도망쳐서는 안 된다는 크리슈나의 가르침을 따르고 있는 건지도 몰랐다. 카를라가 빡빡머리 사내들을, 그중에서도 좀전에 자신이 식사를 다 마치면 일어날 거라고 대꾸했던 자를 노려보았다. 그녀는 상상보다 버스 여행이 무료해서 피에 굶주린 게 틀림없었다.

그때 미르트가 가방을 집어들더니 자기가 내야 할 돈을 계산해서 천천히 테이블 위에 올려놓았다. 그러고는 문으로 향했다. 사내들 중 하나가 그녀를 가로막았다. 누구도 싸움으로 번지기를 바라지 않는 이 대치 상황에서 미르트는―전혀 겁먹지 않고 정중한 태도로―사내를 비켜세우고 마저 걸음을 옮겼다.

다른 이들도 자리에서 일어나 각자 몫을 지불하고 순순히 자리에서 일어났다. 이론적으로는 그들이 겁쟁이라고 증명하는 행동이었으나, 그들이 구체적으로 맞닥뜨린 첫 위협을 피해 그들은 네팔까지 기나긴 여행을 이어나갈 수 있을 터였다. 그 남자들에게 맞설 기세를 보인 건 라이언뿐이었는데, 인도인 라훌이 그의 팔을 잡아 문 쪽으로 이끌었다. 빡빡머리 남자들 중 하나가 주머니칼의 날을 뺐다 집어넣었다 하면서 가지고 놀고 있었다.

프랑스인 부녀도 값을 치르고 자리에서 일어나 그들의 뒤를 따랐다.

"거기 당신들." 우두머리가 확성기를 목에 대고 금속성 소리로 내뱉었다. "당신들은 그냥 있어도 돼."

"천만에. 우리도 저이들과 동행입니다. 지금 일어난 일은 그야
말로 수치인 줄 아세요. 이토록 풍경이 아름다운 자유국가에서
어떻게 이런 일이! 그럼에도 불구하고 우리가 오스트리아에 대
해 가져갈 마지막 기억은 여전히 졸졸 흐르는 강물과 알프스산,
빈의 아름다움, 멜크 수도원의 웅장함이 될 겁니다. 당신네들 같
은 잡배들이⋯⋯"

딸이 그의 팔을 잡아끌었으나 그는 물러서지 않았다.

"⋯⋯이 나라를 대표하는 건 아닐 테니, 얼른 잊을 겁니다. 이
런 꼴을 보려고 프랑스에서 여기까지 온 건 아니니까."

사내 하나가 프랑스인의 뒤로 다가가 등을 가격했다. 영국인
운전기사가 두 사람 사이에 서서 날카로운 눈초리로 말없이 우
두머리를 노려보았다. 말이 필요치 않았다. 그 순간 그의 존재감
은 그 자체로 압도적이었다. 프랑스인 딸이 비명을 지르기 시작
했다. 이미 문가에 가 있던 이들이 다시 안으로 들어가려 했지만
운전기사 라훌이 막아섰다. 이길 수 없는 싸움이었다.

라훌이 안으로 들어가 프랑스인 아버지와 딸의 팔을 붙잡아
문밖으로 데리고 나왔다. 그들은 버스로 향했다. 영국인 운전기
사는 두려운 기색 없이 계속 우두머리를 노려보며 마지막으로
식당을 나왔다.

"여기서 자리를 뜹시다. 몇 킬로미터 되돌아가서 근처 작은 마을에서 밤을 보내기로 해요."

"도망친다고요? 싸움의 기미가 보이자마자 도망이나 치려고 우리가 그 먼 길을 여행한 건가요?"

프랑스인의 입에서 나온 말이었다. 여자들도 이제는 겁에 질린 눈치였다.

"그래요." 운전기사가 시동을 걸며 응수했다. "도망치는 겁니다. 이 구간을 오간 지 몇 번 안 되는데 그동안 별별 일로부터 도망을 쳤죠. 난 그게 모욕적이라고는 전혀 생각지 않습니다. 타이어가 죄다 펑크나서 더는 여행을 못하는 것보다는 그편이 백번 낫죠. 예비 타이어는 두 개밖에 없으니까요."

﹅

　그들은 작은 마을로 들어섰다. 그리고 한적해 보이는 길가에 버스를 세웠다. 식당 사건 이후로 모두가 긴장하고 불안한 상태였다. 이제 그들은 어떤 공격에도 함께 맞설 수 있는 한 무리였지만 버스 안에서 잠을 청하기로 합의를 보았다.

　다들 쉬 잠을 이루지 못하고 뒤척였다. 그런데 두 시간 뒤, 강렬한 불빛들이 차 안을 환히 비추기 시작했다.

　폴리차이.

　경찰들 중 한 명이 차문을 열더니 뭐라고 말을 했다. 독일어를 할 수 있는 카를라가 다들 아무것도 챙기지 말고 입고 있는 옷차림 그대로 차에서 내리라고 설명했다. 그 밤중에, 공기는 얼음장처럼 차가웠지만 경찰들은—남자 경찰도, 여자 경찰도—그들에게 아무것도 걸치지 못하게 했다. 모두들 공포와 한기에 덜덜 떨었지만 경찰 누구도 아랑곳하지 않았다.

경찰들은 버스에 올라 가방이란 가방은 죄다 열어 내용물을 바닥에 쏟았다. 그리고 보통 해시시를 피우는 데 사용되는 물담배를 찾아냈다.

물건은 압수되었다.

경찰들이 여권을 요구하더니 한 명씩 손전등으로 얼굴을 비춰 여권의 사진과 일치하는지 비교했고, 여권을 한 장씩 넘겨보며 입국 허가 도장과 위조의 흔적을 확인했다. 성인 행세를 하던 두 여자아이들 차례가 되자, 경찰 하나가 경찰차로 가서 본부와 교신했다. 잠시 후 고개를 끄덕이고는 다시 아이들에게 돌아왔다.

카를라가 통역을 했다.

"두 사람은 청소년보호국으로 보내질 거예요. 부모님이 곧 오실 겁니다. 곧이요, 이틀에서 일주일 정도 걸리겠죠. 비행기나 버스표 혹은 렌터카를 구할 수 있느냐 없느냐에 따라 달라지겠지만."

여자아이들은 충격을 받은 것 같았다. 한 명이 울먹이기 시작했으나, 여경은 단조로운 어조로 말을 이었다.

"두 사람이 어디로 가려 했든 상관없어요. 하지만 여행은 이제 끝입니다. 외려 그동안 가출 사실을 아무한테도 들키지 않고 그

많은 국경을 넘어왔다는 게 놀랍군요."

경찰이 운전기사를 돌아보았다.

"불법 주차로 버스를 몰수할 수도 있지만 그냥 넘어갈 테니 가능한 한 빨리, 그리고 멀리 떠나도록 하세요. 저 두 사람이 미성년자인 걸 몰랐나요?"

"글쎄요, 별 문제 없어 보였습니다."

경찰은 일장 연설을 늘어놓으려 했다. 소녀들의 여권은 위조된 것이고, 이들의 나이가 얼굴에 역력하게 드러나고, 두 사람 중하나가 네팔에 가면 스코틀랜드의 해시시보다 더 훌륭한 해시시를 구할 수 있다고 해서 둘이 함께 가출했고, 이 모든 게 경찰서의 보고서에 기록되고 라디오 방송에까지 나온 내용이며, 저들의 부모는 현재 애간장이 타고 있다고. 하지만 경찰은 말을 삼켰다. 보고는 상부에만 하면 될 일이었다.

경찰이 그들의 여권을 압수한 뒤 따라오라고 명령했다. 두 소녀는 항의했으나 경찰은 아랑곳하지 않았다. 그들은 독일어를할 줄 몰랐고, 경찰은 영어를 알아들어도 독일어 외에 다른 언어로 말하기를 거부했다.

경찰은 소녀들을 데리고 버스에 올라 각자 짐을 챙기게 했다. 버스 안은 난장판이었던 터라 시간이 꽤 걸렸고, 밖에 있던 사람들은 꽁꽁 얼어붙었다. 마침내 두 소녀가 버스에서 내려 경찰차로 옮겨 탔다.

"가시오!" 무리를 지켜보고 있던 경위가 말했다.

"버스 안에서 아무것도 발견되지 않았는데 왜 떠나야 합니까?" 운전기사가 물었다. "대체 차를 몰수당할 염려 없이 주차할 수 있는 장소가 있긴 합니까?"

"이 마을 입구에 들어서기 전에 들판이 있어요. 거기서 자도 좋소. 단 날이 밝기 전에 떠나는 게 좋을 거요. 당신네 같은 사람들이 눈에 자꾸 거슬리는 건 별로거든."

그들은 한 사람씩 여권을 돌려받고는 차례차례 버스에 올랐다. 운전기사 두 사람은 꼼짝도 하지 않았다.

"대체 우리가 무슨 범죄를 저질렀습니까? 왜 여기 머물 수 없는 겁니까?"

"당신 질문에 대답해야 할 의무는 없습니다. 혹시 원하신다면 다들 경찰서로 데려가드리지요. 거기서 당신네들 본국과 하나하나 연락이 될 때까지 난방도 안 되는 철창 안에 갇혀 계시든가. 우린 전혀 문제될 게 없으니까. 그리고 선생은 미성년자 납치로 기소당할 수도 있습니다."

두 소녀를 태운 경찰차가 출발했다. 버스의 승객들 중 누구도 그 두 사람에 대해 그 이상 알지 못했다.

경위가 영국인 운전기사를 바라보았고 운전기사도 그를 바라보았다. 라훌은 그 두 사람을 바라보았다. 마침내 운전기사가 체념하고서 버스에 올라 시동을 걸었다.

　경위가 이죽거리는 얼굴로 작별인사를 했다. 그는 전 세계 곳곳을 누비며 반란의 씨앗을 퍼뜨리고 다니는 자들이 이렇게 자유를 누려선 안 된다고 생각했다. 프랑스에서 일어난 68년 5월 혁명으로도 충분했다. 무슨 수를 써서라도 저들의 확산을 막아야 했다.

　물론 68년 5월 혁명은 히피나 그 비슷한 부류들과 아무 상관이 없었다. 하지만 사람들은 쉽게 혼동했고, 전 세계 어디서든 모든 걸 끝장내려 할 수도 있었다.

　혹시 경위도 그들 무리와 함께할 마음이 있었을까? 결단코 아니었다. 그에겐 가정과 집과 자식들과 배를 주리지 않을 음식과 동료 경찰들이 있었다. 공산국가에 인접해 있다는 사실만으로도 이미 충분히 버거웠다. 신문에서 소비에트연방이 전략을 바꿨다는 기사를 본 적이 있었다. 기존 사회질서를 어지럽히고 사람들을 조종해 각자의 국가 체제에 반기를 들도록 나쁜 영향을 끼치고 있다는 내용이었다. 그는 말도 안 되는 정신 나간 이야기라고 여겼으나, 조심해서 나쁠 건 없다는 생각이었다.

모두가 이 당황스러운 사건에 대해 푸념을 늘어놓았다. 말을 잃은 듯 눈에 띄게 안색이 달라진 파울로만은 예외였다. 카를라는 그에게 괜찮은지 물었고―그녀는 여행길에 처음 맞닥뜨린 공권력 앞에서 그토록 비겁해진 동반자와 여행을 함께해야 한다는 사실을 받아들일 수 없었다―파울로는 괜찮다고, 술을 많이 마셨더니 몸이 좀 안 좋을 뿐이라고 대답했다. 경찰이 알려준 들판에 버스가 멈춰 서자 파울로는 차에서 가장 먼저 뛰어내려 남들 눈에 띄지 않는 구석으로 가서 아무도 모르게 속을 게워냈다. 폰타그로사 사건에 대해, 그가 견뎌야 했던 고통과 국경을 건널 때마다 엄습해오는 공포에 대해 아는 이는 아무도 없었다. 더구나 경찰이라는 단어는 평생토록 그의 육체와 영혼을 이름 모를 공포로 뒤덮을 터였고, 그가 계속 불안 속에 살아가야 한다는 사실을 알기에 더욱 절망적이었다. 감방에 갇혀 고문을 당했었지만 그는 무고했다. 그는 살면서 단 한 번도 범죄를 저지른 적이 없었다. 어쩌다 마리화나를 피워본 적은 있었지만 상습적으로 소지하지는 않았다. 마리화나가 전혀 문제될 게 없는 암스테르담에서도 마찬가지였다.

요컨대 감옥과 고문이 그의 물리적 현실에서는 사라졌지만, 평행현실, 즉 그가 동시에 살아가는 수많은 현실들 중 하나에서는 여전히 존재했다.

침묵과 고독만이 간절했던 그는 일행들과 멀리 떨어져 앉았다. 라훌이 차갑게 식힌 백차白茶 같은 걸 한 잔 들고서 그에게 다가왔다. 그는 음료를 마셨고, 음료에서는 유통기한이 지난 요구르트 맛이 났다.

"좀 있으면 괜찮아질 거야. 바로 눕지 말고 조금 깨어 있어봐. 지금 일에 대해 뭐라고 해명할 필요 없어. 남들보다 좀더 예민한 사람이 있는 법이야."

그들은 묵묵히 앉아 있었다. 십오 분 남짓 지나자 음료가 효력을 발휘하기 시작했다. 파울로는 모닥불을 피우고 버스 라디오에서 흘러나오는 음악에 맞춰 춤을 추고 있는 사람들에게로 다가가려 자리에서 일어났다. 그들은 악마를 쫓아내기 위해서, 원하든 원하지 않든 자신들이 더 강해졌음을 보여주기 위해 춤을 추었다.

"조금만 더 안정을 취해." 라훌이 말렸다. "함께 기도를 하면 어떨까 하는데."

"그저 식중독이었을 뿐이야, 이제 괜찮아." 파울로가 말했다.

하지만 라훌의 눈을 보니 그가 자신의 말을 조금도 믿지 않는다는 걸 알 수 있었다. 파울로는 다시 자리에 앉았고, 라훌은 그의 맞은편에 자리잡았다.

"네가 전장에 나간 전사라고 생각해보자. 그런데 돌연 절대신께서 전투를 지켜보러 오신 거야. 네 이름을 아르주나라고 해보자. 신께서 네게 겁쟁이가 되지 말고 앞으로 나아가 네게 주어진 운명을 다하라고 말씀하셔. 왜냐하면 아무도 죽이지 않고, 아무도 죽지 않을 것이고, 시간은 영원하니까. 인간인 넌 반복되는 시간의 순환 속에서 유사한 상황을 이미 경험했고, 상황이 반복된다는 걸 알고 있지. 비록 상황은 각기 다를지라도 감정은 똑같거든. 네 이름이 뭐였더라?"

"파울로."

"그래, 파울로. 넌 선인이었기에 적들을 해할까봐 두려워하는 전능한 장수 아르주나가 아니야. 크리슈나는 그런 말을 하는 아르주나가 마뜩지 않았을 거야. 자신에게 주어지지도 않은 능력을 스스로 부여한 셈이니까. 넌 파울로이고, 여기서 먼 곳에서 태어났어. 그리고 살아오는 동안 우리 모두가 그렇듯 용감했던 순간도, 비겁했던 순간도 있었겠지. 비겁했던 순간엔 아마 공포에 사로잡혔을 거야.

그런데 공포는 사람들이 흔히 얘기하는 것과 달리 우리의 과거에 뿌리가 있어. 우리 나라의 영적 지도자 몇몇은 이렇게 말하지. '네가 앞으로 나아가려 할 때마다 너는 네 앞에 닥칠 일을 두려워하게 되리라.' 하지만 고통, 이별, 정신적 고문이나 육체적 고문을 한 번도 경험해보지 않았다면 어떻게 앞으로 일어날 일을 미리 두려워할 수 있겠어?

혹시 첫사랑을 기억해? 첫사랑은 아마도 환한 빛으로 가득한 문으로 들어왔을 테고, 너는 그것에 모든 자리를 내주었겠지. 그리고 너의 삶을 빛나게 하고 너의 꿈을 황홀하게 만들고서, 모든 첫사랑이 그러하듯 어느 날 홀연히 사라져버렸겠지. 너는 일고여덟 살쯤이었을 테고, 상대는 네 또래의 어여쁜 소녀였을 거야. 그런데 그녀는 연상의 남자친구를 만나 떠나고, 너는 혼자 남겨져 고통스러워하면서 절대 다시는 누구도 사랑하지 않겠다고 맹세했을 거야. 사랑한다는 건 곧 잃는 거였으니까.

하지만 넌 또다시 사랑을 시작했겠지. 아무 감정 없는 삶이란 상상할 수 없는 것이니까. 그렇게 넌 사랑하고 잃기를 반복했을 거야, 마침내 누군가를 만나게 되기까지……"

파울로는 이제 이튿날이면 자신이 마음을 열고 사랑에 빠지고 또 헤어진 수많은 연인들 가운데 한 사람이 태어난 나라에 가게 되리라 생각했다. 그녀는 실의에 빠진 순간에 용기 있는 척하는 방법을 비롯해 수없이 많은 것들을 그에게 가르쳐주었다. 운명의 수레바퀴는 정말로 순환하는 공간을 돌고 있었다. 기쁨을 거두고 고통을 되돌려주었다가, 다시 고통을 거두고 기쁨을 되돌려주면서.

카를라는 서로 대화중인 두 사람을 계속 지켜보았다. 그러면서 행여 미르트가 그들에게 다가가려고 하지는 않는지 힐끔거렸다. 꽤나 긴 시간이었다. 왜 파울로는 이쪽으로 와서 그들과 함께 모닥불을 사이에 두고 춤을 추면서, 식당에서 그리고 그들이 밤을 보내려 했던 마을에서의 안 좋은 기운을 떨쳐버리려 하지 않는 걸까?

결국 그녀는 계속 춤을 추기로 했다. 모닥불에서 튀어오른 불꽃들이 별빛 한 점 없는 밤하늘을 가득 밝혔다.

음악소리를 조절하는 건 운전기사의 몫이었다. 이런 일을 겪은 게 처음이 아니라고 해도 그 역시 아직 그날 저녁 벌어진 사건을 떨쳐내는 중이었다. 소리를 키울수록 더 흥겹게 춤을 추었고, 기분도 나아졌다. 순간 그는 혹시 경찰이 다시 와서 그들을 또 쫓아내지는 않을까 덜컥 겁이 났지만 마음의 여유를 찾으려 노력했다. 스스로가 권력자, 그러므로 세상의 주인이라고 믿으며 그의 인생의 하루를 망치려 하는 자들 때문에 그는 겁먹지 않을 터였다. 그렇다, 그저 단 하루일 뿐이었다. 하지만 그 하루는 그에게 더없이 소중했다. 병석에 누운 그의 어머니가 그토록 간절히 원하던 하루. 그 단 하루, 그것은 세상의 어떤 왕국보다 더 소중한 것이었다.

영국인 운전기사 마이클은 삼 년 전 아무도 생각지 못한 일을 벌였다. 그는 의대 졸업장을 딴 후 부모로부터 중고 폭스바겐 자동차를 선물 받았는데, 그 차를 타고 여자들 앞에서 뽐내거나 에든버러의 친구들한테 자랑하러 가는 대신 일주일 뒤 남아프리카를 향해 떠났다. 개인병원에서 인턴으로 일하면서 이삼 년쯤 여행하는 데 필요한 경비도 모아둔 터였다. 그의 꿈은 세상을 발견하는 것이었다. 인간의 몸에 대해서는 이미 훤히 알고 있었고, 그게 얼마나 연약한지도 잘 알았으니까.

프랑스와 영국의 옛 식민지들을 지나면서 환자들을 돌보고 괴로워하는 사람들을 위로하며 헤아릴 수 없이 많은 나날을 보낸 후, 그는 죽음은 늘 가까이 있다는 생각을 하게 되었다. 그리고 가난한 이들이 고통받거나 소외된 이들이 불편함 속에 살아가도록 절대로, 어떤 순간에도 그냥 내버려두지 않으리라 결심했다. 그는 사람을 구원하고 보호하는 효과가 자비에 있음을 깨달았다. 그는 단 한 순간도 곤경에 처하거나 허기를 느끼지 않았던 것이다. 나온 지 십이 년이나 된 중고 폭스바겐도 이런 유의 모험에 적합하게 만들어진 차가 아니었지만, 전쟁이 끊이지 않는 수많은 나라들을 통과하는 동안 단 한 차례 펑크가 난 걸 제외하면 늘 잘 버텨주었다. 그가 실천해온 선행은 자신도 모르는 사이에 그를 앞질러갔고, 그는 멈춰 서는 곳마다 구세주처럼 환영받았다.

어느 날, 그는 아주 우연히 콩고의 어느 호수 근처 예쁜 마을에서 적십자사 사무국을 발견했다. 그의 명성은 그곳까지도 퍼져 있었고, 사무국 사람들은 그에게 황열 백신과 붕대, 그리고 수술에 필요한 이것저것을 제공해주었다. 그러면서 양 진영의 부상자들을 치료하는 일 외에 어떤 분쟁에도 절대 연루되지 말라고 단단히 못박았다. "그게 우리의 목적이에요." 사무국의 젊은 직원이 설명했다. "개입하지 않고 치료에만 전념하는 거요."

두 달 예정이었던 마이클의 여행은 결국 일 년이 다 되어서야 끝이 났다. 여행을 하는 동안―그는 혼자였던 적이 거의 없었다. 전 지역으로 확산된 종족분쟁과 폭력을 피해 몇 날 며칠을 도망치다 더는 걸을 수도 없게 된 여인들을 늘 차에 태우고 있었다―그는 숱한 검문을 당했고, 그때마다 보이지 않는 어떤 힘이 그를 도와주고 있는 듯한 기분을 느꼈다. 여권을 보이기만 하면 바로 통과할 수 있었다. 어쩌면 그가 누군가의 형제나 아들, 친구를 치료해왔기 때문이었을까.

그래서 마이클은 깊은 감명을 받았다. 그는 하루하루 신을 섬기며 살게 해달라고 기도하고, 맹세했다. 하루, 단 하루만이라도 그가 온 마음으로 숭배하는 그리스도의 모습을 본받아 살아가기를. 그는 아프리카대륙 반대편 끝에서 여행이 끝나면 성직자가 되기를 꿈꾸었다.

케이프타운에 도착한 마이클은 휴식을 취하고 나서 수도자로 들어갈 수도회를 선택하기로 결정했다. 그의 우상은 그처럼 세계를 여행하고 파리로 가 공부를 마친 후 예수회를 창설한 성 이그나티우스 데 로욜라였다.

그는 소박하고 저렴한 호텔을 찾았다. 몸밖으로 아드레날린을 모두 배출하고 평온함을 되찾기 위해 일주일간 느긋하게 휴식을 취하기로 마음먹었다. 그동안 목격했던 참상들을 머릿속에서 애써 밀어냈다. 뒤를 돌아보면 앞으로 나아갈 수 없다. 그러면 발에 보이지 않는 쇠사슬이 감기고, 인류에게서 모든 희망의 흔적이 사라질 뿐이다.

그래서 그는 미래로 주의를 돌렸다. 폭스바겐을 가장 좋은 조건으로 처분할 궁리를 했고, 창문을 통해 아침저녁으로 바다를 바라보며 시시각각 다채로워지는 바다와 태양의 색깔을 관조했다. 저 아래쪽에서는 백인 남자들이 탐험가 모자를 쓰고 파이프를 입에 문 채 바닷가를 거닐었고, 그들의 부인들은 런던 왕궁에서처럼 옷을 차려입고 있었다. 바다를 따라 난 산책로에 흑인이라곤 단 한 명도 찾아볼 수 없었고, 백인들뿐이었다. 그 사실은 그를 상상할 수 있는 정도 이상으로 깊은 슬픔에 빠지게 했다. 이 나라에서 인종차별은 합법이었고 지금으로서는 그가 할 수 있는 일이 기도밖에 없었다.

그는 아침부터 저녁까지 성령이 임하기를 기도하며 성 이그나티우스 데 로욜라의 영성 수련을 열번째로 수행할 준비를 했다. 마침내 때가 왔을 때, 준비되어 있고 싶었다.

셋째 날 아침, 그가 커피를 마시고 있을 때 밝은색 양복을 입은 두 남자가 그의 테이블로 다가왔다.

"선생이 바로 우리 대영제국의 이름을 드높인 분이로군요!"

대영제국은 더이상 존재하지 않았고, 대신 영국연방이 그 자리를 대신했다. 그는 불쑥 끼어든 남자들의 말에 조금 당황했다.

"제가 드높인 것은 그날그날의 단 하루일 뿐이죠." 그는 남자들이 이해하지 못하리라 생각하며 이렇게 대답했다.

물론 그들은 말뜻을 전혀 이해하지 못했다. 그들의 대화는 가장 위험한 방향으로 흘러간 터였다.

"가시는 곳곳 환대받고 존경받으신다고요. 우리는 선생 같은 분들이 필요합니다. 우리와 함께 일하시죠, 영국 정부를 위해."

만일 그자가 '영국 정부'라는 말을 덧붙이지 않았더라면 그는 탄광이나 농장, 혹은 선광공장에서 관리감독이나 의사로 일해달라는 제안인 줄 알았으리라. 하지만 그들의 제안은 그런 의미가 아니었다. 마이클은 좋은 사람이었지만 순진하지는 않았다.

"감사하지만 관심 없습니다. 전 다른 계획이 있어요."

"어떤 계획이요?"

"전 성직자가 될 겁니다. 신을 섬긴다고요."

"조국을 섬기는 일이 신을 섬기는 일이라는 생각은 안 해보셨나요?"

마이클은 남아프리카공화국에 닿기까지 오랜 시간이 걸렸으나, 이곳에 더는 오래 머물 수 없으리라는 걸 깨달았다. 가능한 한 가장 빠른 비행기를 타고 스코틀랜드로 돌아가야만 했다. 다행히도 항공권을 구매할 돈이 있었다.

그는 상대가 대꾸할 틈을 주지 않고 자리에서 일어났다. 그는 자신이 무슨 일로 '발탁'되었는지 알고 있었다. 스파이가 되는 일이었다.

그는 지역 부족들의 군대와 관계가 좋았고 많은 이들을 만나왔다. 그를 신뢰하는 이들을 배신하는 일이라면 그는 절대로, 무슨 일이 있어도 하지 않을 터였다.

그는 서둘러 짐을 챙겨 관리인에게 차를 팔고 싶다고 말하고 나중에 돈을 보낼 친구의 주소를 전달한 뒤, 곧장 공항으로 향했다. 열한 시간 뒤, 그는 런던에 도착했다. 그리고 시내로 들어가는 지하철을 기다리는 동안 가사도우미며 룸메이트, 웨이터, 카바레에서 일할 여성 등을 구하는 광고들 틈에서 전단지 하나가 그의 눈에 들어왔다. "아시아행 버스 운전기사 모집." 그는 시내로 들어가지도 않고 곧장 전단지에 적힌 주소로 향했다. 자그마한 사무실이었고, 문에는 이렇게 적혀 있었다. 저가 버스.

"이미 자리가 찼어요." 머리가 긴 남자가 해시시 냄새를 쫓기위해 창문을 열며 말했다. "하지만 암스테르담에서 경력자를 구하고 있다는 얘기를 들었어요. 혹시 경험이 있나요?"

"꽤 됩니다."

"그렇다면 거기로 가봐요. 가서 테드가 보내서 왔다고 하세요. 거기서 날 아니까."

남자가 마이클에게 팸플릿 하나를 건넸다. 종이엔 '저가 버스'보다 좀더 발랄한 '매직 버스'라는 이름이 적혀 있었다. "꿈에도 가보리라 상상해본 적 없는 나라를 여행하세요. 비용: 1인당 70달러. 교통편만 포함. 나머지는 각자 챙기세요. 단 마약은 빼고. 시리아에 도착하기 전에 목이 날아갈 수도 있으니까요."

팸플릿에는 사람들 여럿이 알록달록한 버스 앞에서 손으로 평화의 사인, 처칠의 승리 표시이자 히피들의 상징인 브이자를 그리는 사진이 실려 있었다. 마이클은 암스테르담으로 갔고 즉시 채용되었다. 분명 수요가 공급을 넘어서는 듯했다.

이번이 그의 세번째 여정이었고, 그는 아시아의 좁은 길들을 달리며 한 번도 싫증나지 않았다. 그가 카세트테이프를 바꿔 넣었다. 첫곡은 유럽 전역에서 성공을 거둔 이집트 태생의 프랑스 가수 달리다의 노래였다. 모닥불 주변에서 춤추던 이들의 동작이 더욱 흥겨워졌다. 악몽은 끝이었다.

라훌은 파울로가 기운을 완전히 회복했음을 알아차렸다.

"파울로, 아까 넌 검정 점퍼 차림 무뢰배들한테 겁먹지 않은 것 같더라. 난투극도 불사할 것 같았어. 하지만 그랬더라면 결과가 좋지 않았겠지. 우린 순례자들이지 이 땅의 주인이 아니야. 우리의 운명은 다른 이들이 우릴 어떻게 대하느냐에 따라 달라져."

파울로는 고개를 끄덕였다.

"그런데 경찰을 맞닥뜨렸을 때는 어쩔 줄 모르는 기색이더라고. 혹시 무슨 잘못을 저질렀어? 사람이라도 죽인 거야?"

"천만에. 혹시 몇 년 전이라면 몰라도. 그땐 그럴 수만 있었다면 가차없이 죽였을 거야. 문제는 내가 죽일 수도 있었던 놈들의 얼굴조차 볼 수 없었다는 거지만."

파울로는 혹여 상대가 거짓말이라고 의심할세라 폰타그로사에서 겪었던 일을 털어놓았다. 라홀은 별 관심을 드러내지 않았다.

"그렇군. 그런 공포는 네 생각보다 훨씬 흔한 거야. 경찰이라면 모두가 두려워하지. 한 번도 법을 어겨본 적이 없는 이들도."

그의 말이 파울로에게 위안이 되었다. 카를라가 다가왔다.

"왜 둘이서만 떨어져 있어? 그 여자애들 둘이 가버렸다고 이제 두 사람이 걔네들 역할을 대신할 작정이라도 한 거야?"

"우린 그냥 기도할 준비를 하던 중이었어."

"나도 끼어도 돼?"

"춤을 추는 것도 신을 찬양하는 방법이지. 가서 사람들과 계속해서 춤춰."

하지만 카를라는 좀처럼 고집을 꺾으려 들지 않았다. 그녀는 브라질 사람들처럼 기도하고 싶었다. 인도인들의 기도는 암스테르담에서 몇 차례 구경한 적이 있었다. 기이한 자세와 이마 한가운데의 붉은 점, 그리고 무한을 향한 시선……

파울로가 서로 손을 잡자고 말했다. 그가 기도문의 첫 구절을

책을 읽다 ✚ 사람을 잇다

똑똑, 마음과 함께 보내요

웰컴 키트

송년 키트

선택 도서

베스트컬렉션   생일 도서

수상작 1

수상작 2

✚

두근두근, 북클럽 회원이라면 매일 매일이 설렌다!

프리미엄 강연

동네책방 아지트

독서 모임 지원

모니터링, 리뷰대회

브랜드데이

스페셜 이벤트

북클럽 문학동네

www.bookclubmunhak.com

bookclub_munhak

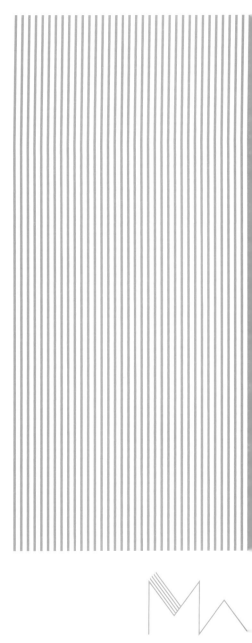

읊으려던 찰나, 라훌이 제지했다.

"입으로 하는 기도는 다음에 하자. 오늘은 몸으로 하는 기도가 좋겠어. 가서 춤추자."

인도인은 모닥불이 있는 곳으로 향했고 파울로와 카를라가 그를 따랐다. 그곳의 모두들 춤과 음악을 통해 육체에서 해방되는 느낌을 맛보는 듯했다. 그리고 이렇게 생각할 터였다.

'우리는 오늘밤 이곳에 함께 있고, 우리를 갈라놓으려 했던 악의 기운에도 불구하고 행복해. 우린 이곳에 함께 있고, 우리의 여행을 방해하려는 어둠의 세력에도 불구하고 우리 앞에 놓인 길을 함께 걸어갈 거야.

우리는 지금 함께 있지만 언젠가 조만간 서로에게 이별을 고하게 되겠지. 우린 비록 서로를 잘 알지 못하고 원했던 만큼 많은 이야기를 나누지 못했지만, 우리도 모르는 신비한 이유로 이곳에 함께 있어. 우린 모닥불을 에워싼 채 춤추고 있지. 우주와 더 친밀했던 옛사람들이 밤하늘의 별들과 구름과 폭풍우와 불길과 바람 속에서 움직임과 조화를 읽고, 삶을 찬양하기 위해 춤을 추었듯이.

춤은 모든 것을 변화시키고, 모두를 존재하게 했으며, 누구도 심판하지 않아. 우리는 자유로울 때도, 감방이나 휠체어 위에 있을 때도 춤을 출 수 있어. 춤은 그저 몸으로 일정한 동작을 반복하는 게 아니라, 세상 무엇보다 위대하고 강력한 존재와 대화하는 일이니까. 이기적인 마음과 공포를 초월한 언어로 이야기하는 일이니까.'

1970년 9월의 그 밤, 식당에서 쫓겨나고 경찰한테 수모를 당하고 난 그 밤, 그들은 춤을 추며 신께 감사했다. 그토록 뜨거운 삶과 그토록 새로움으로 충만하고 도전적인 삶을 허락한 것에 대하여.

그들은 별 문제 없이 유고슬라비아 연방을 구성하는 모든 공화국을 통과했다(이곳을 지나는 중에 추가로 젊은 남자 두 명, 화가와 음악가 한 사람씩을 태웠다). 수도인 베오그라드를 지날 무렵, 파울로는 추억에 젖어 옛 여자친구를 떠올렸다. 하지만 미련은 없었다. 그녀와 함께 그는 처음으로 브라질을 떠나 외국 여행을 했었고, 그녀는 그에게 운전과 영어와 섹스를 가르쳐주었다. 그는 상상 속으로 빠져들어 제2차세계대전중 폭격을 피해 언니와 함께 도시의 거리를 달리는 그녀의 모습을 그려보았다.

"공습경보가 울리면 우리는 바로 지하실로 내려갔어. 엄마가 우리 둘을 무릎에 앉히고 입을 벌리라고 말씀하시면서 당신의 몸으로 우리 둘을 감쌌지."

"입은 왜 벌리라고 하셨어?"

"폭탄소리에 고막이 터져서 남은 인생을 청각장애를 안고 살
아가게 될까봐."

불가리아에서는 험상궂은 사내 넷이 탄 경찰차가 그들의 뒤를
줄곧 따라붙으며 감시했다. 운전기사와 관계당국 간에 암묵적
합의가 있었던 듯했다. 오스트리아 국경 마을에서 다 함께 희열
을 분출한 후로 여행은 조금씩 단조로워졌다. 그들은 이스탄불
에서 일주일간 머무를 예정이었지만, 아직은 갈 길이 멀었다. 이
스탄불까지는 정확히 190킬로미터가 남아 있었다. 그래도 그들
이 이미 달려온 3천 킬로미터에 비하면 하잘것없는 거리였다.

두 시간 뒤, 파울로는 커다란 모스크 두 채의 첨탑들을 발견
했다.

이스탄불! 드디어 도착이었다!

그는 이 도시에서 무엇을 하며 시간을 보낼지 상세히 계획을
세워보았다. 치마를 입고 제자리를 빙글빙글 도는 데르비시들의
공연을 봤던 기억이 떠올랐다. 그는 그들의 모습에 매료되어 그

춤을 배우기로 마음먹었다가, 그게 단순한 춤이 아니라 신과 교감하는 행위임을 깨닫게 되었다. 신봉자들은 수피들이었다. 그가 이 사상, 즉 수피즘에 대해 읽은 모든 내용들은 그로 하여금 이 춤에 더욱 열광하도록 만들었다. 그는 언젠가 터키에 가서 데르비시 혹은 수피들과 함께 그 춤을 배울 작정이었으나 머나먼 미래에나 가능한 일이라고 생각해왔다.

그런데 그가 정말로 그곳에 와 있었다! 첨탑들이 가까워질수록 도로에 차들이 점점 많아지고 길이 막히면서 더 많이 인내하고 더 많이 기다려야 했지만, 하루가 다 가기 전에는 그들과 함께할 수 있을 터였다.

"도착하려면 한 시간은 가야 돼요." 운전기사가 말했다. "우리는 일주일간 머물 겁니다. 여긴 관광을 하러 온 게 아니에요. 이미 다들 짐작하시겠지만, 암스테르담에서 출발하기 전에……"

암스테르담! 그곳을 떠나온 지 몇 세기는 지난 느낌이었다!

"……이달 초순에 요르단 국왕 암살 시도가 있어서 우리가 지나야 하는 일부 지역이 위험하다는 경고를 받았죠. 이후에 계속 상황을 지켜봤는데, 현재는 보다 안정을 찾은 것 같아요. 그래도 위험한 상황은 만들지 않는 게 좋겠다고 암스테르담을 떠날 때 결정했습니다.

그러니 앞으로도 우리 계획대로 움직일 겁니다. 라훌과 저는 내내 운전하느라 조금 지쳐서 요기도 하고 목도 축이면서 휴식을 취할 생각입니다. 여긴 물가가 굉장히 저렴해요. 거의 헐값이라고 할까요. 터키 사람들은 환상적이고, 거리에서 보이는 바와는 달리 터키의 국교는 이슬람교가 아니지만, 그래도 우리 아름다운 여성분들께서는 과도한 노출을 삼가주시고, 사랑스러운 남성분들께서는 혹여 긴 머리 때문에 조롱을 당하더라도 싸움을 벌이는 일이 없도록 당부드리겠습니다."

그리고 공지 사항을 더 보냈다.

"또 한 가지. 베오그라드에서 우리 안부를 전하려고 사무실에 전화를 걸었는데, 히피가 되는 게 무엇인지 인터뷰하고 싶어하는 기자가 전화를 했다고 해요. 여행사에서는 여행 상품을 홍보하기에 좋은 기회라고 해서 제가 딴지를 걸 상황이 아니었고요.

그 기자는 우리가 어디서 멈춰서 배를 채우고 주유도 할지 미리 알고 거기서 기다리고 있었어요. 저한테 질문이 쏟아졌는데 뭐라고 대답해야 할지 하나도 모르겠더라고요. 그냥 여러분의 육체와 영혼이 공기처럼 자유롭다는 대답밖에 못 했어요. 프랑스의 큰 통신사에서 나온 기자라는데, 이스탄불에 사람을 보내 여러분 중 한 명을 직접 인터뷰할 수 있는지 물었어요. 일단은 잘 모르겠다고 대답했지만, 어쨌든 우리는 가장 저렴한 호텔 한 곳에서 다 같이 묵게 될 거라고 알려줬어요. 호텔에선 네 명이

한 방을 쓰게 될 거고요⋯⋯"

"추가 요금을 지불하겠어요. 다른 사람들과 방을 같이 쓰지는 않을 겁니다. 나는 내 딸과 2인실을 쓰겠습니다."

"여기도요." 라이언이 말했다. "2인실요."

파울로는 카를라에게 질문하는 시선을 던졌다. 그녀가 망설이는가 싶더니 마침내 말했다.

"저희도 2인실요."

버스 안의 두번째 여신은 이 브라질 남자가 자기 손안에 있다는 걸 드러내고 싶어했다. 지금까지 그들은 예상보다 경비를 많이 아꼈다. 대부분 샌드위치로 배를 채우고 버스에서 잠을 잤기 때문이었다. 며칠 전 파울로는 수중에 남은 돈을 계산해보았다. 몇 주 동안 기나긴 여행을 하고도 821달러가 남았다. 요 며칠 단조로운 날들이 이어지며 카를라는 기분이 한결 부드러워져 있었고. 그들 사이의 신체 접촉은 더 잦아졌다. 한 사람이 다른 사람의 어깨에 기대어 잠들거나 가끔 서로 손을 잡았다. 물론 키스를 한다거나 그보다 친밀한 표현을 할 생각은 없었지만, 매우 아늑하고 포근한 감정이 들었다.

"아무튼 기자가 기다리고 있을 거예요. 내키지 않으면 인터뷰에 응하지 않으셔도 됩니다. 전 그저 얘기만 전달하는 것뿐이니까요."

차들이 조금씩 속력을 냈다.

"한 가지 중요한 걸 잊었었네요." 라훌이 몇 마디를 속삭이자, 운전기사가 덧붙였다. "이스탄불은 암스테르담이나 파리, 마드리드, 슈투트가르트보다 더 마약을 구하기 쉬운 곳이에요. 만에하나 여러분 가운데 누가 걸려도 여러분을 감옥에서 즉시 꺼내줄 수 있는 사람은 아무도, 절대 아무도 없어요. 그러면 여행도 계속할 수 없습니다. 저는 경고했으니 다들 똑똑히, 아주 똑똑히 알아들으셨기를 바랍니다."

모두에게 경고를 했으나 마이클은 승객 중에 그의 말을 새겨들어야 할 사람이 있을까 의문이 들었다. 승객들 모두 어떤 종류의 마약에도 손대지 않고 삼 주 가까이 흐른 터였다. 그는 승객들 모르게 그들 각자를 면밀히 주시했지만 함께 지내는 삼 주 동안 어느 누구도 그들이 암스테르담과 유럽의 다른 도시에서 매일같이 소비해오던 마약에 목말라하는 것 같지 않았다.

하여 그는 또다시 의문이 들었다. 그렇다면 왜 마약에 중독성이 있다고들 말하는 걸까? 마이클은 아프리카에서 의사로 일하는 동안 여러 가지 환각 작용을 유발하는 식물들을 환자에게 쓸수 있을지 알아보기 위해 직접 경험한 적이 있었고, 그 결과 오직 아편 성분의 마약에만 중독성이 있다는 걸 알게 되었다.

아, 그렇다, 코카인도 중독성이 있다. 다만 코카인의 경우 안데스 지역에서 생산된 것은 거의 전량 미국에서 소비되기 때문에 유럽에선 보기 드물다.

그럼에도 각국 정부는 마약퇴치 광고에 막대한 예산을 쏟아붓고 있다. 정작 담배나 술은 도처에서 자유롭게 판매되고 있는데 말이다. 모두들 마약에 중독성이 있다고 말하길 좋아하는 이유는 어쩌면 정치인들, 광고 예산 같은 데에 있을지도 모른다.

마이클은 예쁘장한 네덜란드 여자가 책의 한 장을 LSD 용액에 적셔 온 걸 알고 있었다. 그녀가 다른 이들에게 하는 얘기를 들었던 것이다. 이곳에서는 모두가 모든 것에 대해 알았다. '보이지 않는 편지' 시스템이 버스 안에서도 가동되고 있었다고 할까. 여자는 원한다면 종이 끄트머리를 찢어서 입안에 넣고 씹다가 삼켜 원하는 환각 효과를 얻을 터였다.

하지만 그건 문제가 아니었다. 리세르그산, 스위스의 과학자 알베르트 호프만이 만들고 하버드대학 교수인 티머시 리리가 확산시킨 이 합성물질은 금지 약품이었지만 여전히 검사로는 복용 여부를 알아낼 수 없었다.

파울로는 잠에서 깨어났다. 카를라의 팔이 그의 가슴에 얹혀 있었다. 그녀가 아직 곤히 자고 있었기에 그는 그녀를 깨우지 않고서 몸을 빼낼 수 있는 최선의 방법을 궁리했다.

파울로와 카를라는 일행 모두와 같은 식당에서 저녁식사를 마치고 나서 일찌감치 호텔로 돌아왔다. 운전기사 말이 맞았다. 이곳의 물가는 매우 저렴했다. 두 사람은 방안에 들어서고 나서야 더블베드 하나뿐이라는 걸 알았다. 그들은 별말 없이 각자 샤워를 마친 뒤 옷가지들을 빨아 욕조 가장자리에 널었다. 그러고는 지친 몸을 침대에 털썩 뉘었다. 두 사람 다 몇 주 만에 처음으로 누려보는 제대로 된 잠자리에서 오직 자고 싶다는 바람뿐이었으나, 처음 스치는 벌거벗은 두 육체는 다른 마음을 품고 있었다.

그들은 미처 깨닫기도 전에 누가 먼저랄 것도 없이 키스했다.

파울로는 발기하는 데 애를 먹었지만 카를라는 도와주지 않았다. 그저 그가 자신을 원한다면 자기는 준비가 돼 있다는 내색만 했다. 그들의 스킨십이 인사 키스나 손잡기 이상을 넘어선 건 그때가 처음이었다. 단지 그의 옆에 아름다운 여자가 있다고 해서 반드시 그녀에게 쾌락을 주어야 하는 것일까? 그러지 않으면 그녀는 자기가 덜 예쁘고 덜 섹시하다고 느낄까?

한편 카를라는 이렇게 생각했다. 좀 괴로워하게 두자. 나를 내버려두고 그냥 잠들면 내 기분이 상할 거라 생각하겠지. 계속 별 진전이 없으면 내가 할일을 해야겠지만 우선은 좀더 지켜보자.

마침내 그는 성기가 딱딱해지는 것을 느꼈고 그녀 속으로 들어갔다. 하지만 참아보려는 갖은 노력에도 불구하고 파울로는 두 사람이 예상했던 것보다 훨씬 빨리 절정에 이르렀다. 여자와 함께 누워본 지 정말 오랜만이었다.

카를라는 오르가슴에 이르지 못했고, 파울로도 그걸 알았다. 그녀는 엄마가 아들을 대하듯 다정하게 그의 머리를 툭 치고는 돌아누웠다. 그 순간 피로가 몰려왔다. 그녀는 평소에 잠이 들기 위해 하던 일들을 생각할 겨를도 없이 곯아떨어졌다. 그도 마찬가지였다.

어느새 잠에서 깨어난 파울로는 간밤의 기억을 떠올렸고, 그 일에 대해 이야기해야만 하는 상황에 놓이기 전에 여기서 빠져 나가기로 결심했다. 그는 조심스럽게 카를라의 팔을 거둬낸 뒤, 가방 속의 깨끗한 바지를 꿰입고 양말을 신고 점퍼를 걸쳤다. 그 가 문을 열려는 순간 카를라의 목소리가 들렸다.

"어디 가? 아침인사도 안 하고?"

"잘 잤어?" 이스탄불은 몹시 흥미로운 도시일 거야. 분명 너도 좋 아할걸.

"왜 나 안 깨웠어?"

잠은 꿈을 통해 신과 소통하는 방법이라고 생각하거든. 신비주의에 대한 공부를 처음 시작할 때 배운 거야.

"네가 좋은 꿈을 꾸고 있는 것 같기도 했고, 아니면 고단할 것 같아서. 글쎄다."

말, 이놈의 말이 문제다. 말은 그저 상황을 복잡하게 만들 뿐 이다.

"어제저녁 기억나?"

우리가 섹스를 했지. 꼭 그러려던 건 아니었지만 우리 둘 다 한 침 대 속에서 알몸이었으니까.

"기억하지. 사과하고 싶어. 네가 실망한 거 알아."

"난 아무 기대도 없었는걸, 뭐. 라이언한테 가려고?"

그녀의 진짜 질문은 "라이언하고 미르트한테 가려고?"일 거라고 그는 생각했다.

"아니."

"어디로 갈 건지는 알아?"

"내가 찾고 있는 게 있어. 그런데 어디 있는지는 모르겠어. 프런트에 물어보려고. 거기서 알려주겠지."

그는 그녀가 그쯤에서 심문을 끝내기를 바랐다. 그가 찾고 있는 게 무엇인지 말하도록 강요받고 싶지 않았다. 그는 춤을 추는 데르비시들을 만날 수 있는 장소를 찾고 있었다. 하지만 결국 그녀가 질문을 던졌고 그는 대답했다.

"종교의식을 보러 가려고. 춤과 관련된 거야."

"이 특별한 나라의 멋진 도시에 온 첫날, 고작 암스테르담에서처럼 똑같은 일을 하면서 보내겠다고? 하레 크리슈나로는 성에 안 찬 거야? 모닥불을 피워놓고 춤을 추던 밤으로는 부족해?"

충분하지 않았다. 그리고 카를라의 말에 화가 났고, 그녀를 도발할 심산에 그는 브라질에서 보았던 데르비시들의 회전 춤에 대해 이야기했다. 머리에 작은 모자를 쓰고 순백의 치마를 두르고서 자전하는 지구나 다른 행성들처럼 빙글빙글 맴을 돌던 남자들에 대해. 얼마쯤 시간이 지나면 데르비시들은 일종의 무아

지경에 돌입한다. 그들은 그들 사상의 근원인 이슬람교로부터 인정받기도 하고 때로 배척당하는 특별한 분파의 일원이며, 페르시아에서 태어나 터키에서 사망한 13세기의 시인 루미가 창시한 수피즘을 따르는 사람들이라고.

수피즘은 단 하나의 진실만을 인정한다. 어떤 것도 분리될 수 없고, 보이는 것과 보이지 않는 것이 하나이며, 사람들은 살과 뼈로 이루어진 환영일 뿐이다. 그래서 그는 평행현실과 관련한 이야기에 그리 흥미를 느끼지 못했다. 우리는 동시에 모든 사람이며 모든 것이고, 또한 시간은 존재하지 않는다. 신문과 라디오와 텔레비전에서 끊임없이 정보를 쏟아내는 바람에 우리는 그 사실을 잊고 있다. 하지만 우리가 스스로 '존재의 단일성'을 인정하면 우리는 더는 아무것도 필요치 않게 된다. 찰나의 순간에 인생의 의미를 깨닫고, 그 찰나의 순간에 죽음이라고 불리는 것까지 도달하는 힘을 얻게 된다. 죽음도 실은 순환하는 시간으로 향하는 과정일 뿐이다.

"이해가 돼?"

"완벽하게. 그래, 그럼 난 마을 시장에 가볼게. 이스탄불에도 아마 시장이 있겠지. 거기선 상인들이 쉴새없이 일하며 이곳까지 흘러든 보기 드문 관광객들에게 세상에서 가장 순수한 마음을 보여주려고 할 거야. 예술품 말이야. 물론 난 아무것도 사지

234

않을 거야. 돈 때문이 아니라 가방에 넣을 자리가 없거든. 하지만 난 정말 노력해서 그들의 작품에 대한 감탄과 존경심을 최대한 전할 거야. 왜냐하면, 방금 네가 말한 수많은 철학적 교훈에도 불구하고, 세상에서 중요한 단 하나의 언어는 바로 아름다움이거든."

카를라가 창가로 걸어갔고, 그는 바깥 햇살에 선명하게 드러나는 그녀 알몸의 실루엣을 바라보았다. 아무리 그녀가 신경을 긁으려 해도 그는 그녀에게 깊은 존중심을 느꼈다. 방을 나서며 그는 그녀와 함께 시장에 가는 편이 차라리 낫지 않을까 자문했다. 수피즘에 대해 아무리 열심히 자료를 찾아보았더라도 그 감춰진 세계 속에 스며들기란 여간 어렵지 않을 터였다.

카를라는 창가에 서서 생각했다. 왜 그는 자기와 함께 가자고 하지 않는 걸까? 어쨌든 그들은 이곳에 아직 엿새는 더 머물 수 있고, 시장이 문을 닫을 리 없었다. 그와 함께 수피즘 같은 전통을 가까이에서 체험한다면 잊을 수 없는 경험이 될 터였다.

그들은 서로에게 다가가보려 부단히 노력했지만, 결국 다시 한번 상반된 길을 걷게 되었다.

카를라가 로비로 내려가니 일행 대부분이 모여 있었다. 그들은 그녀에게 특별 관광을 함께하자고 청했다. 블루모스크*, 성소피아성당, 고고학 박물관 등을 둘러보는 코스였다. 이스탄불엔 독특한 관광지가 적지 않았다. 예컨대 열두 줄의 기둥들(누군가 총 삼백서른여섯 개라고 부연했다)이 떠받치고 있는 웅장한 지하 저수조를 방문할 수도 있었다. 예전에 비잔틴제국 황제들이 사용할 물을 저장하는 용도로 쓰이던 곳이다. 카를라는 다른 계획이 있다며 그들의 제안을 거절했다. 아무도 그녀에게 무슨 계

---

* 술탄 아메드 모스크. 내부가 푸른색 타일로 장식되어 있어서 '블루모스크'라는 별칭으로 불린다.

획인지 묻지 않았다. 브라질인과 한방을 쓴 일에 대해서도 거론하지 않았다. 그들은 다 함께 아침식사를 하고 나서 각자의 목적지를 향해 뿔뿔이 흩어졌다.

카를라가 가려는 곳은 보통 여행안내서에 나오는 장소가 아니었다. 그녀는 보스포루스해협까지 걸어내려가 유럽과 아시아를 구분하는 붉은색 다리를 응시했다. 그토록 다르고 그토록 멀리 떨어진 두 대륙을 연결하는 다리라니! 그녀는 담배 두세 개비를 태운 뒤 디자인이 평범한 블라우스의 목깃을 조금 벌려 잠시 햇볕을 누렸다. 잠시 뒤 사내 두셋이 다가와 말을 걸어왔고, 그녀는 할 수 없이 목깃을 다시 여미고 자리를 옮겨야 했다.

여행이 단조로워진 뒤로 카를라는 자신의 내면을 성찰하며 늘 해오던 질문에 답을 구하려 노력했다. 나는 왜 네팔에 가고 싶은 걸까? 난 그런 것들을 결코 믿지 않았어. 내가 받은 루터교 교육이 향이나 만트라, 수련 자세, 명상, 성서들, 비교秘敎들보다 더 강렬하니까. 카를라는 답을 구하기 위해 카트만두까지 갈 필요가 없었다. 그녀는 이미 답을 알고 있었다. 그녀는 자신의 힘이나 용기를 끊임없이 증명해야 하는 데에, 자신의 한결같은 공격성과 통제 불가능한 경쟁심에 지쳤다. 그녀가 평생토록 해온 일은 모두 남을 넘어서기 위한 것이었고, 그녀는 결코 자신을 넘어서본 적이 없었다. 비록 아직 젊은 나이였지만 그녀는 있는 그대로의 자신의 모습에 순응했다.

　그녀는 모든 것이 달라지기를 바랐지만 정작 자신을 바꿀 순 없었다.

　그녀는 파울로에게 더 많은 이야기를 하고 싶었다. 그녀의 존재에서 그가 차지하는 자리가 점점 커져간다는 걸 그에게 알려주고 싶었다. 그녀는 그가 간밤의 끔찍한 섹스에 죄책감을 느꼈던 걸 떠올리며 고약한 기쁨을 맛보았다. 그녀는 그를 안심시킬 만한 말 한마디조차 해주지 않았다. "괜찮아, 내 사랑(내 사랑이라니!). 처음엔 다 그래, 우린 아직 서로 알아가는 중이잖아."

　하지만 그녀는 성격상 그와 더 가까워지지 못했다. 다른 남자들과도 마찬가지였다. 그녀가 인내심이 부족했거나, 상대 남자들이 그녀를 있는 그대로의 모습으로 받아들여주지 않았기 때문이었다. 대체로 그들은 금세 멀어졌고, 그녀가 세워놓은 유리벽을 깨뜨리기 위한 일말의 노력도 할 수 없는 인간들이었다.

　그녀는 여전히 혼자서도 사랑을 할 수 있을 것 같은 기분이었다. 보상도, 상호교감도, 감사의 마음도 없는 사랑을.

　그녀는 살아오면서 이미 수없이 사랑을 경험했다. 그때마다 사랑의 기운이 그녀의 우주를 변화시켰다. 하지만 그것은 오래

지속되지 않았다. 그녀가 오래도록 지속되는 사랑을 견디지 못했기 때문이다.

그녀는 '위대한 사랑'이 찾아와 꽃과 열매를 넣어두는 꽃병이 되고 싶었다. 신선한 물을 담아, 꽃과 열매를 갓 땄을 때처럼 싱싱하게 보존해주는 꽃병. 용기 있는 자가—그렇다, 용기라는 단어가 적확한 표현이었다—그것을 얻을 터였다. 하지만 아무도 그녀라는 꽃병에 결코 찾아오지 않았고, 보다 정확히는, 오자마자 겁에 질려 떠나갔다. 그녀는 꽃병이 아니라 번개와 바람과 천둥을 동반한 폭풍우였고, 풍차를 돌리거나 도시를 밝히거나 공포를 퍼뜨리는, 길들여지지 않는 강력한 자연과도 같았다.

그녀는 남자들이 그녀 안의 아름다움을 찾아내주기를 바랐지만 그들은 태풍만을 볼 뿐이었고, 태풍을 막아볼 시도조차 하지 않고 안전한 장소로 영원히 피신하는 편을 택했다.

그녀는 가족을 떠올렸다. 그들은 독실한 루터교 신자였으나 그녀에게 종교를 강요하지 않았다. 어렸을 때는 그녀도 여느 아이들처럼 한두 차례 매를 맞은 적이 있었지만, 당시 그 도시의 아이들은 다 그렇게 자랐고 그것이 그녀에게도 마음의 상처로 남지는 않았다.

그녀는 학업성적이 우수했고, 운동신경도 뛰어났고, 반 친구들 중에 가장 예뻤고(그녀도 그걸 알았다), 남자친구를 만드는 데에도 아무 어려움이 없었다. 그럼에도 그녀는 고독이 더 좋았다.

고독. 그녀의 더할 나위없는 기쁨. 그녀가 네팔에 가고 싶어하는 이유. 그녀는 네팔의 동굴에 들어앉아, 머리가 하얗게 세고 이가 다 떨어져나가고 마을 사람들이 그녀에게 더는 음식을 가져다주지 않을 때까지 그곳에 머물다가, 하얗게 쌓인 눈 위로 기우는 마지막 태양을 바라보고 싶었다. 그것이 그녀가 바라는 전부였다.

혼자가 되는 것.

학교의 여자친구들은 남자아이들을 편하게 대하는 그녀를 부러워했다. 대학의 남자 동기들은 그녀가 독립적이며 자신이 원하는 바를 정확히 알고 있다는 점에 감탄했다. 직장 동료들은 그녀의 창의성에 넋을 잃었다. 요컨대 그녀는 완벽한 여자였고, 산속의 여왕, 정글의 암사자, 길을 잃은 영혼들의 구세주였다. 열여덟 살 이후로는 수많은 남자들로부터 청혼을 받았다. 대체로 다들 부자였고, 청혼에는 보석 선물(그녀가 받은 많은 것들 중 다이아몬드 반지 두 개만으로도 그녀는 네팔행 경비를 충당하고 한동안 생활을 해결할 수 있었다) 같은 부수적인 이익이 더해지기도 했다.

값비싼 선물을 받을 때마다 그녀는 혹여 헤어지게 되더라도 돌려주지 않을 거라고 경고했다. 청혼자들은 껄껄 웃어넘겼는

데, 평생을 자신보다 강한 남자의 도전을 받으며 살아왔던 이들이라 그녀쯤은 대수롭게 여기지 않은 것이다. 결국 남자들은 그녀가 그녀 주위에 파놓은 심연 속으로 굴러떨어졌고, 이 매력적인 여자한테 다가가기는커녕, 자신들이 반복적이고 상투적인 것들의 무게를 견디지 못한 채 철사로 만들어진 위태위태한 다리 위에 서 있었을 뿐이라는 걸 자각했다. 한 주, 한 달이 지나 피할 수 없는 이별의 순간에 이르면 그녀는 이유를 설명할 필요조차 없었다. 그들은 그녀에게 선물을 돌려달라고 요구할 용기조차 내지 못했으니까.

한동안 그런 만남과 이별이 반복되었다. 사귄 지 사흘 된 남자가 파리의 특급호텔 침대에서 아침식사를 하며 이런 말을 내뱉기 전까지는. 그 남자와 카를라는 어느 출간기념회 참석차 파리에 갔었는데(파리 여행이라면 절대 거부하지 않는 게 그녀의 원칙 중 하나였다), 그때 그가 한 말을 그녀는 절대 잊을 수 없을 것이다.

"너 아무래도 우울증인 것 같아."

그녀는 실소를 터뜨렸다. 그들이 만난 지 얼마 되지도 않았는데, 바로 전날 저녁 훌륭한 식당에서 식사를 하며 최고급 샴페인과 와인까지 마시고 나서 대뜸 한다는 소리가 이런 식의 단정이라니!

"웃지 마. 넌 우울증이나 불안증을 앓고 있어. 아마 좀더 나이를 먹게 되면 되돌릴 수 없는 길에 들어서겠지. 그러니 지금부터 대비하는 게 좋을 거야."

그녀는 반박하고 싶었다. 이런 삶을 살 수 있는 자신은 행운아이고, 자신에겐 완벽한 가족이 있고, 직업도 만족스러우며, 남들이 늘 감탄한다고. 하지만 그녀의 입 밖으로 나온 말은 그게 아니었다.

"대체 무슨 근거로 그런 말을 해?"

카를라는 경멸이 가득한 목소리로 말했다. 그녀가 그날 오후로 이름조차 잊어버린 그 남자는 자기가 정신과의사이긴 해도 이곳에 일하러 온 건 아니니 더이상 말하지 않겠다고 대답했다.

그녀는 물러서지 않았다. 어쩌면 그도 내심 말하고 싶었는지도 모른다. 그 순간 그녀는 그가 그녀와 함께 보내는 여생을 꿈꾸고 있다는 느낌을 받았기 때문이다.

"날 안 지 얼마 되지도 않았으면서 어떻게 내가 우울증이라고 장담할 수 있어?"

"지난 이틀 동안 널 충분히 관찰했거든. 화요일 저녁 작가 사인회 때도, 엊저녁 식사 때도 말야. 혹시 누군가를 사랑해본 적 있어?"

"그럼. 많지."

거짓말이었다.

"너한테 사랑이 뭔데?"

당혹스럽고 섬뜩한 질문이었다. 그런 만큼 그녀는 상상력을
총동원하여 대답하려고 애썼다.

"모든 걸 허용하는 거지. 떠오르는 아침해나 동화 속 같은 숲
속에 대한 생각을 멈추고 흐르는 물을 거스르지 않는 것. 기쁨에
나를 내맡기는 것. 이게 내가 생각하는 사랑이야."

"계속해봐."

"늘 자유로운 거. 나와 함께 있는 사람이 감옥에 갇힌 기분이
들지 않도록 말야. 사랑은 고요하고 평온하고, 고독이라고까지
말할 수 있는 감정이지. 사랑 그 자체를 위한 사랑이라고 할까.
결혼, 자식, 돈 등등이 목적이 아니라."

"멋진 말이네. 하지만 나랑 사귀기로 했으니까 내가 했던 말
에 대해 한번 잘 생각해봐. 자, 이제 이 특별한 도시에 머무는 순
간을 망치지는 말자. 나도 네가 스스로에 대해 의문을 품게 하지
않고, 너도 내가 일 그만하게 하고."

그래, 옳은 생각이야. 하지만 대체 나의 어떤 면 때문에 내가 우울
증이거나 불안증이라고 말하는 거지? 그리고 내가 하려는 말엔 왜 그
리 시큰둥한 거야?

"그럼 이 우울증의 원인은 대체 뭘까?"

"가능한 답 중의 하나는 네가 아직 누군가를 진짜로 사랑해본 적이 없다는 걸 거야. 하지만 지금 단계에선 이미 그 답이 무의미하겠지. 그동안 너무 많이 사랑해서, 말하자면 자신을 완전히 내줘서 우울증이 생긴 환자들을 숱하게 봐왔거든. 사실 내 소견으론, 이 말은 하면 안 되는데, 네 우울증은 육체적인 문제야. 신체기관에 어떤 물질이 결핍된 거야. 세로토닌이나 도파민 같은 건데, 네 경우엔 노라드레날린 문제는 절대 아니야."

　"그러니까 우울증이 화학적인 문제다?"

　"그럴 리가. 우울증을 유발하는 요인은 백만 가지야. 자, 차라리 옷 입고 나가서 센강을 산책하는 건 어떨까?"

　"좋아, 일단 네 얘기를 마저 듣고. 어떤 요인들이 있는데?"

　"네 말은 고독 속에서도 사랑을 할 수 있다는 거잖아. 물론 그럴 수 있어, 단 자신의 생을 신이나 가족에게 헌신하기로 결심한 사람들만. 성인이나 선지자나 혁명가들 말야. 내가 말하는 사랑은, 사랑하는 사람이 곁에 있을 때 느낄 수 있는, 보다 인간적인 사랑이라고. 우리가 사랑을 표현할 수 없거나 사랑의 대상이 우리를 알아주지 않을 경우 엄청난 고통이 뒤따르기도 하는 사랑. 넌 분명 지금 여기를 사는 사람이 아니라서 우울한 걸 거야. 네 시선은 이리저리 움직이지만 빛나지 않아. 권태만이 비칠 뿐이지. 출간기념회 때 네가 다른 사람들과 어울리기 위해 초인적인 힘을 쥐어짜내는 걸 봤어. 너한텐 그 모든 게 무의미하고 시시하고 시들해 보였을 거야."

그가 침대에서 몸을 일으켰다.

"자, 이제 그만. 난 샤워를 해야겠어, 아니면 너 먼저 할래?"

"먼저 해. 난 그동안 짐 좀 챙길게. 서두르지 마, 방금 들은 얘기를 곱씹어보려면 혼자서 생각할 시간이 필요하니까. 적어도 삼십 분은 필요해."

그는 "내가 뭐라고 했어?" 하고 놀리는 듯한 미소를 짓더니 욕실로 들어갔다. 카를라는 오 분 만에 옷을 입고 여행가방을 정리한 뒤, 문소리가 나지 않게 방을 나섰다. 그녀는 호텔 프런트 앞을 지나며 놀란 기색으로 바라보는 직원들에게 인사했다. 보통의 경우라면 체크아웃도 하지 않고서 짐을 들고 떠나는 이유를 설명해야 마땅했겠으나, 그 호화로운 스위트룸은 그녀 이름으로 예약되지 않았기에 누구도 그녀를 제지하지 않았다.

그녀는 걸음을 멈추고 프런트 직원에게 네덜란드행 비행기가 몇시에 있는지 물었다. 어느 도시요? 아무데나 상관없어요. 자기 나라에서 헤매진 않을 테니까. 다음 비행기는 오후 두시 십오분에 출발이었다. "발권하고 룸으로 달아놓을까요?"

그녀는 잠시 망설이다, 허락도 없이 그녀의 영혼을 읽어버린 남자에게 복수해야겠다는 생각을 했다. 더구나 그가 했던 말은 전부 엉터리일 수도 있었다.

하지만 그녀는 결국 이렇게 대답했다. "아니에요. 따로 지불할게요." 그녀는 어디를 가든 동행하는 남자에게 의존해 여행하는 법이 없었다.

카를라는 현실로 돌아와 다시 붉은색 다리를 응시했다. 그녀는 그동안 읽었던 우울증에 관한 글들을 모조리 떠올려보았고—또한 겁이 나기 시작해서 미처 읽지 못한 것들에 대해서도 생각했다—저 다리를 건너는 순간부터 새로운 여자가 되리라 결심했다. 그녀는 그녀의 짝이 아닌 남자, 즉 지구 반대편 끝에서 온 파울로라는 남자에게 빠져들고 말았다. 그와 헤어진다면 몹시 그리울 수도 있었고, 그와 함께하기 위해 무슨 일이든 할 수 있었다. 혹은 네팔의 어느 동굴 속에서 홀로 그의 얼굴을 떠올리며 명상을 하게 될 수도 있었다. 하지만 그녀는 이런 삶, 모든 것을 가졌으나 아무것도 즐길 수 없는 삶을 더이상 이어나갈 수 없었다.

파울로는 버려진 듯한 집들이 늘어선 좁은 골목길에서 안내
문도 표지판도 없는 문 앞에 멈춰 섰다. 사람들에게 묻고 물으며
갖은 노력 끝에 수피즘 센터를 찾아낸 것이다. 비록 이곳에서 춤
추는 데르비시들을 만날 수 있을 거라는 확신은 없었지만. 그는
이곳에 이르기 위해 우선 시장으로 향했었다. 시장에서 혹시 카
를라를 만날 수 있을까 생각했지만 희망사항일 뿐이었다. 그는
길거리에서 사람들과 마주치면 가능한 한 정확하게 '데르비시'
라고 발음하며 그들의 춤을 흉내냈다. 대부분은 낄낄거렸고 어
떤 이들은 움찔하며 물러섰다. 그를 미치광이로 오해했거나, 팔
을 활짝 벌리고 움직이는 그와 부딪치지 않기 위해서였다.
그는 실망하지 않았다. 가게 여러 군데에서 데르비시들이 쓰

던 모자, 일반적으로 터키인 하면 떠오르는 빨간 고깔 모양 모자를 발견했기 때문이다. 그는 모자 하나를 사서 쓰고, 사람들과 마주칠 때마다 계속해서 동작을 흉내내면서 어디로 가면 그런 춤을 추는 이들과 만날 수 있는지 물었다. 이번엔 사람들이 낄낄대지 않았다. 그들은 진지한 표정으로 파울로를 바라보면서 자기들끼리 터키어로 무슨 말인가를 주고받았다. 파울로는 포기하지는 않았으나 연신 '데르비시'라고 발음하며 춤동작을 흉내내는 일에 지쳐갔다. 아직 엿새가 남았으니 데르비시 추적은 다른 날로 미루고 시장이나 더 구경하자는 생각도 들었다.

그때 머리가 하얗게 센 노인이 파울로에게 다가왔다. 노인은 파울로의 말뜻을 이해한 듯했다. 그는 조금 놀란 목소리로 파울로에게 이렇게 말했다.

"다르위시!"

그렇다, 터키어로 같은 뜻일 터였다. 그가 여태껏 발음을 다르게 하고 있었던 것이다. 노인은 확인해 보이려고 이번엔 자기가 데르비시들의 춤동작을 흉내냈다. 그러다 놀란 기색이 비난으로 바뀌었다.

"유 무슬림?"

파울로는 고개를 저었다.

"노." 노인도 영어로 말했다. "온리 이슬람!"

파울로는 노인 앞에 다가섰다.

"포잇! 루미! 다르위시! 수피!"

루미라는 수피즘 창시자의 이름과 시인이라는 단어에 노인의 마음이 누그러진 듯했다. 노인은 짐짓 귀찮고 못마땅한 척하면서도 파울로의 팔을 잡아끌고서 시장을 벗어나더니, 지금 그가 서 있는 다 쓰러져가는 건물 앞에 그를 데려다놓은 것이다. 그는 이제 문을 두드려보기만 하면 된다.

수차례 문을 두드렸지만 응답이 없었다. 그러다 문손잡이를 돌리자 문이 아무 저항 없이 스르르 열렸다. 들어가도 되는 걸까? 무단침입으로 잡혀가는 건 아닐까? 버려진 건물에 걸인이 들어앉지 못하도록 개들을 풀어놓는다던데, 정말로 사나운 개들이 있다면?

그는 문을 빼꼼 열었다. 걱정했던 개 짖는 소리 대신 사람 목소리가 들렸다. 멀리서 누군가의 목소리가 들려왔고, 뜻은 알 수 없었으나 영어인 듯했다. 그리고 그는 곧바로 제대로 찾아왔음을 알아차렸다. 향냄새를 맡은 것이다.

그는 중저음의 말소리를 알아듣기 위해 귀를 쫑긋 세웠으나 잘 들리지 않았다. 안으로 들어가야 했다. 그로서는 잃을 게 없었다. 그에게 일어날 수 있는 최악의 일은 쫓겨나는 것뿐이었다. 그의 꿈이 바야흐로 이뤄지려 하고 있었다. 바로 춤을 추는 데르비시들을 만나는 것.

위험을 감수해야 했다. 그는 안으로 들어가 문을 닫았다. 어둠에 눈이 익숙해지자 텅 빈 창고 같은 실내가 보였다. 공간은 밖에서 보이던 것보다 훨씬 넓었고, 벽은 초록색으로 칠해져 있었으며, 마룻바닥에는 좀이 슬어 있었다. 깨진 유리창으로 스며든 희미한 빛 속에서 방 한구석 플라스틱 의자에 앉은 노인이 보였다. 방문객의 기척을 느낀 노인의 기도가 뚝 끊겼다.

노인이 터키어로 몇 마디를 내뱉었다. 파울로는 고개를 가로저었다. 그는 터키어를 할 줄 몰랐다. 뭔가 중요한 일을 방해받은 듯 불쾌감을 표하며 노인도 똑같이 고개를 가로저었다.

"무슨 일로 오셨소?" 노인이 프랑스어 억양이 섞인 영어로 물었다.

파울로는 무어라고 말해야 할까? 진실을 말해야 한다. 바로 춤추는 데르비시를 만나는 것.

상대가 너털웃음을 터뜨렸다.

"잘됐소! 나와 같은 이유로 여기 오셨구려. 나는 프랑스의 작은 산골 마을 타르브에서 왔소. 깨달음과 지혜를 찾아서 말이오. 젊은 양반도 같은 걸 찾고 있지? 그럼 내가 그중 한 가지 깨달음을 얻었을 때 했던 일을 하시오. 천하루 동안 시인 한 사람에 대해 공부하는 거요. 그가 쓴 시들을 죄다 외워서, 그 시들이 품고 있는 지혜에 대해 누가 어떤 질문을 하건 대답할 수 있도록. 그런 뒤에야 훈련을 시작할 수 있을 거요. 당신의 목소리가 계시자와 그가 약 팔백 년 전에 썼던 시구들의 목소리에 섞여들게 될 테니까."

"루미 말씀입니까?"

이 이름을 듣자 노인은 절을 했다. 파울로는 마룻바닥에 앉았다.

"어떻게 하면 배울 수 있습니까? 루미의 시라면 저도 제법 읽었으나 어찌 실천에 옮겨야 할지는 잘 모르겠습니다."

"영성을 찾는 사람은 많은 것을 알지 못하는 법. 그 스스로 지혜롭다고 판단하는 바를 가지고 자신의 지성을 채우려 하기 때문이라오. 갖고 있는 책들은 버리고, 광기와 경이감을 취하시오. 그럼 목표에 좀 가까워지리다. 책은 우리에게 견해와 학식과 분석과 비교를 알려주지만, 광기의 성스러운 불꽃은 우리를 진실로 이끈다오."

"책은 많이 가져오질 않았어요. 경험을 쌓고 싶었거든요. 이번 여행을 통해서 바로 데르비시의 춤을 경험하고 싶었고요."

"그건 춤이 아니라 깨달음의 추구요. 이성은 알라신께서 지닌 지혜의 그림자라오. 그림자가 태양 앞에서 무슨 힘이 있겠소? 전혀 없소. 그림자에서 나와 태양 앞으로 가서, 지혜의 말들에 기대지 말고 태양의 빛줄기가 일깨우는 것을 받아들여보시오."

노인이 의자에서 10미터 남짓 떨어진 곳에 내리쬐는 한 줄기 햇빛을 가리켰다. 파울로는 가까이 다가갔다.

"태양에 절을 하시오. 태양이 영혼을 가득 채우도록 내버려두시오. 지식은 환영이고, 황홀경은 현실이지. 지식은 우리를 죄책감으로 채우지만, 황홀경은 우리로 하여금 우주가 존재하기 이전과 파괴된 이후의 우주인 그분과 교감하게 해준다오. 지식을 추구하는 건 바로 옆에 깨끗한 우물을 두고서도 모래로 몸을 씻으려는 것과 같달까."

정확히 바로 그 순간, 모스크 첨탑에 달린 확성기를 통해 기도문이 흘러나오기 시작해 이내 온 도시에 쩌렁쩌렁 울려퍼졌다. 기도 시간이었다. 파울로는 태양을 향해 얼굴을 들어올렸다. 햇빛 속에서 먼지가 너울거렸다. 그는 등뒤에서 나는 소리를 통해 노인이 메카를 향해 무릎을 꿇고 기도하고 있다는 걸 알아차렸다. 파울로는 머릿속을 비우려고 노력했고, 일체의 장식이 배제된 이 공간에선 어렵지 않은 일이었다. 그림과 흡사한 글씨로 써붙인 코란의 한 구절조차 찾아볼 수 없었다. 파울로는 고향과 친구들, 그리고 그가 배웠던 것들과 여전히 배우고 싶은 것들에서 멀리 떨어져 완전한 무無에 진입했다. 그는 선과 악을 초월하여 단지 이곳, 오직 이곳에, 지금 이 순간 존재했다.

그는 절을 하고는 고개를 들며 두 눈을 떴다. 태양이 그에게 말을 하고 있었다. 그에게 어떤 가르침을 주기 위해서가 아니라, 다만 그의 주변을 온통 찬란한 빛으로 채우기 위해.

나의 사랑하는 자여, 나의 빛이여, 너의 영혼이 늘 경배되기를. 너는 머지않아 이곳을 떠나 가족에게 돌아가게 될 것이다. 아직 모든 것을 내려놓을 때가 되지 않았기 때문이니라. 허나 사랑이라는 이름의 지고의 존재가 너를 내 복음의 도구로 사용하리니. 너는 내가 소리내지 않아도 나의 목소리를 듣게 될 것이다.

네가 위대한 침묵에 전념한다면, 그에 대해 알게 되리니. 그 침묵을 말로 해석할 수 있을 것이다. 그것이 너의 운명이기 때문이니. 허나 네가 그 일을 할 때에, '신비'를 설명하려 들지 말고 사람들로 하여금 그것을 경외하게 하라.

빛의 길을 걷는 순례자가 되고 싶은가? 그렇다면 사막을 걷는 법을 익히라. 너의 마음과 이야기하라. 말이란 그저 우연한 것일 뿐이니. 말은 타인과 소통하는 데 필요하나, 말의 의미와 설명 때문에 길을 잃지는 말라. 사람들은 듣고 싶은 말만 들을 뿐이다. 절대 누구도 설득하려 들지 말고, 두려움 없이 너의 운명을 따르라. 두려움에 휩싸였대도 꾸준히 너의 길을 가라.

하늘에 닿아 나에게로 이르고 싶은가? 그렇다면 엄격한 규율과 자비라는 두 날개로 나는 법을 배우라.

사원과 교회와 모스크들은 바깥이 두려운 자들로 가득차 있으며 그들은 죽어버린 말에 세뇌되고 있다. 나의 사원은 곧 세상이니, 나의 사원을 벗어나지 말라. 힘이 들더라도, 남들이 너를 비웃더라도, 그곳에 머물라.

다른 이들과 이야기하되 그들을 설득하려 들지 말라. 다른 이들이 너의 말을 신봉하고 너의 제자가 되기를 절대 허락하지 말라. 그들이 자신의 마음의 소리를, 그들이 들어야 할 유일한 이야기를 더는 믿지 않게 될 터이기 때문이다.

함께 나아가라, 함께 마시고 기뻐하라. 허나 너희가 서로에게 늘 의지하지 않도록 거리를 유지하라. 넘어짐도 여행의 일부이며, 각자 홀로 서는 법을 익혀야 한다.

첨탑의 확성기에서 울려퍼지던 소리가 뚝 그쳤다. 그는 얼마나 오랫동안 태양과 대화를 나누었을까? 태양의 빛줄기가 이제는 그와 멀리 떨어진 곳을 비추고 있었다. 파울로는 뒤를 돌아보았다. 자기가 살던 산속 마을에서도 찾을 수 있었을 것을 찾아 먼 길을 걸어온 노인은 더는 그 자리에 없었다. 파울로는 혼자였다.

호텔로 돌아가야 할 시간이었다. 점점 그를 사로잡는 광기의 신성한 불길이 느껴졌다. 누구에게든 그가 어디에 다녀왔는지 털어놓을 필요는 없을 터였다. 그는 자신의 눈이 새로운 불꽃으로 반짝이는 걸 느끼며 이 변화를 누구에게도 들키지 않기를 바랐다.

　그는 의자 아래서 발견한 하나 남은 향에 불을 붙인 뒤 그곳을 나왔다. 이제 그는 문턱을 넘으려는 자들에게 문은 늘 열려 있음을 알았다. 손잡이를 돌리기만 하면 되었다.

프랑스 통신사의 여성 기자는 히피들을 인터뷰하기 위해 터키 한복판으로 파견된 것이 몹시 못마땅했다. (히피들이라니!) 부와 기회를 찾아 유럽을 찾아드는 수많은 이민자들처럼 버스를 타고, 다만 그들과는 반대 방향으로 아시아를 향해 가는 자들을 만나야 하다니. 그녀는 어느 누구에게도 선입견은 없었으나 중동지역에서 갈등이 폭발한 이때―텔렉스는 위태로운 정보들을 쉴새없이 토해내고, 유고슬라비아에서는 자기들끼리 죽고 죽이고 있다는 소문이 떠돌고, 그리스는 터키를 상대로 전쟁 일보 직전이고, 쿠르드족은 자치권을 요구하는데 대통령은 어찌할 바를 모르고 있으며, 이스탄불은 KGB와 CIA 소속 스파이들의 둥지가 되었고, 요르단 국왕은 혁명을 강제 진압했고, 팔레스타인은 복수를 맹세한 상황이었다―이런 형국에 자신은 대체 이 삼류 호텔에서 무얼 하고 있는 건가 싶었다.

그저 지시에 따를 뿐이었다. 그녀는 그 '매직 버스' 운전기사의 전화를 받았다. 이런 여행에 통달한 듯 서글서글한 영국인이 호텔 로비에서 그녀를 기다리고 있었다. 그는 외국 언론사들이 히피들에게 그토록 관심을 보이는 이유를 이해할 수 없다는 눈치였으나, 어쨌든 최선을 다해 협조하기로 작정한 듯했다.

로비를 둘러보았지만 히피는 한 사람도 보이지 않았다. 라스푸틴 같은 행색의 남자와, 히피처럼 보이지 않는 오십대 남자, 그리고 그 옆의 젊은 여자뿐이었다.

"여기 이분이 질문에 대답해주실 겁니다." 운전기사가 오십대로 보이는 남자를 소개하며 말했다. "프랑스인입니다."

프랑스어로 대화할 수 있다니 잘된 일이었다. 인터뷰가 훨씬 간단하고 빠를 터였다. 기자는 남자의 신원부터 확인했다(이름: 자크, 나이: 47세, 출생지: 프랑스 아미앵, 직업: 프랑스 최대 화장품 회사의 전前 중역, 혼인여부: 이혼).

"들으셨겠지만, 저는 AFP에 보낼 르포를 준비하고 있어요. 제가 읽은 바에 의하면 이 문화는 미국인들 사이에서 시작되었고……"

그녀는 이런 말을 하려다 삼켰다. '특히 달리 할일이 없는 부

잣집 한량들 사이에서……'

"……삽시간에 전 세계로 퍼져 유행이 되었죠."

자크가 고개를 끄덕이며 동의를 표했고, 기자는 또 한번 속으로 생각했다. '더 정확히는, 부자들이 사는 지역에 퍼져나갔고요.'

"알고 싶은 게 정확히 뭡니까, 기자님?"

그는 다른 사람들과 어울려 시내를 구경하는 대신 인터뷰에 응하기로 결정한 게 벌써 후회스러웠다.

"음, 이 문화에 대해 우리가 아는 건, 마약, 음악, 모든 게 허용되는 야외 페스티벌, 여행에 기반을 둔, 아무 편견 없는 운동이라는 거예요. 그러면서 이상적이고, 자유롭고, 보다 정의로운 사회를 위해 현재 투쟁하고 있는 모든 사람들에 대해 절대적으로 철저하게 경멸을 품고 있다는 것도요."

"무슨 뜻입니까?"

"억압받는 사람들을 해방시키고, 부당함을 고발하고, 사회주의가 인류의 유일한 미래인 양 자신의 피와 목숨을 바쳐 필연적 계급투쟁에 참여하려는 사람들 말예요. 사회주의가 그저 이상향이 아니라 현실이 되도록 말이죠."

자크는 고개를 끄덕였다. 이스탄불에서 보내는 귀중한 첫날을 날리고 싶지 않다면 이런 유의 도발에 응수할 필요가 없었다. 그는 이어지는 기자의 이야기에 귀를 기울였다.

"그리고 사랑에 대한 개념도 보다 자유로운 것 같아요. 분방하다고 할 수도 있겠고요. 중년 남자들이 자기보다 한참 어린 여자들을 대동하고 다니면서도 전혀 불편해하지 않잖아요. 나이로 보면 거의 그 남자들……"

그는 이번에도 그냥 넘어가려 했으나, 대신 다른 이가 끼어들었다.

"그 남자 딸뻘인 여자는 정말로 그의 딸이죠. 제 얘기를 하시는 것 같아서요, 기자님. 제 소개를 안 했네요. 제 이름은 마리고, 나이는 스무 살이에요. 리지외에서 태어났고요. 정치학 전공이고, 좋아하는 작가는 카뮈와 시몬느 드 보부아르고요, 데이브 부르벡, 그레이트풀데드, 라비 샹카르의 음악을 즐겨 들어요. 요즘은 많은 사람들이 목숨을 바친, 소비에트연방이라고도 불리는 사회주의 낙원이 어떻게 미국이나 영국, 벨기에, 프랑스 같은 자본주의 국가에 의한 제3세계의 독재 권력만큼이나 압제적이 되었는지에 관해 논문을 쓰고 있죠. 혹시 더 듣고 싶으신 얘기가 있나요?"

기자는 침을 꿀꺽 삼키고는 고맙다고 인사했다. 잠시 이 여자가 거짓말을 하는 건 아닌지 의심을 품었지만 이내 아니라는 결론을 내렸다. 기자는 당혹감을 감추려고 애쓰며, 기사의 논조를 찾았다고 생각했다. 전직 프랑스 다국적 화장품 회사의 마케팅 디렉터였던 한 남자가 어느 순간 존재의 위기를 느끼고 모든 일에서 손을 뗀 후 딸을 데리고 세계 여행에 나서게 된 이야기를 하면 될 것 같았다. 아직 어린 딸에게 닥칠 위험 따위는 고려하지 않고 말이다. 물론 그의 딸은 말하는 방식을 보면 꽤 조숙한 편이었다. 체면을 구긴 기자는 주도권을 되찾으려 했다.

"혹시 마약은 경험해봤나요?"

"그럼요. 마리화나, 환각 버섯, 그리고 LSD 같은 몇 가지 화학 약물 마약이요. 그건 저랑 좀 안 맞았어요. 헤로인, 코카인, 아편은 손도 대지 않았죠."

기자가 그녀의 아버지를 슬쩍 곁눈질했다. 그는 아무렇지도 않은 표정으로 잠자코 딸의 말에 귀기울이고 있었다.

"자유연애를 지지하는 입장인가요?"

"피임약이 상용화된 마당에, 지지하지 않을 이유가 없죠."

"본인도 자유연애를 하나요?"

"그건 그쪽이 상관할 바가 아니고요."

말다툼이 일어날 걸 우려한 자크가 화제를 바꾸려 했다.

"히피 얘기를 하려던 거 아니었소? 기자님이 우리의 철학을 매우 훌륭하게 정의하셨는데, 그 밖에 더 알고 싶은 게 있습니까?"

우리의 철학? 오십 줄이 다 된 남자가, '우리의 철학'이라고?

"왜 네팔까지 버스로 가시는지 알고 싶어요. 지금까지 들은 얘기나 옷차림으로 봐서 충분히 비행기를 탈 여유가 되실 것 같은데요."

"내게 가장 중요한 건 여정 자체이기 때문이오. 난 에어프랑스 일등석에서나 마주칠 만한 사람 말고 다른 사람들을 만나보고 싶거든요. 열두 시간 동안 같은 공간에서 비행하면서도 옆사람과 한마디도 나누지 않는 사람 말고요."

"하지만 이런……"

"그래요, 의자도 딱딱하고 등받이가 뒤로 젖혀지지도 않는 이런 통학버스를 개조한 차보다 더 편안한 버스도 있을 거요. 이게 기자님이 하고 싶었던 말인 것 같은데. 이전의 삶, 다시 말해 마케팅 디렉터로 일하는 동안 난 내가 알아야 할 사람들을 전부 만났습니다. 터놓고 말해 그들 모두 서로의 복사판이었소. 똑같은 경쟁심, 똑같은 관심사, 똑같은 과시욕…… 내 부친과 함께 아미앵 근처 들에서 일하던 나의 유년 시절과는 딴판인 세계였소."

기자는 수첩을 뒤적거리기 시작했다. 스스로 불리한 입장이라고 느낀 터였다. 그들 둘 다 호락호락 넘어오지 않았다.

"뭘 찾으시죠, 기자님?"

"히피에 대해 메모해둔 거요."

"이미 훌륭하게 요약하셨잖소. 섹스, 마약, 록 음악, 여행."

이 프랑스 남자는 생각보다 더 거슬렸다.

"그게 선생님 생각인지도 모르지만, 실상은 더 많은 게 있잖아요."

"더 많은 거라, 좀 가르쳐주겠소? 처음에 딸아이의 제안으로 함께 여행을 하기로 했을 때, 내가 저 아이 눈에 얼마나 불행해 보였는지 몰라요. 얼떨결에 따라나서는 바람에 난 자세히 공부할 시간이 없었소."

기자는 더이상 질문을 생략하고 이걸로 충분하다고, 필요한 답변을 모두 얻었노라고 말했다. 그러면서 이 인터뷰를 바탕으로 아무도 모르게 이야기를 지어내면 될 거라고 생각했다. 하지만 자크가 순순히 놓아주지 않았다. 그가 커피나 차를 한잔하겠는지("커피요, 들쩍지근한 민트차에 질렸거든요."), 터키식 커피인지 보통 커피인지("터키까지 왔으니 터키식 커피죠. 액체만 걸러내다니 말도 안 되죠. 가루가 있어야 하는데.") 물었다.

"나와 내 딸은 히피에 대해 좀더 알 필요가 있을 것 같소. 우린 '히피'란 말이 어떻게 생겨났는지도 모르거든요."

남자의 말에는 빈정거리는 투가 역력했지만 기자는 짐짓 모르는 척 흘려 넘기고 대화를 이어가기로 했다. 커피 생각이 정말로 간절했기 때문이다.

"그건 아무도 몰라요. 하지만 뭐든지 정의 내리려고 하는 우리 프랑스인 특유의 성향을 살려 얘기해보자면, 채식주의, 자유연애, 공동체 생활 등 히피들의 생활양식은 페르시아에서 비롯됐을 거예요. 마즈닥이라는 사람이 창시한 종교 집단에서요. 그에 대해 알려진 바는 많지 않아요. 어쨌든 히피 운동에 점점 관심을 기울이게 되면서 몇몇 기자들은 히피 사상이 그리스 철학의 키니코스학파Cynicos 사상과 유사하다는 점을 발견했어요."

"키니코스학파?"

"네, '냉소가Cynic'라는 현대 단어의 뜻과는 아무 상관 없어요. 키니코스학파 중 가장 널리 알려진 이는 디오게네스죠. 디오게네스에 따르면 우리 모두는 필요한 것 이상을 소유하도록 교육받았고, 따라서 본연의 가치로 되돌아가기 위해 우리는 사회가 우리에게 지우는 짐을 완전히 잊어야 하죠. 자연의 법칙에 순응하며 살아가고, 작은 것에 만족하며, 새로이 시작되는 매일의 삶에 기뻐하고, 권력, 이욕, 탐욕 등 이제껏 우리에게 필요하다고 주입되었던 모든 걸 포기하는 거예요. 키니코스학파들에게 존재의 유일무이한 목적이란 불필요한 것에서 해방되어 매 순간, 매 호흡에서 기쁨을 찾는 거였어요. 디오게네스가 평생을 집이 아닌 커다란 통 속에서 살았다는 일화는 너무도 유명한 얘기잖아요."

운전기사가 다가왔다. 라스푸틴 같은 모습의 히피는 분명 프랑스어를 알아듣는 것 같았다. 그가 기자의 얘기를 듣기 위해 그들 근처 바닥에 앉았다. 커피가 나왔고, 덕분에 기자는 이야기를 이어나갈 수 있었다. 그들 사이에 감돌던 반감이 홀연히 사라졌고, 그녀는 모두의 주목을 끌고 있었다.

"기독교가 세상을 지배하는 동안, 이들의 사상은 수도자들이 신과 대화하기 위해 사막으로 평화를 찾으러 가면서 확산되었어요. 그리고 미국인 헨리 데이비드 소로나 인도의 해방자 간디 같은 유명한 사상가들을 통해서 오늘날까지도 이어지고 있죠. 그들의 주장은 이거예요. 단순해져라, 그러면 행복해질 것이다."

"그런데 어떻게 이들의 사상이 오늘날 옷을 입는 방식이라든가, 하나의 트렌드, 현대적 의미의 '냉소' 같은 단어로 이어진 거요? 좌파든 우파든 모두 다 불신하듯 말이오."

"그건 저도 몰라요. 아마 우드스톡 같은 대형 록페스티벌이나 제리 가르시아, 그레이트풀데드, 그리고 샌프란시스코에서 무료 공연을 시작했던 프랭크 재파와 그의 밴드인 마더스오브인벤션 같은 특정 뮤지션들과 관련이 있지 않을까요. 하지만 확실하지 않죠. 그래서 제가 두 분께 여쭤보러 온 거예요."

기자가 시간을 확인하더니 일어섰다.

"죄송하지만 전 가봐야겠어요. 오늘 인터뷰가 두 건 더 잡혀 있거든요."

그녀가 메모들을 주섬주섬 챙기고 옷매무새를 만졌다.

"문까지 배웅하겠소." 자크가 말했다. 기자를 향했던 반감은 완전히 사라졌다. 그의 눈에 이제 그녀는 그들을 부정적인 시선으로 바라보는 적이 아니라, 최선을 다해 자신의 일을 하는 사람이었다.

"감사하지만 그러실 필요 없어요. 특히 선생님 따님이 한 말 때문에 마음쓰실 필요 없어요."

"그래도 같이 나갑시다."

그들은 함께 문을 나섰다. 자크는 기자에게 향신료 시장이 어디에 있는지 물었다. 꼭 사려기보다는 어쩌면 앞으로 다시는 맡아보지 못할 허브와 식물들의 향을 만끽하고 싶었기 때문이다.

기자는 한쪽 길을 가리킨 뒤, 반대 방향으로 걸음을 재촉하며 멀어져갔다.

자크는 향신료 시장을 거닐면서―그는 오랫동안 사람들에게
필요하지도 않은 물건들을 팔고 '신상품' 출시를 알리기 위해 육
개월마다 새로운 광고를 만들어내는 일을 해왔다―이스탄불 관
광청이 좀더 유능해져야 한다고 생각했다. 그는 좁은 골목길과
스쳐지나온 노점들, 시간이 정지된 듯한 카페, 상점의 장식, 사
람들의 옷차림과 콧수염 등에 매료되었다. 왜 터키인들은 대부
분 콧수염을 기르고 있는 걸까?
　그는 그 이유를 우연찮게 어느 바에 들어갔다가 알게 되었다.
한때 잘나갔을 법한 곳으로, 아르누보 스타일 인테리어가 파리
의 비밀스럽고 세련된 장소들을 연상시켰다. 그는 그날의 두번
째 터키식 커피를 마시기로 했다. 물과 커피 가루를 넣고 끓여

거르지 않고 한쪽에 둥근 손잡이 대신 긴 막대가 달린 포트째로 내오는, 다른 곳에서는 절대 볼 수 없는 커피였다. 그는 이 음료의 각성 효과가 밤이 되기 전에 사라져 수면을 방해하는 일이 없기를 바랐다. 가게 안이 한산했기에―손님은 그 말고 단 한 명뿐이었다―주인이 외국인으로 보이는 그에게 말을 걸었다.

가게 주인은 프랑스와 영국과 스페인에 대해 묻더니 자기 가게 이야기를 늘어놓고는, 이스탄불에 대해 어떻게 생각하는지("이곳에 도착한 지 얼마 되지 않았지만 더욱 널리 알려질 가치가 있는 도시라고 생각합니다"), 커다란 모스크와 대규모 시장은 어땠는지("둘 다 아직 못 가봤어요. 이곳에 어제 도착했거든요") 알고 싶어했다. 그러고는 자크가 말을 끊을 때까지 자기가 끓인 탁월한 커피에 대해 자랑을 쏟아냈다.

"한 가지 궁금한 게 있어요. 잘못 본 게 아니라면, 주인장까지 포함해서 적어도 이 동네 남자들은 전부 콧수염을 기르고 있던데, 혹시 전통인가요? 실례되는 질문이라면 대답하지 않으셔도 됩니다."

가게 주인은 외려 반색하는 눈치였다.

"그걸 알아채셨다니 이리 기쁠 수가 없군요. 게다가 외국인한테 이런 질문을 받는 것도 처음이고요. 우리집 커피가 제법 명성이 높아서 유명 호텔의 추천을 받은 관광객들이 종종 찾아오는

데 말이죠."

　그가 허락을 구하지도 않고 자크의 테이블에 앉더니, 사춘기
가 지났을까 말까 한 민숭민숭한 얼굴의 종업원에게 민트차 한
잔을 가져오게 했다.

　커피와 민트차. 이것이 이 나라 사람들이 마시는 단 두 가지
음료인 것 같았다.

　"혹시 종교와 관련이 있나요?"

　"네?"

　"콧수염 말입니다."

　"천만에요! 우리가 사내라는 걸 보이기 위해서지요. 명예와
위엄에 관한 문제라고 할까요. 콧수염을 소중히 가꾸는 건 제 부
친한테서 보고 배운 거죠. 부친을 보면서 언젠가 나도 저런 콧수
염을 기를 거야, 다짐하곤 했으니까요. 부친께서 그러셨는데, 제
증조부 시대에 망할 영국놈들과, 죄송합니다, 프랑스놈들이 우
리를 바다 끝으로 밀어붙이기 시작했고, 사람들은 행보를 결정
해야 했어요. 어디든 스파이들의 소굴이라 콧수염으로 표시를
하기로 한 거죠. 콧수염 모양으로 그 사람이 망할 영국놈들과,
다시 한번 죄송합니다, 프랑스놈들의 개혁에 찬성인지 반대인지
를 알 수 있었어요. 물론 진짜 비밀 표시가 되지는 못했고, 그보
다는 각자의 입장 선언이었죠.

그러니까 우리는 영광스러운 오스만제국의 붕괴 이후, 즉 나라가 나아갈 길을 결정해야 했던 시기부터 콧수염을 기르게 된 거죠. 개혁에 찬성하는 이들은 M자형 콧수염을, 반대하는 자들은 U자를 뒤집은 모양이 되도록 양 가장자리만 길게 콧수염을 길렀어요."

　"아무 의견도 없으면요?"

　"그런 사람들은 수염을 싹 밀어버렸죠. 하지만 그건 집안의 수치였어요, 여자 같았으니까요."

　"오늘날에도 여전히 그렇습니까?"

　"유럽 열강이 왕좌에 앉혀놓은 도둑들을 마침내 몰아낸 '터키의 아버지' 케말 아타튀르크는 이따금 자기 콧수염을 밀어버려서 사람들을 혼란에 빠뜨렸고, 콧수염이 하등 중요하지 않다는 걸 일깨우려 했어요. 하지만 한번 자리잡은 전통은 끈질긴 법이죠. 게다가 처음에 말씀드린 대로 남성성 좀 뽐내보겠다는 게 뭐가 그리 잘못이겠습니까? 짐승들도 털이나 깃털이 있는데 말예요."

　아타튀르크. 제1차세계대전에 참전한 이 용맹한 장군은 외세를 몰아내고 술탄제도를 폐지했으며, 오스만제국의 종말에 서명하고서 (많은 이들이 불가능하다고 여겼던) 정교분리를 실현했다. 무엇보다 '망할 영국놈들과 프랑스놈들'한테 중요했던 것은 그가 연합국과의 치욕스러운 평화조약에 반대했다는 것이었다.

평화조약으로 인해 의도치 않게 나치즘의 싹을 틔운 독일처럼 말이다. 자크는 이 현대 터키의 위대한 아이콘의 사진을 본 적이 있었는데—그가 다니던 회사에서 유혹과 간계로 이 제국을 다시 정복하고자 할 때였다—아타튀르크가 콧수염을 민 적이 있었는지는 눈여겨보지 못했다. 다만 그의 콧수염은 M자도 뒤집힌 U자도 아닌, 윗입술 위로 가지런히 잘린 유럽 스타일이었다는 것만 기억에 남아 있다.

이런, 오늘에서야 비로소 그들 콧수염의 비밀스러운 의미에 대해 알게 되다니! 자크가 커피값이 얼마인지 물었으나 주인은 다음에 내라며 대답하지 않았다.

"수많은 아랍의 지도자들이 콧수염을 이식받으러 이곳으로 온답니다." 가게 주인이 말했다. "그 방면엔 우리가 세계 최고거든요."

그들은 한동안 대화를 이어나갔다. 하지만 이내 점심식사를 하려는 손님들이 몰려들면서 주인은 양해를 구해야 했다. 자크는 커피값을 대략 셈하여 수염 없이 매끈한 얼굴의 종업원에게 건네고 바를 나섰다. 그러면서 두둑한 퇴직금을 챙겨 말 그대로 그가 직장을 그만두도록 떠밀어준 딸에게 속으로 감사했다. 그는

'휴가'에서 돌아가 직장 동료들에게 터키인들의 콧수염에 대한 이야기를 들려준다면 어떨까 상상했다. 동료들은 그의 이야기가 흥미롭고 이국적이라고 여길 것이나 딱 거기까지일 터였다.

자크는 향신료 시장으로 향하면서 자문했다. 왜 부모님에게 가끔은 농사일에서 손을 떼고 여행을 다니시라고 좀더 적극적으로 권하지 않았을까? 처음엔 하나밖에 없는 아들이 좋은 교육을 받을 수 있도록 돈을 벌어야 한다는 핑계가 있었다. 하지만 아들이 부모로서는 전혀 이해하지 못하는 마케팅이라는 전공 학위를 취득한 이후에도, 그들은 다음 휴가 때나 그다음, 아니면 또 그다음 휴가 때나 생각해보자며 계속해서 여행을 미뤘다. 모든 농부들이 그러하듯 그들은 자연의 일엔 끝이 없다는 걸 잘 알았다. 농사일이란 파종하고 가지를 치고 수확하며 구슬땀을 쏟아내야 하는 시기와, 노동이 다시 시작되기를 기다리는 뿌리깊은 권태의 시기의 반복이었다.

사실 그들은 자신들이 잘 아는 유일한 지역을 벗어나 모험하기를 꺼렸다. 마치 그 밖의 지역은 길을 잃기 십상인데다 자신들의 시골 억양을 즉시 간파할 오만한 인간들로 넘쳐나는 위험한 곳인 양. 그들에게는 세상 어디나 똑같았다. 그들은 인간 모두에게 운명처럼 정해진 각자의 공간이 있고 각자 그 자리를 지켜야 한다고 생각했다.

자크는 자주 분통해하며 유년기와 청소년기를 보냈으나, 자신이 계획한 대로 인생을 살아가는 수밖에 없었다. 좋은 직장 찾기(성공), 여자를 만나 결혼하기(당시 그는 스물네 살이었다), 경력 쌓기, 세상을 알아가기(그는 마침내 잘 알게 되었다. 하지만아내가 집에서 그를 기다리며 딸을 키우고 인생의 의미를 찾으려 애쓰는 동안 그는 공항이며 호텔이며 식당을 누비며 지쳐갔다), 회사의 중역 되기, 은퇴하기, 시골로 돌아가 태어난 곳에서생을 마감하기.

돌이켜보니 중간 단계들을 건너뛸 수도 있었다는 생각이 들었다. 활력과 무한한 호기심에 떠밀려 그는 끝도 없는 업무의 나날을 보내게 되었다. 처음엔 일이 좋았지만 승진을 하자마자 지겨워지기 시작했다.

좀더 기다렸다가 적당한 시기에 떠날 수도 있었으리라. 그는계급 조직 안에서 빠르게 승진했고, 입사 때에 비해 돈을 세 배로 벌었다. 그가 잦은 출장 틈에 홀쩍홀쩍 커버린 딸은 시앙스포*에 입학했다. 딸이 남자친구를 만나 그의 집으로 이사를 가버리자, 고독한 삶에 지치고 집안에서도 무용해진 아내가 이혼을선언했다.

------

* 정치 및 외교 지도자 등 엘리트를 양성하는 파리 정치 대학.

마케팅(그때 유행했던 단어이자 직업이었다) 업무와 관련해 그가 낸 아이디어들은 대부분 채택되었다. 돋보이고 싶어하는 야심찬 인턴사원들이 그중 몇 가지에 대해 문제 제기를 하기도 했지만, 그는 당황하지 않고 야심가들의 날개를 가차없이 꺾어버렸다. 회사의 수익에 비례하는 연말 보너스는 끝도 없이 치솟았다. 다시 독신이 된 그는 데이트를 시작하며 흥미로운—그리고 그의 조건에도 상당한 흥미를 보이는—여성들과 사귀었다. 여자들은 그가 유명 화장품 회사에 다닌다는 걸 알았고, 그에게 특정 상품의 광고 모델이 되고 싶다는 뜻을 넌지시 비쳤다. 그가 긍정도 부정도 하지 않은 채 시간이 흐르면 관심을 보이던 여자들은 떠나갔다. 그에게 진심이었던 여자들은 결혼을 원했으나 그는 이미 미래에 대한 계획이 있었다. 앞으로 십 년만 더 일한 뒤, 여전히 원기 왕성한 중년이고 돈과 가능성이 풍부할 때 떠날 작정이었다. 이번엔 아직 미지의 세계인 아시아를 향해, 그의 가장 친한 친구가 된 딸이 보여주고 싶어하는 것들을 주의깊게 관찰하면서 세상을 여행할 터였다. 그는 딸과 함께 갠지스강이나 히말라야산이나 안데스산맥, 또는 남극 가까이의 우수아이아에가 있는 자신의 모습을 떠올렸다. 물론 그가 은퇴하고, 딸이 학위를 취득하고 난 뒤에 말이다.

하지만 곧 두 가지 사건이 그의 인생을 뒤흔들었다.

첫번째 사건은 1968년 5월 3일에 발생했다. 자크는 하루 업무를 마친 뒤 사무실에서 딸을 기다렸다. 함께 지하철을 타고 귀가할 참이었다. 문득 정신을 차려보니 딸이 도착했어야 할 시간에서 벌써 한 시간이 훌쩍 지나 있었다. 그는 생쉴피스 근처에 위치한 회사 빌딩(회사는 건물 여러 채를 소유했는데, 그가 근무하는 이 빌딩은 그중 호사스러운 편이었다)의 안내데스크에 메모를 남겨두고 지하철역으로 향했다.

그렇게 길을 걷던 그의 시야에 화염에 휩싸인 파리 시내가 들어왔다. 검은 연기가 사방에 가득했고 도처에서 경적이 울려댔다. 가장 먼저 그의 머리를 스친 생각은 '러시아가 도시를 폭격했구나!'였다.

그러다 그는 어디론가 달음박질하는 한 무리의 젊은이들에게 부대껴 벽 쪽으로 내밀렸다. 그들은 물에 적신 천으로 코와 입을 감싸고 외쳤다. "독재 타도!" 다른 구호들은 기억나지 않았다. 그들 뒤쪽에서 머리끝부터 발끝까지 무장한 경찰들이 최루탄을 쏘았다. 몇몇 젊은이들이 비틀거리며 땅바닥에 쓰러졌고, 곧바로 곤봉이 날아들었다.

　최루가스에 자크도 두 눈이 따끔거리기 시작했다. 무슨 일이 일어나고 있는 건지 도무지 알 수 없었다. 누군가에게 물어볼 수도 있겠지만, 그보다는 우선 딸을 찾아야 했다. 그 아이가 있을 만한 곳이 어디일까? 그는 소르본대학 쪽으로 가려 했으나, 공포영화에 나오는 무정부주의자 무리처럼 보이는 세력과 '공권력'이 대치하며 거리가 완전히 꽉 막혀 있었다. 타이어들이 불타올랐고, 무장 경찰을 향해 돌멩이와 화염병이 날아들었다. 교통은 마비되었고, 최루가스와 비명과 고막을 찢을 듯한 경적소리와 보도에서 뜯어낸 돌덩이들과 구타당하는 젊은이들로 아비규환이었다. 그는 생각했다. 내 딸은 어디 있을까?

　내 딸은 어디 있을까?

　대치 현장으로 다가가는 건 자살행위나 다름없는 실책이 될 것이다. 그보다는 집으로 돌아가 마리의 전화를 기다리며, 이 모든 소요가 가라앉기를 기다리며 새벽을 맞는 편이 나을 터였다.

자크는 학생 시절에도 시위에 직접 가담해본 적이 한 번도 없었다. 그에겐 인생의 다른 목표가 있었다. 하지만 그간 지켜봐온 어떤 시위도 몇 시간 이상 지속된 적이 없었다. 그는 딸의 전화만을 간절히 기다렸다. 그 순간 그가 신께 바라는 전부였다. 그는 여러 가지 특혜가 많은 나라에 살고 있었다. 젊은이들은 원하는 건 뭐든 가졌다. 기성세대들은 열심히 일하면 은퇴 후 아무 걱정 없이 편안한 노후를 보낼 수 있고 최상급 와인과 세계 일류 요리들을 얼마든지 맛보며 세상에서 가장 아름다운 도시를 치안 걱정 없이 거닐 수 있다는 걸 잘 알았다.

새벽 두시경, 마리에게서 전화가 왔다. 그는 텔레비전을 켰다. 국영방송 채널 두 곳에서 이 사건을 되풀이해 보도하고 있었다.

"걱정 마, 아빠. 난 잘 있어. 설명은 나중에 하고 이만 끊을게. 다음 사람이 기다리고 있어."

그가 질문을 하려던 찰나, 전화는 이미 끊겼다.

그는 밤을 하얗게 지새웠다. 시위는 그의 예상보다 오래 지속되었다. 텔레비전 진행자들도 아무 전조 없이 시시각각 폭발하는 시위에 그만큼이나 놀란 듯했으나 침착함을 유지하며 사회학자와 정치인과 평론가 들, 그리고 경찰과 학생 몇몇 등의 현란한 말들을 인용하며 경찰과 학생 들의 대치 국면을 설명하려 애썼다.

아드레날린이 과다하게 분비된 나머지 그는 결국 기진하여 소파에 무너져내렸다. 눈을 떴을 때는 이미 날이 밝아 있었고, 출근해야 할 시간이었다. 하지만 밤새 켜져 있던 텔레비전에서 누군가가 '무정부주의자들'이 대학들과 지하철역들을 점거하고 도로를 차단하여 차량의 통행을 막고 있다면서 외출하지 말라고 경고했다. 그리고 이는 시민들의 권리를 근본적으로 침해하는 행동이라고 덧붙였다.

그는 사무실로 전화를 걸었으나 아무도 받지 않았다. 이번에는 본사로 걸었고, 파리 외곽에 살아서 미처 귀가하지 못하고 회사에서 밤을 보낸 직원이 전화를 받아 그에게 출근하려고 해봤자 소용없을 거라고 전했다. 회사 근처에 거주하는 이들 말고는 회사에 도착한 사람이 거의 없었다.

"오늘 안에 끝나겠죠." 전화선 반대편에서 그 이름 모를 직원이 말했다. 그가 윗사람을 바꿔달라고 했으나, 그 역시 회사에 나오지 못한 상태였다.

소요와 난투는 예상과 달리 좀처럼 가라앉지 않았다. 경찰이 학생들을 대하는 방식 때문에 도리어 상황이 악화되었다.

학생들이 프랑스 문화의 상징인 소르본대학을 점거했다. 교수들은 시위에 가담하거나 점거지에서 쫓겨났다. 여러 종류의 위원회가 발족되었고 이 위원회들이 쏟아내는 다양한 제안들이 실행 예정이거나 받아들여지지 않았다는 소식을 텔레비전에서는 학생들에게 전보다 좀더 우호적인 목소리로 전하고 있었다.

자크가 사는 동네의 상점들도 모조리 문을 닫았다. 인도인이 운영하는 한 곳만은 예외였고, 상점 문밖까지 긴 줄이 생겨났다. 자크도 줄을 섰다. 저마다 한마디씩 떠드는 소리가 들려왔다. "정부는 대체 왜 아무것도 안 하는 거야?" "우리한테 그만큼 세금을 거둬들였으면 경찰이 적어도 이런 시국엔 할일을 제대로 해야 하는 거 아니냐고!" "이게 다 공산당 때문이야!" "이게 다 우리가 아이들을 잘못 가르친 결과라고. 우리가 여지껏 가르친 모든 걸 전복하려는 거잖아."

저마다 한마디씩 거들었다. 다만 아무도 설명하지 못하는 사안 한 가지는 왜 이런 일이 벌어지고 있느냐는 것이었다. "그건 우리도 모르지."

하루가 지나갔다.

그리고 이틀.

그렇게 한 주가 흘렀다.

상황은 악화되어만 갔다.

자크가 사는 아파트는 회사에서 지하철로 세 정거장 거리인 몽마르트르의 작은 언덕에 있었다. 창문을 통해 자동차들의 경적소리가 들려왔고, 불에 탄 타이어의 검은 연기가 보였다. 그는 마리가 돌아오기를 이제나저제나 기다리며 끊임없이 거리를 살폈다.

마리는 사흘 뒤에 나타나 재빨리 샤워를 마치고는 주섬주섬 갈아입을 옷가지들을 챙긴 뒤, 부엌에서 눈에 띄는 대로 이것저것 우물거리다가 다시 집을 나서며 외쳤다. "나중에 설명할게!"

그가 일시적이리라 여겼던 사건은 억눌려 있던 분노의 폭발이었고 결국 프랑스 전역으로 확대되었다. 직원들은 고용주들을 감금했고 총파업이 선포되었다. 노동자들도 일주일 전 대학을 점거했던 학생들을 따라 공장 대부분을 점거했다.

프랑스 전체가 마비되었다. 더이상 학생들만의 문제가 아니었다. 학생들도 초점을 바꾼 듯 이제는 이런 글귀들의 플래카드를 흔들었다. 자유연애 만세, 자본주의 타파, 모두에게 국경을 개방하라, 부르주아들이여, 당신들은 아무것도 모른다!

이제 문제는 총파업이었다.

텔레비전이 자크의 유일한 정보원이었다. 놀랍고 개탄스럽게도 지옥 같은 날들이 이십여 일이나 지나고서야 공화국 대통령 샤를 드골이 텔레비전 화면에 모습을 드러냈다. 나치에 저항하고 알제리전쟁에 종지부를 찍었으며 모두의 존경을 한몸에 받았던 그가 마침내 국민들 앞에 나타나 "문화, 사회, 경제 개혁안"에 대한 국민투표를 실시하며, 반대표가 우세할 시 대통령직에서 물러나겠다는 성명을 발표했다.

자유연애나 국경 개방에는 별 관심이 없던 노동자들은 대통령의 개혁안을 전혀 이해하지 못했다. 그들의 요구는 오직 한 가지였다. 바로 현저한 임금 인상. 총리였던 조르주 퐁피두가 노동조합장들이며 트로츠키주의자들, 무정부주의자들, 사회주의자들과 만났고, 분쟁이 완화되기 시작했다. 각각의 그룹이 다른 요구를 하기 시작했다. 효과적인 지배를 위한 분열, 그것이 정부의 작전이었다.

자크는 드골을 지지하는 시위에 참여하기로 결심했다. 프랑스 전역이 충격에 빠졌다. 도시 곳곳에서 시위가 벌어졌고, 엄청난 인파가 몰려들었으며, 자크가 늘 '무정부주의자들'이라고 부르던, 시위의 도화선이 되었던 이들이 한발 물러났다. 노동계약서들이 새로이 작성되었다. 더는 요구사항이 없어진 학생들은 아무 의미 없는 승리임에도 자기들이 승리했다고 믿으며 차츰 교실로 돌아갔다.

자세히 기억하지 못했지만 5월 말엽인가 6월 초순경, 마침내 딸아이는 집으로 돌아와 자기들이 원하던 바를 모두 성취했노라고 말했다. 그는 그게 무엇인지 묻지 않았고, 딸도 구체적으로 밝히지 않았다. 그녀는 지치고 실망하고 참담한 표정이었다. 식당들도 점차 다시 문을 열기 시작했고, 그들 부녀는 촛불을 밝힌 식당에서 저녁식사를 하면서도 그 주제에 대해서는 이야기하지 않았다. 자크는 정부를 지지하는 시위에 참가했던 일을 절대 고백하지 않을 터였다. 그날 딸의 입에서 나온 말들 중에 그가 진지하게 들은 유일한 한마디는 이것이었다. "난 이제 질렸어. 여행을 떠나 아주 멀리 가서 살 거야."

결국 딸은 우선 "학업을 마쳐야겠다"면서 여행 계획을 보류했다. 그는 번영과 경쟁의 프랑스를 꿈꾸는 이들이 승리했음을 깨달았다. 진정한 혁명가들이라면 졸업이며 학위 취득 따위엔 관심이 손톱만큼도 없을 터였다.

자크는 철학자들이나 정치가들, 편집자들, 기자들 등등이 발표한 수천 쪽 분량의 사건 관련 설명과 분석들을 읽었다. 혁명 유발 원인으로 5월 초순 낭테르대학 폐쇄가 언급되었으나, 그것만으로는 그가 아주 드물게 집 밖으로 나갈 때마다 목격했던 시위대의 분노가 온전히 설명되지 않았다.

더구나 그는 낭테르대학 폐쇄가 혁명을 유발했다고 확신할 만한 논리가 담긴 글은 단 한 줄도 읽지 못했다.

자크가 마음을 바꾸는 계기가 된, 두번째 결정적인 사건은 파리의 어느 고급 레스토랑에서 저녁식사를 하던 중에 일어났다.

자기들 도시나 나라에 제품을 들일 잠재적 바이어인 특별 고객들을 초대한 자리였다. 68년 5월 혁명의 불길이 세계 각지로 번져나가는 사이, 파리에서는 어느새 열기가 가셨다. 누구도 그 사건에 대해서는 더이상 생각하고 싶어하지 않을 상황에 외국인 고객 한 명이 대담하게도 그 사건에 대해 물었다. 자크는 언론은 늘 과장하기를 좋아한다는 외교적인 해명으로 화제를 돌렸다.

대화는 거기서 일단락되었다.

자크와 친분이 두터웠던 식당 주인은 그를 이름으로 불렀고, 그의 사업 파트너들은 그 사실에 깊은 인상을 받았다. 사실 자크가 의도한 바였다. 보통 그가 식당에 들어서면 즉시 웨이터가 달려와 그를 '전용 테이블'(식당의 손님 현황에 따라 번번이 달라졌지만, 사업 파트너들은 이를 알아채지 못했다)로 안내했고, 바로 샴페인을 대령했다. 샴페인을 한 잔씩 따라 받고 메뉴판이 전달되면 고객들은 각자 주문을 했다. 값비싼 와인도 빠지지 않았고("늘 하시던 걸로 드릴까요?" 하고 웨이터가 물으면 그가 고개를 끄덕여 동의했다), 화제는 식사 때마다 크게 다르지 않았다(파리에 처음 온 고객들은 리도, 크레이지 홀스, 물랭루즈 중에서 어디가 가장 나은지 알고 싶어했다. 외국인들에게는 파리가 고작 이 정도로 축소되다니 기함할 일이었다). 식사중에는 사업 얘기는 하지 않았다. 다만 식사가 끝날 무렵 품질 좋은 쿠바산

시가를 나눠 피우고 나서, 스스로 매우 중요한 인물이라고 생각하는 사람들이 마지막 세부 사항을 결정했다. 사실상 그들이 한 일이라곤 영업부에서 이미 모든 내용을 적시해놓은 서류에 서명한 것뿐이었다. 자크가 서명을 받아내지 못한 적은 단 한 번도 없었다.

이번에도 웨이터가 주문을 받으며 자크를 돌아보았다. "늘 하시던 걸로요?"

전채요리로는 늘 굴을 먹었다. 자크는 항상 살아 있는 채로 내와야 한다고 강조했고 대부분 외국인들이던 그의 고객들은 대체로 질겁하는 반응을 보였다. 다음으로는 주로 달팽이 요리, 그다음으로 개구리 넓적다리를 주문했다.

아무도 감히 그를 따라 주문하지 못했고, 그게 그의 의도였다. 그것도 마케팅의 일부였다.

고객들 각자가 주문한 전채요리가 일제히 나왔다. 하지만 시선은 모두 그에게 쏠려 있었다. 그는 경악하고 질겁한 관중의 시선 속에서 꿈틀거리는 굴에 레몬즙을 살짝 뿌려 입으로 가져갔다. 위장 속으로 굴이 미끄러져들어가고, 그는 껍데기에 남은 짭짜름한 즙을 후룩 마셨다.

이 초 뒤, 자크는 숨이 쉬어지지 않았다. 침착을 유지하려고 노력했으나 불가능했다. 바닥에 쓰러지며 그는 '이대로 죽겠구나' 하고 생각했다. 체코슬로바키아에서 수입해왔을 크리스털 샹들리에가 매달린 천장에 시선을 고정한 채.

주변의 색깔이 달라지기 시작했다. 이제 검정색과 붉은색만 보였다. 그는 의자에 앉으려고 안간힘을 썼다—평생토록 그가 먹어온 굴이 수십, 수백 개는 될 터였다—그러나 몸이 더는 말을 듣지 않았다. 그는 심호흡을 해보려 했으나 허사였다. 공기가 도무지 폐 속으로 들어오지 않았다.

짧은 공황의 순간이 지나고, 자크는 죽었다.

돌연 그는 천장에 둥둥 떠 있었다. 아래를 내려다보니 쓰러진 그의 육신 주위로 사람들이 몰려들었고, 또다른 이들은 길을 트고 있었다. 모로코 출신 웨이터가 주방으로 달려갔다. 시야는 선명하지 않았다. 마치 그와 그의 아래에서 펼쳐지는 장면 사이에 투명한 필름이나 너울거리는 수막水幕 같은 게 가로막고 있는 듯했다. 그는 조금도 두렵지 않았다. 한없는 평화의 기운이 그를 감쌌다. 시간은 여전히 존재했는데, 흐름은 전과 같지 않았다. 아래쪽에선 사람들이 슬로모션으로, 또는 포토그램이 하나하나 이어지듯 움직이는 것 같았다. 웨이터가 돌아왔다. 눈에 보이던 장면이 사라졌다. 이제 남은 건 순백의 완전한 공허, 그리고 손에 잡힐 듯한 평화였다. 같은 경험을 했던 대부분의 사람들의 얘기와 달리 그의 눈에 검은 터널은 보이지 않았다. 사랑의 기운에

둘러싸인 기분이었다. 그가 오랫동안 느끼지 못했던 사랑의 기운. 마치 어머니의 뱃속으로 되돌아간 기분이었다고 할까. 이곳에서 나가고 싶지 않았다.

돌연 어떤 손이 그를 움켜잡더니 아래로 끌어당겼다. 그는 평생토록 꿈꾸었던 것들, 요컨대 평화, 사랑, 음악, 사랑, 평화 속에 파묻힌 채 끌려내려가지 않기 위해 기를 쓰고 버텼다. 하지만 바닥으로 그를 끌어당기는 힘이 어찌나 억세던지 그로서는 불가항력이었다.

그가 눈을 떴을 때 맨 처음 눈에 들어온 건 걱정과 안도감이 교차하는 식당 주인의 얼굴이었다. 심장이 요동쳤다. 속이 울렁거렸다. 토하고 싶었으나 참았다. 웨이터가 식은땀을 흘리는 그를 보고 테이블보를 가져와 덮어주었다.

"그런 예쁜 파란색 립스틱이랑 회색 파운데이션은 어디서 난 거야?" 식당 주인이 농조로 물었다.

바닥에 무릎을 꿇은 채 그를 에워싸고 있던 사업 파트너들도 질겁한 동시에 안도하는 기색이었다. 그가 몸을 일으키려 하자 식당 주인이 제지했다.

"좀더 누워 있어. 여기서 이런 일이 처음도 아니고 몇 번 있었어. 마지막도 아닐 거고. 이런 유의 사고에 대비하느라 식당들마다 의무적으로 구급상자와 제세동기를 구비하고 있는 거야. 당신 경우는 하늘이 도왔어. 우리가 마침 갖고 있던 아드레날린도 주사했으니까. 혹시 가까운 사람 중에 전화번호를 아는 사람이 있어? 응급상황은 모면했지만, 그래도 모르니 앰뷸런스를 불렀거든. 그들이 보호자 전화번호를 물을 거야. 혹시 바로 떠오르는 번호가 없으면, 손님 중 한 분이 같이 가주기로 했어."

"혹시 굴이 상했나?" 자크가 물었다.

"그럴 리가. 우리는 싱싱한 최고급 식자재만 사용한다고! 하지만 그놈이 어디서 뭘 삼켰는지는 우리도 모르지. 아무래도 그놈은 진주를 만드는 대신 당신을 독살하기로 했던 것 같아."

"그럼 대체 뭐 때문이었을까?"

바로 그때 응급구조사들이 도착해서 그를 들것에 누이려 했다. 그는 잠시 저항하며 상태가 한결 나아졌다고 고집을 부렸다. 그렇게 믿고 싶었다. 그가 힘겹게 몸을 일으켰으나 응급구조사들이 도로 눕혔고, 그는 더이상 실랑이를 포기했다. 그들이 소식을 전할 누군가가 있느냐고 물었을 때 그는 주저 없이 딸의 전화번호를 알려주었다. 적이 안심이 되었다. 그의 정신이 온전히 돌아왔다는 증거였기 때문이다.

응급구조사가 그의 혈압을 측정하고, 불빛을 따라 눈을 움직이게 하고, 오른손 검지를 코끝에 대보라고 했다. 그는 밖으로 뛰쳐나가고 싶은 충동을 억누르며 시키는 대로 고분고분 따랐다.

훌륭한 무상의료 혜택을 받기 위해 거액의 세금을 냈지만, 그는 병원이 필요치 않았다.

"오늘밤은 경과를 지켜보는 게 좋겠습니다." 자크는 다시 앰뷸런스로 향하는 응급구조사를 눈으로 좇았다. 앰뷸런스 주위로 다른 환자들이 모여 있었다. 자기들보다 더 심각한 상태의 누군가를 구경하기를 기대하는 듯했다. 인간의 불건전한 호기심이란 끝이 없다.

사이렌을 꺼놓은(좋은 신호) 앰뷸런스를 타고 병원으로 이송되는 중에 그는 응급구조사에게 굴이 원인이었는지 물었다. 그들은 식당 주인과 같은 대답을 해주었다. 상한 굴로 인한 식중독은 시간이 어느 정도 지난 후에야, 대략 몇 시간 경과한 뒤에나 증상이 나타난다.

"그럼 뭐 때문이죠?"

"알레르기 반응입니다."

자크가 보다 자세한 설명을 요구했다. 식당 주인은 굴이 흡수한 물질 때문일 수 있다는 의견이었다. 응급구조사가 동의했다. "과민성쇼크죠." 과민성쇼크가 어떤 상황에서, 왜 발생하는지는 알 수 없으나 치료할 수는 있었다. 응급구조사 한 사람이 그에게 겁을 주려는 의도 없이, 알레르기 반응은 아무 전조 없이 갑자기 일어날 수 있다고 설명했다.

"예컨대 어릴 때부터 아무렇지도 않게 먹어대던 석류를 먹고서 어느 날 갑자기 설명할 수 없는 이유로 눈 깜빡할 사이에 죽을 수도 있어요. 또다른 예로, 수년 동안 정원을 돌봐오며 늘 똑같은 잔디에 똑같은 꽃가루를 접했는데도, 어느 날 문득 기침이 나고 목구멍이 따끔거리면서 오한이 나고 걸음을 걸을 수 없는 상태가 되기도 해요. 그런 경우는 목구멍의 문제가 아니라 기관 협착이 생긴 거고요. 그걸 알게 될 땐 너무 늦죠. 알레르기 반응은 우리가 평생 동안 만지고 먹고 숨쉬는 것에서 발생해요."

"그럼 곤충도 위험할 수 있겠군요. 하지만 벌들을 두려워하면서 평생을 보낼 수는 없잖습니까, 안 그래요?"

"걱정 마세요. 대부분의 알레르기 반응은 심각하지 않고, 나이를 안 가리니까요. 심각한 건 선생이 당한 과민성쇼크죠. 나머지는 주로 콧물이 흐른다든가 붉은 반점이 생긴다든가 가렵다든가 하는 피부염 정도예요."

병원에 도착하자 마리가 안내데스크에서 기다리고 있었다. 그녀는 아버지가 알레르기로 인한 쇼크로 제때 응급조치를 받지 못했다면 사망에 이를 수도 있었다는 걸 알고 있었다. 하지만 사망에 이르는 경우는 극히 드물다. 마리는 이미 아버지의 의료보

험 번호를 알아왔고, 그는 개인병실을 얻을 수 있었다.

그는 옷을 갈아입었다. 마리가 서두르느라 잠옷 챙겨 오는 걸 잊어서 그는 병원에서 제공해준 가운을 걸쳤다. 의사가 병실로 들어와 맥박을 측정해보니 정상으로 돌아와 있었다. 혈압은 아직 다소 높았으나, 의사는 좀전에 겪은 스트레스 탓이라고 했다. 의사는 마리에게 환자가 피곤할 수 있으니 너무 오래 있지 말라고 당부했다. 다음날이면 퇴원할 수 있을 거라고 안심시키면서.

마리가 침대 가까이 의자를 당겨와서 그의 손을 잡았다. 별안간 그가 울음을 터뜨렸다. 처음엔 그저 소리 없는 눈물이 볼을 타고 흘러내리다가, 어느 순간 흐느낌이 되더니 소리가 점차 격해졌다. 그는 감정을 표출해야 할 필요를 느꼈고, 애써 참으려 하지 않았다. 마리는 처음 보는 아버지의 눈물에 다소 당혹스러워하며 가만히 아버지를 토닥였다.

그렇게 시간이 얼마나 흘렀는지 알 수 없었다. 그는 조금씩 평정을 되찾아갔고, 무거운 짐이 어깨에서, 가슴에서, 머리에서, 삶에서 덜어진 기분이었다. 아버지가 잠을 자도록 내버려두는 게 좋겠다고 판단한 마리가 손을 거두려 하자, 그가 딸의 손을 붙들었다.

"가지 마라. 할 얘기가 있어."

마리는 어릴 적 옛날이야기를 들을 때처럼 아버지의 무릎을 벴다. 그가 딸의 머리칼을 쓰다듬었다.

"아빠는 이제 괜찮고 내일 출근도 할 수 있대, 알고 있지?"

그렇다, 그는 알고 있었다. 다음날 그는 출근할 터였다. 하지만 그의 사무실이 아니라 본사로 갈 작정이었다. 그와 함께 회사에서 차근차근 단계를 밟아 올라온 사장이 그에게 만나자는 전갈을 보냈다.

"마리, 너한테 꼭 할 얘기가 있다. 아빠가 이 세상을 떠났었어. 몇 초간인지 몇 분간인지, 영원이었는지 모르겠구나. 모든 일이 하도 천천히 일어나는 것 같아서 시간 감각이 없었거든. 문득 정신을 차려보니 이제껏 경험해보지 못한 사랑의 기운에 둘러싸여 있었어. 그분…… 그분과…… 그러니까……"

그의 목소리가 울음을 참는 사람처럼 떨리기 시작했다. 그러다 말을 이었다.

"……신과 대면한 기분이었다. 내가 신을 결코 믿어본 적이 없다는 건 너도 잘 알 거야. 널 가톨릭 학교에 보낸 건 단지 집에서 가깝기도 하고 교육 과정이 훌륭했기 때문이지. 난 정말 지긋지긋하던 종교 행사들에 참여해야 했어. 네 엄마는 무척 자랑스러워했고, 네 친구들이나 학부형들도 내가 자기들과 같다고 생각했겠지. 하지만 사실 난 그저 너와 네 엄마를 위해 희생했던 거야."

그가 계속 마리의 머리칼을 쓰다듬었다. 그는 딸에게 신을 믿는지 물어볼 생각 따위는 하지 않았다. 적당한 때가 아니었다. 마리가 어렸을 때부터 교육받아온 엄격한 가톨릭 교리를 따르지 않는 건 분명했다. 그녀는 이국적인 스타일의 옷을 즐겨 입었고, 장발을 한 친구들과 어울렸으며, 달리다나 에디트 피아프의 음악과는 전혀 다른 음악을 들었다.

"난 모든 걸 계획하고 그 계획을 실행에 옮겨왔어. 내 인생 계획표대로라면 나는 곧 하고 싶은 일을 다 할 수 있을 만큼 퇴직금을 충분히 받고서 은퇴를 하겠지. 그런데 신이 나의 손을 붙들었던 그 몇 분, 아니 몇 초, 혹은 몇 년 사이 모든 게 변해버렸다. 식당 바닥에 누워 눈을 뜨자마자 담담한 척하면서도 얼굴에 걱정이 가득하던 식당 주인을 보면서, 내가 두 번 다시 이전의 삶으로는 돌아갈 수 없으리라는 걸 직감했어."

"하지만 아빤 아빠 일을 좋아하잖아!"

"내 분야에선 늘 내가 최고였을 정도로 좋아했지. 하지만 이제 그만두고 싶구나, 좋은 기억만을 간직하고서 내일이라도 당장. 너한테 부탁이 하나 있다."

"뭐든 얘기해. 아빤 늘 날 말로만 가르치기보다 좋은 본보기를 보여주는 사람이었어."

"바로 그게 내가 부탁하고 싶은 거야. 수년 동안 내가 널 가르쳤으니, 이젠 네가 날 가르쳐주렴. 너와 세계 여행을 하고 싶구나. 한 번도 보지 못했던 새로운 것들을 보고 아침과 밤에 더욱 주의를 기울이고 싶어. 휴학을 하고 나와 함께 가면 어떻겠니. 남자친구 녀석한테는 조금 이해해달라고, 네가 돌아올 때까지 기다려달라고 부탁하고 아빠와 함께 떠나자.

미지의 강물에 몸과 영혼을 담그고, 이제껏 마셔보지 못한 음료를 마시고, 텔레비전으로만 보던 산을 가까이에서 바라보고, 일 년에 단 일 분만이라도 엊저녁에 경험했던 사랑을 다시 느끼고 싶어. 네가 날 네 세상으로 이끌어주면 좋겠구나. 짐이 되지는 않으마. 혹여 내가 혼자 가는 게 좋겠다고 느껴지는 순간이 오면 얘기하렴, 그렇게 하마. 그리고 내가 다시 네 곁에 돌아가도 좋을 때가 되면 그렇게 할게. 우리는 또 한 걸음 함께 걸을 수 있겠지. 거듭 부탁하마, 네가 날 이끌어주렴."

마리는 꼼짝도 하지 않았다. 그녀의 아버지는 산 자들의 세상으로 돌아오기만 한 게 아니라, 그녀가 이제껏 그와 공유할 수 있으리라 생각지도 못했던 그녀만의 세상을 향해 열린 문 혹은 창문을 발견한 것이다.

두 사람 모두 무한한 존재에 목말랐다. 그리고 그 갈증을 해소하기란 간단했다. 그저 무한한 존재가 나타나도록 수락하기만 하면 되었다. 그러기 위해서는 마음과 믿음 외에 다른 특별한 장소가 필요치 않았다. 무형의 힘은 어디든 스며들며, 연금술사들이 '아니마 문디'*라 부르는 걸 품고 있으니까.

　자크는 시장 앞에 이르렀다. 시장엔 남자들보다는 여자들이, 어른들보다는 아이들이, 콧수염 난 사람들보다는 히잡을 쓴 사람들이 더 많이 들어가고 있었다. 그는 자신이 서 있는 곳에서 강렬한 향을 맡았다. 갑작스러운 소나기에 무지개와 축복을 불러들이며 천상까지 올랐다가 다시 지상으로 내려오는, 여러 가지 향이 하나로 뒤섞인 향이었다.

---

* anima mundi. 라틴어로 '세계의 영혼'이라는 뜻.

파울로는 저녁식사 전에 옷을 갈아입으러 호텔방으로 갔고 거기서 카를라와 재회했다. 그녀의 목소리가 한층 누그러진 것 같았다.

"낮에 어디 갔었어?"

그녀한테서 처음 들어보는 질문이었다. 그의 상식으로는 어머니가 아버지한테나 하는 질문, 그러니까 결혼한 성인이 배우자한테나 할 법한 질문이었다. 대답하고 싶지 않았다. 카를라도 대답을 강요하지 않았다.

"혹시 날 찾으러 시장에 오지 않았어?" 그녀가 묻고는 피식 웃음을 터뜨렸다.

"그쪽으로 가다가 마음이 변해서 되돌아왔어."

"파울로, 네가 거부할 수 없는 제안을 한 가지 할게. 아시아에 가서 저녁식사하자."

그는 무슨 소린지 곧바로 이해했다. 그녀는 두 대륙을 잇는 다리를 건너고 싶은 거였다. 하지만 조금만 있으면 매직 버스로 건널 텐데 왜 서두르는 걸까?

"나중에 사람들한테 절대 못 믿을 만한 이야기를 해주려고. 유럽에서 커피를 마시고는 이십 분 뒤에 아시아의 식당에 가서 온갖 맛난 걸 맛보았다고 말이야."

좋은 생각이었다. 그 또한 친구들에게 해줄 이야깃거리가 생길 테니까. 아마 친구들은 그를 믿지 못하리라. 마약 성분이 그의 머리에 영향을 끼쳤다고 생각할 터였다. 하지만 무슨 상관이겠는가. 그가 오후에 초록색 벽의 텅 빈 수피즘 센터에서 한 노인을 만난 이후로, 실제로 마약 기운이 서서히 영향을 미치고 있었다.

카를라는 시장에서 화장품을 구입한 듯했다. 그녀가 눈 주위에 아이섀도를 칠하고 속눈썹엔 마스카라를 한 채 욕실에서 나왔다. 그로서는 한 번도 본 적 없는 모습이었다. 처음 보는 모습이 또 있었다. 그녀의 얼굴에서 미소가 떠나지 않았던 것이다. 그는 면도를 할까 생각했다. 그는 오랫동안 돌출된 턱을 가리는 턱수염을 길러왔지만, 나머지 부분은 가능한 한 자주 밀어버렸다. 면도를 못 하면 끔찍한 감옥의 기억이 되살아났다. 문제는 그가 일회용 면도기를 살 생각을 미처 못 했다는 것이다. 하나 남은 면도기는 유고슬라비아에 입성하기 전에 버렸다. 그는 볼리비아에서 구입한 스웨터를 껴입고 별 장식을 단 데님 재킷을 걸쳤다. 그들은 함께 로비로 내려갔다.

일행들은 한 명도 보이지 않았다. 운전기사 홀로 신문을 읽고 있었다. 파울로는 그에게 어떻게 다리를 건너 아시아까지 갈 수 있는지 물었다. 마이클이 빙긋 웃었다.

"그 맘 이해해요. 나도 첫 여행 때 그랬으니까."

그가 버스 타는 법을 알려주고 나서(걸어서 건너는 건 불가능하다고 했다), 예전에 보스포루스해협 건너편의 맛있는 식당에서 점심식사를 한 적 있었다며 식당 이름을 잊은 걸 아쉬워했다.

"새로운 뉴스라도?" 카를라가 고갯짓으로 신문을 가리켰다. 운전기사도 카를라의 화장한 얼굴과 미소에 놀란 기색이었다. 무언가가 변했다.

"일주일 전부터 별다른 뉴스가 없어요. 팔레스타인 얘기라면 팔레스타인인들이 국내에 다수이고, 쿠데타를 준비하고 있다는 기사가 있네요. 이 사건은 '검은 9월'이라는 이름으로 알려질 거예요. 그들이 그렇게 부르나봐요. 그 밖에는 별 지장 없이 여행을 계속할 수 있을 것 같아요. 본사에 전화했더니 여기서 자기들지시를 기다리라는 말을 들었지만요."

"잘됐네요! 급할 것도 없는데. 이스탄불은 구경할 만한 도시잖아요."

"아나톨리아도 가볼 필요가 있고요."

"네, 언젠가 갈 기회가 있겠죠."

버스정류장으로 가면서 파울로는 카를라가 마치 연인처럼 그의 손을 잡고 있다는 걸 깨달았다. 그들은 일상적인 담소를 나누었고, 보름달을 보며 환상적이라고 생각했다. 바람도 불지 않았고 비도 오지 않았다. 저녁식사를 하러 나가기에 더없이 이상적인 날씨였다.

"오늘은 내가 낼게." 카를라가 말했다. "술이 몹시 당기네."

버스가 다리로 접어들었다. 그들은 마치 종교의식을 거행하듯 경건한 침묵 속에서 보스포루스해협을 건넜다. 첫번째 정류장에서 내려 아시아대륙의 끝을 따라 걸었다. 식당 대여섯 곳이 비닐 테이블보가 깔린 식탁을 내놓고서 손님을 맞고 있었다. 그들은 처음 보이는 식당에 자리잡고 눈앞에 펼쳐진 장관을 응시했다. 유럽과 달리 이스탄불의 주요 건축물들에는 조명이 밝혀져 있지 않았으나, 달빛이 이 도시를 더없이 아름답게 빛내주고 있었다.

웨이터가 다가와 주문을 받았다. 그들 둘 다 웨이터에게 전통 요리 중에 가장 맛있는 것을 골라달라고 부탁했다. 웨이터는 이런 부탁에 익숙하지 않은 듯했다.

"그냥 원하시는 걸 말씀해주세요. 사람마다 입맛이 다르니까요……"

"이 집에서 제일 맛있는 거요. 충분한 답이 안 되나요?"

안 될 건 없었다. 웨이터는 더는 거절하지 않고, 이 외국인 커플이 자신을 신뢰하고 있다는 사실을 받아들였다. 그에겐 엄청난 부담이었으나 한편으로는 큰 기쁨이기도 했다.

"음료는요?"

"이 지역의 가장 좋은 와인이요. 유럽산 말고요, 여긴 아시아니까!"

사실이었다. 그들 둘 다 난생처음 아시아에 와 있었다!

"죄송하지만 주류는 팔지 않습니다. 종교적 규율이 엄격해서……"

"터키는 정교분리 국가가 아니던가요?"

"네, 그런데 사장님이 독실하셔서요."

그들은 원하면 다른 식당으로 갈 수도 있었다. 멀지 않은 곳에 적당한 식당이 있었다. 그러면 와인은 마실 수 있겠지만 보름달이 환히 밝히는 도시의 장관은 잃을 터였다. 카를라는 과연 자기가 맨정신으로 고백할 수 있을지 자문했다. 파울로는 일말의 망설임도 없었다. 그들은 와인 없이 식사할 것이었다.

웨이터가 붉은색 양초가 들어 있는 금속 램프를 가져와 테이블 한가운데 올려놓고서 양초에 불을 붙였다. 그들은 말없이 바라보며 그 아름다움에 빨려들고 이내 도취되어갔다.

"우리 서로 오늘 하루를 어떻게 보냈는지 얘기해보자. 그러니까 넌 시장에 가다가 마음을 바꿨다는 거잖아. 잘했네. 나도 거기 안 갔거든. 내일 함께 가보자."

카를라는 태도가 완전히 달라져 있었다. 이상하리만치 부드러웠고 그건 평소의 그녀답지 않은 모습이었다. 혹시 누군가를 만나서, 그 감정을 공유하고 싶은 걸까?

"네 얘기도 해봐. 아침에 나가면서 종교의식을 보러 간다고 하지 않았어? 찾은 거야?"

"정확히 내가 원하던 건 아닌데, 무언가 찾았어."

"다시 올 줄 알았소." 알록달록한 옷을 걸친 청년이 들어오는 모습을 보며 이름 모를 노인이 말했다. "다르위시의 에너지가 짙게 밴 이곳에서 자네가 분명 강렬한 체험을 했다고 생각했으니까. 허나 중요한 이야기를 해두지. 신의 존재는 지구상의 어느 곳에서든, 하다못해 곤충이나 모래알 등 지극히 사소한 것에서도 찾을 수 있소."

　"수피즘에 대해 배우고 싶습니다. 그러려면 스승이 필요합니다."

　"그렇다면 진리를 찾으시오. 진리가 그대를 고통스럽게 하더라도, 오랫동안 입을 다문 채 그대가 듣고 싶은 말을 해주지 않더라도, 끊임없이 진리 곁에 있기 위해 노력하시오. 그게 바로 수피즘이오. 나머진 그저 황홀경을 증폭시키는 의식일 뿐이오.

그 의식에 참여하려면 이슬람으로 개종을 해야 한다는데, 그건 권하지 않소. 단순히 의식에 참여하기 위해 종교를 가질 필요는 없으니까."

"어쨌든 제겐 진리의 길로 절 인도해줄 누군가가 필요합니다."

"그건 수피즘이 아니오. 진리의 길에 대해서라면 이미 책이 수천 권 쓰였는데도, 누구 하나 그게 무언지 정확히 설명하지 못하지. 인류는 '진리'의 이름으로 잔악무도한 범죄를 저질러왔소. 남자니 여자니 가릴 것 없이 산 채로 불태우고, 여러 문명을 깡그리 파괴했지. 육욕의 죄를 저지른 이들을 쫓아버리고, 다른 길을 찾는 이들을 배척했소. 심지어 그들 중 한 사람은 '진리'의 이름으로 십자가에 못박혀 죽었잖소. 하지만 그는 죽기 전에 우리에게 진리에 대한 위대한 정의를 남겼소. 진리는 우리에게 확신이나 심오한 생각을 부여하는 것도 아니고, 우리를 남들보다 나은 존재로 만드는 것도 아니고, 우리를 편견의 감옥에 가두는 건 더더욱 아니라는 것. 진리는 우리를 자유롭게 만드는 거라오. 예수가 말했지. '너희가 진리를 알지니, 진리가 너희를 자유롭게 하리라.'"

노인이 잠시 멈추었다가 계속 말을 이었다.

"수피즘이란 자기 자신을 명확히 아는 것일 뿐이오. 스스로 정신을 바로잡고, 말로는 절대자나 무한한 존재를 묘사할 수 없다는 것을 이해하는 태도라고 할까."

음식이 나왔다. 카를라는 파울로가 무슨 말을 하는 건지 정확히 이해했다. 그녀의 차례가 되어 그녀가 하게 될 말도 그의 말과 크게 다르지 않을 터였다.

"얘기하지 말고 조용히 먹을까?" 그녀가 물었다. 파울로는 평소와 다른 그녀의 태도에 또 한번 놀랐다. 평상시의 그녀였다면 말끝에 느낌표가 오는 단호한 어조로 말했을 것이다.

그들은 조용히 식사했다. 하늘과 둥근 달과 달빛으로 반짝이는 강물에 경탄하고, 촛불에 비친 서로의 얼굴을 관찰하고, 두 이방인이 만나 다른 차원을 향해 함께 길을 떠날 때의 심장이 터질 듯한 감동을 느끼면서. 우리가 세상을 받아들이기로 할수록 우리는 더 많이 받게 될 것이다. 사랑이든 증오든.

하지만 그 순간 파울로는 사랑도 증오도 느끼지 않았다. 그는 어떤 계시도 찾지 않았고, 어떤 전통도 따르지 않았다. 그는 성서나 이론서나 철학서가 이야기하는 바를 모두 잊었다.

그는 완전한 무의 상태, 역설적으로 모든 것을 가득 채운 무의 상태로 들어갔다.

그들은 접시 여러 개에 조금씩 담긴 수많은 요리에 대해 묻지 않았다. 그리고 지하수를 마시는 모험을 하고 싶지는 않았기에 탄산음료를 주문했다. 안전하긴 했지만 흥미로운 선택은 아니었다.

파울로는 정말로 궁금한 게 있었다. 이 밤을 망쳐버릴지도 몰랐지만 더는 참을 수 없었다.

"오늘밤 완전히 딴사람 같아. 누군가를 만나 사랑에 빠지기라도 한 거야? 물론 나한테 꼭 털어놓으라는 얘기는 아니야."

"맞아, 누군가를 만나 사랑에 빠졌어. 그런데 그 사람은 그걸 몰라."

"오늘 일어난 일이야? 나한테 하려는 얘기가 그거야?"

"응, 네 얘기가 다 끝나면. 아니면 벌써 다 끝난 건가?"

"아니, 하나 더 남았어. 하지만 끝까지는 얘기 못해, 아직 결말은 모르거든."

"나머지 얘기도 듣고 싶어."

그의 질문에도 그녀는 언짢은 기색이 없었다. 파울로는 음식
에 집중했다. 다른 사람도 아니고 특히 함께 저녁식사중인 여자
에게서 누군가를 만나 사랑에 빠졌다는 그런 얘기를 듣고 싶어
할 남자는 없었다. 그는 그녀가 온전히 이 자리에 있기를, 이 순
간을 만끽하고, 도시와 강물을 비추는 달빛과 촛불 속에서의 식
사를 누리기를 바랐다.

그는 접시 위의 요리들을 골고루 조금씩 맛보았다. 라비올리
처럼 다진 고기로 속을 채운 파스타 종류, 포도나무 잎에 쌀을
넣고 시가처럼 돌돌 만 음식, 요구르트, 효모를 넣지 않고 만든
아직 따뜻한 빵, 콩 요리, 고기 꼬치 요리, 올리브와 향신료를 뿌
린 보트 모양 미니 피자 같은 것들…… 저녁식사는 영원히 계속
될 것만 같았다. 그런데 놀랍게도 테이블 위의 음식들이 모두 어
느새 마법처럼 사라져버렸다. 차갑게 식도록 내버려두기에는 너
무도 맛있는 음식들이었다.

웨이터가 다가와 작은 플라스틱 접시들을 거둬들이면서 메인
요리를 가져와도 될지 물었다.

"말도 안 돼요! 배가 꽉 찼는걸요!"

"주문이 이미 들어갔어요. 취소하기엔 너무 늦었어요!"

"돈은 낼게요. 대신 제발 더는 아무것도 가져다주지 마세요. 안 그럼 우린 걷지도 못할 거예요."

웨이터가 웃음을 터뜨렸다. 그들도 따라 웃었다. 어디선가 바람이 불어와 새로운 기운을 불어넣으며 주위를 낯선 맛과 색깔로 채웠다.

음식 때문이 아니었다. 달빛 때문도, 보스포루스해협 때문도, 다리 때문도 아니었다. 그들이 겪은 하루 때문이었다.

"이제 나머지 얘기 해줄래?" 카를라가 담배 두 대에 불을 붙여 그중 한 대를 파울로에게 건네며 물었다. "나도 내가 어떤 하루를 보냈는지, 어떻게 진정한 나 자신을 만나게 됐는지 얘기하고 싶어 죽겠거든."

그녀는 영혼의 반쪽을 만난 게 틀림없었다. 사실 파울로는 자신의 이야기를 하는 데에 더는 흥미가 없었으나 그녀가 먼저 물어본 이상, 끝까지 들려줄 터였다.

파울로는 창문이 모두 깨지고 서까래의 페인트칠은 벗어지고 있지만 예전엔 진정한 예술작품이었을 그 초록색 방을 다시 떠올렸다. 태양은 이미 기울었고, 방안엔 어스름이 내려앉아 있었다. 그는 호텔로 돌아가야 할 시간이라는 걸 알면서도 이름 모를 노인에게 계속 질문했다.

　"그래도 선생님께도 스승이 있으셨죠?"

　"세 분 계셨지. 그중 이슬람과 관련이 있거나 루미의 시를 아는 이는 없었소. 수련중에 나는 마음으로 신께 여쭈었다오. '제가 옳은 길로 가고 있습니까?' 그러자 대답이 돌아왔지. '그러하다.' 나는 또 물었소. '당신은 누구십니까?' 그러자 신께서 대답하셨지. '바로 너이니라.'"

"그 스승들은 어떤 분들입니까?"

노인은 빙긋 미소 짓더니 곁에 놓여 있던 파란색 물담배에 불을 붙여 연기를 몇 모금 마신 뒤, 바닥에 주저앉아 있던 파울로에게도 건넸다. 파울로도 그를 따라 연기를 몇 모금 마셨다.

"첫번째 스승은 도둑이었소. 사막에서 길을 잃었다가 밤늦게 집으로 돌아갈 때였지. 이웃에게 집 열쇠를 맡겼는데 야심한 시각에 깨울 수가 있어야지. 마침 지나가는 사람이 있기에 도움을 청했고, 그런데 그이가 눈 깜짝할 새에 잠긴 문을 열어주었소.

어찌나 감명을 받았는지 그 기술을 나도 좀 가르쳐달라고 졸랐다오. 그랬더니 자기는 도둑질로 살아간다고 고백을 하더이다. 허나 나는 너무 고마워서 내 집에서 하룻밤을 묵고 가라고 청했지.

그렇게 그가 내 집에서 한 달을 지냈소. 그는 매일 밤 집을 나서면서 말했지. '일하러 갑니다. 어르신은 계속 명상하십쇼, 기도 잘하세요.' 그가 돌아오면 나는 뭔가 찾았느냐고 물었고 그의 대답은 한결같았소. '오늘밤은 실패예요. 하지만 신께서 원하신다면, 내일 다시 도전해보겠습니다.'

그는 행복한 사람이었소. 결과가 좋지 않아도 절망하는 걸 한 번도 본 적이 없으니까. 오랜 기간 동안 나는 명상을 계속했는데도 아무 일도 일어나지 않고 신과 대화하지도 못하면 그의 말을 떠올렸다오. '신께서 원하신다면, 내일 다시 도전해보겠습니다.' 나는 그 말에서 계속 나아갈 힘을 얻었지."

"두번째 스승은요?"

"두번째는 개였소. 길을 가다 강물이 보이기에 물을 마시려고 가까이 다가갔지. 개도 목이 말랐는지 강가로 다가왔는데, 녀석이 강물 속에서 또다른 개를 본 거요. 실은 물에 비친 자기 그림자였는데.

녀석이 겁을 집어먹더니 컹컹 짖으며 물러났소. 상대를 쫓아버리려고 온갖 수를 써보았지만 허사였소. 결국 너무 목이 말랐던 녀석은 상황을 정면 돌파하기로 작정하고는 강물에 뛰어들었지. 순간, 강물 속의 그림자는 사라져버렸다오."

이름 모를 노인이 잠시 쉬었다가 말을 이었다.

"세번째 스승은 어린아이였소. 아이가 한 손에 촛불을 들고서 내가 살던 마을 근처 모스크 쪽으로 걸어왔다오. 나는 물었소. '그 촛불은 네가 붙인 것이냐?' 그렇다고 하더군. 아이들이 불을 갖고 노는 걸 늘 불안하게 여기던 터라 나는 재차 확인하고 싶었소. '애야, 그전엔 이 촛불이 분명 꺼져 있었을 것이고 새로 불을 붙였을 텐데, 그 불이 어디서 났는지 말해줄 수 있겠니?' 아이가 깔깔거리더니 양초를 훅 불어 끄고 내게 물었소. '그럼 어르신은요, 어르신은 여기 있던 불이 어디로 사라진 건지 말씀해주실 수

있어요?'

그때 나는 내가 얼마나 어리석었는지 깨달았다오. 지혜의 불꽃은 누가 붙이는가? 지혜의 불꽃은 어디로 가는가? 그 촛불과 똑같은 이치였소. 인간은 어느 순간 마음속에 신성의 불꽃을 품게 되나 그게 어디서 났는지는 결코 알지 못하지. 그때부터 나는 나를 둘러싼 모든 것들에 주목하기 시작했소. 구름, 나무, 강물, 숲, 남자들, 여자들. 그리고 모든 것들이 내가 필요로 하는 순간에 내가 필요로 하는 지식을 주었다오. 사실 나는 사는 동안 수천 명의 스승을 만났던 거요.

해서 불꽃은 늘 내가 그것을 필요로 하는 순간에 타오른다는 걸 확신하게 되었지. 나는 인생의 제자였고, 지금도 마찬가지요. 나는 마침내 가장 단순하고 예상치 못했던 것들, 예컨대 부모가 자식에게 들려주는 이야기 등을 통해 영혼을 살찌울 수 있었소.

따라서 수피즘의 지혜는 거의 대체로 성스러운 경전에 나와 있지 않다오. 그보다는 이야기나 기도나 춤이나 명상 속에 있지."

모스크의 확성기에서 신도들에게 하루의 마지막 기도 시간을 알리는 목소리가 다시 한번 울려퍼졌다. 이름 모를 노인이 메카를 향해 몸을 돌려 무릎을 꿇고는 기도했다. 그가 기도를 끝냈을 때 파울로는 그에게 다음날 다시 와도 되느냐고 물었다.

"물론이오! 하지만 절대 그대의 마음이 그대에게 가르쳐주고 싫어하는 것 이상을 배울 수는 없을 거요. 내가 그대한테 해줄 수 있는 건 그저 이야기일 뿐이고, 그대에게 침묵이 필요할 때 머물 수 있는 장소를 마련해주는 게 전부일 테니까. 신께 바치는 춤을 추지 않을 때 말이오."

파울로가 카를라를 돌아보았다.

"이제 네 차례야."

그렇다, 그녀도 알고 있었다. 그녀가 음식값을 지불하고 나서, 그들은 해협의 가장자리로 다가갔다. 다리 위를 건너는 차들의 엔진소리와 경적소리가 들려왔으나, 달빛에 일렁이는 바닷물과 어우러진 이스탄불의 아름다운 야경을 조금도 훼손시키지 못했다.

"오늘 나는 저 맞은편 강가에 앉아 있었어. 흐르는 물을 몇 시간이고 지켜보았지. 그리고 이제껏 내가 살아온 방식을 돌이켜봤어. 그동안 알고 지냈던 남자들과 절대 변할 것 같지 않았던 내 행동을. 내가 나한테 질리더라.

곰곰 생각해봤어. 나는 왜 그런 걸까? 나만 그런가, 아니면 사랑하는 게 불가능한 사람들이 있는 걸까? 그동안 수많은 남자들을 만났고, 날 위해 모든 걸 희생할 준비가 되어 있는 사람들이었어. 드디어 나의 마법을 풀어줄 왕자를 만났구나, 생각이 들었던 적도 있었지. 하지만 그 감정은 오래가지 못했어. 얼마 안 가 함께 있는 걸 견딜 수 없어졌거든. 늘 다정하고 자상하고 사랑을 주는 사람이었는데도 말야. 난 자세히 설명을 늘어놓지도 않았어. 그저 진실을 말해버리면 그만이었지. 모두들 어떻게든 내 마음을 다시 얻으려 애썼지만 부질없었어. 상황을 바로잡아보겠다고 그들이 나를 붙잡으면, 팔에 그들의 손이 닿기만 해도 혐오감을 느꼈으니까.

심지어 자살을 하겠다고 위협하던 사람도 있었는데, 다행히 실행에 옮기지는 않았어. 난 질투를 느껴본 적이 없어. 그렇게 스무 살의 경계를 넘어버리니까 어느 순간 내가 정상이 아니라는 생각이 드는 거야. 난 한 남자에게만 충실했던 적이 없었거든. 나를 위해서라면 무슨 일이라도 해줄 남자와 함께 있으면서도 늘 새로운 애인들을 찾았지. 한번은 정신과의사를 만났는데, 아니 심리학자였나, 정확히 모르겠다. 아무튼 그가 나를 파리에 데려갔어. 그때 처음으로 나의 이런 면을 지적받았지. 판에 박힌 일반론으로 나를 진단하면서 정신과 상담이 필요하다고, 내 신체 기관에 이러저러한 호르몬이 부족하다고 말해주더라고. 난 그에게 도움을 받는 대신, 곧장 암스테르담으로 돌아와버렸어.

너도 알고 있겠지만 남자들을 유혹하는 게 나한테는 어려운 일이 아냐. 그런데 일단 넘어왔다 싶으면 더는 흥미가 없어져. 바로 그게 내가 네팔로 떠나기로 한 이유야. 가서 다시 돌아오지 않을 생각이었어. 거기서 신을 향한 사랑을 발견하면서 늙어갈 작정이었지. 고백컨대 그게 지금까지 내가 바라던 바라고 생각했어. 하지만 이제 잘 모르겠어.

사실은, 스스로의 물음에 아무런 답을 찾을 수 없었고, 그렇다고 의사와 상담하기는 싫었기 때문에 나는 그저 세상에서 사라져 명상에 빠져들고 싶었던 거야. 나한텐 그게 유일한 해결책이었어.

사랑이 없는 삶은 살아갈 가치가 없으니까. 사랑 없이 산다는 건, 열매를 맺지 않는 나무가 되는 것이나 마찬가지니까. 또 꿈꾸지 않고 잠자거나, 때로는 아예 잠들지 못하는 것과 같아. 이중으로 잠긴 캄캄한 방안에서, 열쇠가 있다는 걸 알지만 문을 열고 나가고 싶은 마음 없이 그저 태양이 비치기만을 기다리며 매일을 보내는 것과 같아."

카를라의 목소리가 금방이라도 울음을 터뜨릴 듯 떨리기 시작했다. 파울로가 다가가 안아주려 했으나 그녀가 그를 밀어냈다.

"아직 얘기 안 끝났어. 난 남자들을 조종하는 데 능수능란했고, 그게 나의 자존감이 되었던 것 같아. 그렇게 스스로 더 우월하다고 느꼈고. 그래서 무의식적으로 이런 생각을 한 거야. '나를 길들일 수 있는 남자한테만 나를 온전히 내줘야지.' 그리고 지금까지는 그런 남자를 만나지 못했어."

카를라가 파울로를 돌아보았다. 좀전에 눈물로 흐려졌던 그녀의 두 눈이 이제는 반짝이고 있었다.

"네가 왜 여기, 이 꿈의 땅에 있는 것 같아, 파울로? 바로 내가 원했기 때문이야. 나는 여행의 동반자가 필요했고, 네가 적임자라고 생각했어. 너의 단점에 대해 알고 나서도 말야. 자유로운 사람인 척 하레 크리슈나를 따라가며 춤추는 모습도 보았고, 용기를 증명해 보이려고 해 뜨는 집에 들어가는 모습도 보았지만. 정말 멍청해 보였는데 말야. 또 화성 탐사라도 떠나는 듯 풍차를 보러 가겠다고 따라나섰지. 세상에, 풍차라니!"

"거긴 네가 가자고 했지."

카를라는 강요한 적이 없었다. 그녀는 단순히 제안을 할 뿐이었지만, 그녀의 제안은 늘 명령처럼 받아들여졌다. 그녀는 구구절절 설명하지 않고 말을 이었다.

"바로 그날 우리는 암스테르담 시내로 돌아와 내가 원하는 일을 하러, 즉 네팔행 버스표를 사러 갔고, 난 사랑에 빠졌다는 걸 깨달았어. 특별한 계기가 있었던 건 아니야. 전날과 달라진 건 아무것도 없었고, 너도 이렇다 할 특별한 말이나 행동을 하지 않았지. 하지만 난 깊게 빠져들었어. 이제껏 그래왔듯 이 감정이 오래가지 않을 테고, 네가 내 반쪽은 아니라는 걸 알았으면서도.

그래서 그 감정이 지나가기를 기다렸어. 그런데 그렇지가 않았어. 우리가 라이언과 미르트와 가까워지기 시작했을 때, 난 질투가 났어. 부러움, 분노, 불안은 이미 아는 감정이었지만 질투는 내 세계의 감정이 아니었어. 너희들이 나한테 좀더 주목해야 한다고 생각했지. 예쁘고 독립적이고 똑똑하고 의욕적인 나한테 말야. 결국 한 여자 때문에 질투가 났다기보다는, 내가 모두의 관심의 중심에 서지 못해서라는 결론에 도달했어."

그녀가 그의 손을 잡았다.

"오늘 아침, 강물을 바라보며 우리가 모닥불 주위에서 춤을 추었던 밤을 떠올렸어. 그리고 깨달은 거야. 너에 대한 내 감정이 일시적으로 타오르는 열정이 아니라 사랑이라는 걸. 전날 밤 우리의 친밀했던 순간 후에도, 그 순간 너는 정말 형편없는 애인이었지만, 너를 사랑하는 마음에는 변함이 없었어. 내가 널 사랑하고, 네가 날 사랑하는 걸 알아. 우린 여생을 여행하면서 함께 보낼 수 있을 거야. 네팔에서든 리우에서든 무인도에서든. 널 사랑해, 그리고 네가 필요해.

왜 지금 너한테 이런 고백을 하는 거냐고 묻지 마. 나도 처음 있는 일이니까. 하지만 진심이라는 건 알아줘. 사랑해, 이런 내 감정을 설명하지는 않을래."

그녀는 그가 키스해주기를 바라면서 그를 향해 고개를 들었다. 파울로는 그녀에게 어딘가 불편한 듯한 키스를 하고 나서, 이제 그만 호텔로 돌아가는 게 좋겠다고 말했다. 여러 강렬한 감정과 놀라운 일들로 가득한, 꽉 찬 하루였다.

카를라는 두려웠다.

파울로는 더욱 두려웠다. 그녀와 멋진 모험을 함께했고, 그녀가 늘 그의 곁에 머무르기를 바라던 열정의 순간도 있었다. 그런데 그랬던 순간은 모두 지나갔다.

그는 그녀를 사랑하지 않았다.

일행은 아침식사 시간에 모여 각자 경험했던 일과 추천할 만한 것들에 대해 이야기를 나누었다. 카를라는 평소처럼 혼자 앉았다. 파울로는 어디 있느냐고 누가 물으면, 일분일초라도 아껴가며 '춤추는 데르비시들'에 대해 더 알고 싶어해서 아침마다 그들에 대해 가르쳐주는 누군가를 찾아간다고 대답했다.

"파울로 말이, 의미 있는 건축물이나 모스크, 저수조 같은 이스탄불의 보물들은 늘 그 자리에 있으니 언제라도 가볼 수 있지만, 그가 지금 배우고 있는 건 언제 사라질지 모른다고 해요."

일행은 완벽하게 이해했다. 그들이 아는 한, 파울로와 카를라는 그저 방을 나눠 쓸 뿐 그 이상 친밀한 관계가 아니었다.

전날 밤, 카를라와 파울로는 저녁식사를 마치자마자 아시아에서 돌아와 환상적인 섹스를 했다. 그녀는 땀으로 흠뻑 젖었고, 만족했고, 앞으로 이 남자를 위해 뭐든 할 수 있을 것 같은 기분이었다. 하지만 그는 점점 말이 없어졌다.

카를라는 파울로에게 "날 사랑해?" 하고 묻진 않았다. 그녀는 다만 확신했다. 그리고 자신의 이기심은 한쪽에 접어두고, 그가 매일 그 프랑스인을 찾아가 수피즘에 대해 더 배울 수 있게 내버려두었다. 파울로에겐 유일한 기회였으니까. 라스푸틴을 닮은 남자가 함께 톱카프궁전을 구경하지 않겠느냐고 제안했지만 그녀는 거절했다. 라이언과 미르트는 함께 시장에 가자고 제안했다. 다른 것들을 둘러보는 데 정신이 팔려 있다가 정작 중요한 걸 잊었다면서. 이 도시 사람들의 생활은 어떤 모습일까? 무얼 먹을까? 그들은 시장에서 어떤 물건들을 살까? 카를라는 그 제안을 받아들였고, 다음날로 약속을 잡았다.

운전기사가 그들의 대화에 끼어들며 오늘 가지 않으면 기회는 없다고 일러주었다. 요르단의 갈등 상황이 진정되어 당장 내일 다시 출발하게 되었다는 것이다. 그는 파울로에게도 소식을 전해달라고 카를라에게 부탁했다. 마치 그녀가 그의 여자친구, 애인, 아내라도 되는 듯.

그녀는 "물론이죠" 하고 대답했다. 그전이었으면 그녀는 아마 아벨에 대해 묻는 신에게 카인이 그랬던 것처럼 대답했으리라. "제가 제 동생을 지키는 사람입니까?"

운전기사의 말을 들은 사람들이 불평하기 시작했다. 그들은 이스탄불에서 일주일을 보내기로 하지 않았던가? 이제 겨우 사흘째 되는 날이었고, 게다가 도착한 첫날은 다들 너무 피곤했기에 아무것도 못 하고 흘려보냈다.

"안 돼요. 우리는 네팔에 가기로 했고, 그건 변함없습니다. 우리가 여기 차를 세운 건 다른 선택이 없었기 때문이에요. 서둘러야 합니다. 신문이나 우리 여행사 얘기로는 언제 다시 갈등이 폭발할지 모른다고 해요. 게다가 카트만두에서 여행을 마치고 돌아가려고 이 버스를 기다리는 사람들도 있다고요."

그리고 운전기사는 다음날 오전 열한시까지 출발 준비가 안 된 사람들은 보름 뒤 이스탄불을 거쳐가는 다음 버스를 기다려야 할 거라고 덧붙였다.

카를라와 라이언과 미르트는 계획을 바꿔 오늘 시장에 가기로 했다. 자크와 마리도 함께하기로 했다. 누구도 굳이 말을 꺼내진 않았지만, 모두들 카를라가 더는 이전과 같지 않다고 느끼고 있었다. 전보다 경쾌하고 환해 보였다. 늘 확신에 차 있고 자기 주관이 뚜렷했던 이 여자가 아무래도 비쩍 마르고 염소수염이 난 브라질인한테 단단히 빠진 듯했다.

카를라는 카를라대로 생각했다. '아마 사람들도 내가 달라진 걸 눈치챘을 거야. 이유까지는 모를 테지만, 변한 건 드러나기 마련이니까.'

사랑할 수 있다는 건 얼마나 아름다운 일인가. 이제 그녀는 사랑이 많은 이들에게, 아니 사실상 모든 이들에게 왜 그토록 중요한지 이해했다. 문득 그동안 자신 때문에 고통받았을 수많은 이들이 떠올랐고, 가슴이 조여왔다. 하지만 어쩌겠는가. 그게 사랑인 것을.

사랑은 이 땅에서의 우리 사명과 우리가 살아가는 목적을 깨닫게 해준다. 가슴에 사랑을 품고 살아가는 이들에게는 선과 보호의 그림자가 뒤따르고, 그들은 힘든 순간에도 평온을 되찾을 것이다. 또한 빛을 담는 그릇이자 비옥함의 보고이자 길을 밝히는 등불인 사랑하는 이의 존재 외에는 그 어떤 조건이나 보상도 바라지 않고 모든 것을 내줄 것이다.

그렇게 되어야 한다. 그러면 세상은 언제나 사랑하는 사람들에게 더 관대하리라. 악은 선으로 바뀌고, 거짓은 진실로, 폭력은 평화로 변화하리라.

사랑은 부드러운 힘으로 압제자를 제압하고, 애정에 목말라하는 이의 갈증을 해소시켜주며, 언제든 빛과 신성한 비가 스며들도록 문을 열어둔다.

또한 사랑 때문에 시간은 천천히 흐르기도, 때로는 빠르게 흐르기도 한다. 시간은 결코 전처럼 참을 수 없을 만큼 단조롭고 무기력하게 흐르지 않는다.

그녀 안에도 변화의 바람이 천천히 일었다. 진정한 변화에는 시간이 필요한 법이다. 하지만 분명 무언가 변하고 있었다.

모두들 호텔을 나서려는데, 마리가 카를라에게 다가갔다.

"아일랜드인들이 그러는데, 그쪽이 LSD를 가져왔다면서요, 사실이에요?"

사실이었다. 그녀는 『반지의 제왕』의 한 페이지를 LSD 용액에 적셔 왔다. 그렇게 적신 종이를 네덜란드의 바람에 바짝 말리면 그저 톨킨 소설의 한 장일 뿐이었다.

"오늘 꼭 경험해보고 싶어요. 난 이 도시에 매료되었고, 새로운 시각으로 보고 싶거든요. 그런 효과가 있다면서요?"

그랬다. 하지만 처음 경험하는 거라면 천국이 될 수도, 지옥이 될 수도 있었다.

"내 계획은 간단해요. 함께 시장에 갔다가, 나는 '길을 잃는' 거예요. 그리고 일행에게서 멀리 떨어져 누구에게도 폐를 끼치지 않으면서 그걸 하는 거죠."

카를라는 이 여자가 무슨 말을 하는 건지 알 수 없었다. 누구에게도 폐를 끼치지 않고, 혼자서, 처음 해보겠다고?

먼저 카를라는 사람들에게 LSD '한 장'을 가져왔다고 말해버린 게 몹시 후회스러웠다. 마리가 책 이야기를 꺼냈다면, 잘못들은 거라고, 소설 속 등장인물의 얘기라고 둘러댈 수도 있었다. 그런데 마리는 책 이야기는 전혀 하지 않았다. 그리고 카를라는 다른 누구에게도, 특히 마리처럼 아직 어린 사람에게는 더더욱, 어떤 종류의 마약이든 처음 전수해서 나쁜 카르마를 쌓고 싶지 않다고 말할 수도 있었다. 더구나 지금은 그녀의 삶이 완전히 달라진 때가 아니던가. 누군가를 사랑하면, 모든 사람들을 사랑하게 되지 않던가.

카를라는 자기보다 조금 어린 이 여자를 주시했다. 마리한테는 진정한 여전사들인 아마조네스의 호기심이 있었다. 마리는 미지의 것과 위험한 것과 전혀 다른 것을 대할 준비가 된 듯했다. 그리고 그건 카를라 자신이 현재 마주하려는 것이기도 했다. 자신이 살아 있음을 느끼고, 종국엔 죽음이라 부르는 것이 기다리고 있음을 자각하면서도, 죽음에 대한 걱정 없이 매 순간을 살아갈 수 있다는 건 다행스러우면서도 섬뜩한 일이었다.

"같이 내 방으로 가요. 하지만 그전에 나랑 약속 하나 해요."

"뭐든지요."

"내 곁에서 한시도 떨어지면 안 돼요. LSD엔 여러 유형이 있고, 이건 효과가 가장 센 거예요. 환상적인 경험을 할 수도 있지만, 끔찍할 수도 있어요."

마리는 웃음을 터뜨렸다. 마리가 어떤 사람인지, 그동안 어떤 경험들을 했는지 카를라는 전혀 알지 못했다.

"약속해야 해요."

"알았어요, 약속할게요."

모두들 출발하려던 찰나, 두 사람은 '여자들 문제'라는 완벽해 보이는 구실을 들어 양해를 구했다. 그리고 십 분 후 다시 돌아오겠다고 일렀다.

방문을 열면서 카를라는 자기 방을 보여주게 되어 내심 기분이 좋았다. 마리는 건조하려고 널어둔 옷가지들이며 환기를 위해 열어둔 창문, 태풍이 휩쓸고 간 듯한 커다란 더블베드와 그 위의 베개 두 개를 보게 될 터였다. 침대 위를 지나간 건 정말 태풍과 같았다. 많은 걸 날려버리고 대신 그 자리에 새로운 것들을 남겨두었다.

카를라는 배낭을 열고 책을 꺼내 155쪽을 펼쳤다. 그리고 늘 지니고 다니는 아주 자그마한 가위로 종이의 한 귀퉁이를 대략 0.5제곱센티미터 크기로 잘라냈다.

그리고 그걸 마리에게 건네며 씹으라고 알려주었다.

"이게 다예요?"

"솔직히 말하면 그 절반만 줄까도 생각했어요. 하지만 그럼 과연 효과가 있을지 확신할 수가 없어서요. 그게 적정량이에요, 평소에 내가 했던 만큼."

거짓말이었다. 그녀가 마리에게 건넨 건 그녀가 평소 하던 양의 절반에 불과했다. 마리의 반응과 내성에 따라 얼마나 줄지 결정할 터였다. 하지만 좀더 시간을 두고 지켜봐야 했다.

"내가 하는 말 기억해요. 이게 내가 했던 양이라고. 나는 LSD를 입에 안 넣은 지 일 년도 넘었고, 앞으로 또 할지도 잘 모르겠어요. 같은 효과를 느낄 수 있는 더 좋은 방법들이 있거든요. 실행할 인내심은 없지만."

"어떤 건데요?" 마리는 종잇조각을 이미 입안에 넣었다. 이제 그녀의 마음을 바꾸기엔 너무 늦었다.

"명상, 요가, 열정적인 사랑 같은 거요. 세상을 새로운 시각으로 바라보게 해주는 모든 것들요."

"효과가 나타나려면 얼마나 걸려요?"

"글쎄. 사람에 따라 달라요."

카를라는 책을 덮어 가방에 넣었다. 두 사람은 다시 로비로 내려가 일행과 합류했고, 다 함께 시장을 향해 출발했다.

미르트는 호텔 프런트에서 시장 안내책자를 집어들었다. 교황의 손아귀에서 콘스탄티노플을 되찾아온 술탄이 1455년에 이 시장을 세웠다. 오스만제국이 세계를 지배하던 시기에 사람들은 이곳에 팔 물건들을 가져왔고, 이후 이곳은 지붕의 구조를 수차례에 걸쳐 확장해야 할 만큼 시장의 규모를 넓혀왔다.

하지만 이 정보만으로는 앞으로 그들 눈앞에 펼쳐질 장면을 충분히 예상하기 어려웠다. 시장에는 수천 명의 인파가 다양한 상품을 갖춘 진열대 사이의 좁은 통로와 분수대, 식당, 기도하는 곳, 카페 등에 북적거리고 있었다. 진열대에는 프랑스의 대형 쇼핑센터에서 찾을 수 있는 모든 물건이 있었다. 정교하게 세공된 귀금속, 온갖 디자인과 색상의 의상들, 신발들, 다양한 가격대의 카펫들. 다른 점이 있다면 이곳에서는 수공예가들이 끊임없이 이어지는 인파를 신경쓰지 않고 현장에서 직접 작업한다는 것이었다.

상인 한 사람이 그들에게 골동품에 관심 있는지 물었다. 그들이 관광객이라는 건 이미 이마에 적혀 있었다. 눈동자가 이리저리 돌아가는 모습을 보면 의심의 여지가 없었다.

"이곳엔 상점이 몇 개나 됩니까?" 자크가 물었다.

"삼천 개쯤? 거기에 모스크가 두 곳, 분수대는 셀 수 없이 많고, 훌륭한 터키 요리를 맛볼 수 있는 식당이 수백 군데쯤 되죠. 하지만 우리집엔 어디서도 볼 수 없을 성상聖像이 있는데 좀 보시겠습니까?"

자크가 감사를 표하며 다시 들르겠다고 말했다. 그게 진심이 아니란 걸 잘 아는 상인은 얼마간 더 붙잡다가 이내 단념하고 모두에게 좋은 하루를 보내라고 인사했다.

"마크 트웨인이 여기 왔었던 거 알아?" 미르트가 물었다. 그녀는 온통 땀범벅이었고 이 북적거림에 다소 당황한 기색이었다. 행여 화재라도 발생하면 어디로 대피할 것이며, 그들이 들어왔던 작은 문은 어느 쪽에 있단 말인가? 게다가 다들 각기 다른 방향으로 나가려 한다면 일행을 어떻게 한데 모은단 말인가?

"그래서 트웨인이 뭐라고 했어?"

"자기가 본 걸 묘사하기란 불가능하지만, 시장을 둘러보는 건 도시 자체를 둘러보는 것보다 더 강렬하고 의미 있는 경험이었다고 했대. 엄청나게 다양한 색깔이며 카펫들, 토론을 벌이는 사람들, 그가 뭐라 설명하기는 어려운 어떤 질서를 따르고 있는 듯한 현저한 무질서 등에 대해 이야기했고, 이런 글을 남겼어. '신발을 사기 위해서는 통로를 누비며 디자인과 가격들을 비교할 필요 없이, 제화공들이 모여 있는 구역에 찾아가면 된다. 연이어 늘어선 진열대들에선 그 어떤 경쟁도 없고, 누구도 언성을 높이는 법이 없다. 모든 일은 누구의 수완이 좋은가에 달려 있다.'"

그녀는 시장에 이미 화재가 네 차례, 지진이 한 차례 일어났었다는 말을 덧붙이지는 않았다. 그 재해로 얼마나 많은 희생자가 발생했는지는 알 수 없었다. 호텔의 안내책자에는 당연히 구체적인 숫자가 명시되어 있지 않았다.

카를라는 마리가 궁륭천장과 들보에 시선을 고정한 채 헤벌쭉한 미소를 지으며, 아는 말이 그 두 마디뿐인 듯 "멋지다! 정말 멋지다!" 하고 연신 똑같은 감탄만 쏟아내는 모습을 지켜보았다.

그들은 한 시간에 약 1킬로미터씩 앞으로 나아가고 있었다. 일행 중 누군가가 멈춰 서면 모두가 그를 기다렸다. 카를라는 혼자 시간을 보내고 싶었다.

"계속 이 속도로 가다가는 다음 구역으로 못 가겠어요. 이쯤에서 흩어졌다가 이따 호텔에서 다시 만나면 어떨까요? 안타깝지만, 다시 한번 정말 안타깝지만, 우린 내일이면 떠난다고요. 그러니까 오늘을 최대한 누려야 해요."

그녀의 제안에 모두들 찬성했다. 자크가 마리와 함께 가려고 다가오자 카를라가 그를 말렸다.

"여기를 혼자 다니고 싶진 않아서요, 우리 둘이서 같이 이 별천지 구경을 좀 할게요."

자크는 여전히 천장에 시선을 고정한 채 "멋지다!"는 말만 연발하면서 자신은 쳐다보지도 않는 딸이 살짝 걱정스러웠다. 혹시 누가 저애한테 해시시를 준 건 아닐까? 어쨌든 딸은 스스로 알아서 할 만큼 다 자란 성인이었다. 그는 카를라에게, 그러니까 늘 시대에 앞서나가고 자신이 남들보다 얼마나 똑똑하고 교양 있는지 드러내고 싶어하는 이 여자에게 딸을 맡겼다. 사실 그녀는 이스탄불에 도착하고 지난 이틀 동안 조금, 아주 조금은 나긋해진 것도 같았다.

그는 계속 걸어나가며 군중 속으로 섞여들었다. 카를라가 마리의 팔을 붙들었다.

"당장 여기서 나가야겠어."

"여기 모든 게 너무 아름다운걸요. 저 색깔 좀 봐요. 정말 멋지다!"

카를라의 말은 제안이 아니라 명령이었다. 카를라는 마리를 부드럽게 출구로 이끌었다.

출구?

출구가 어디였더라? "멋지다!" 마리는 눈앞의 광경에 점점 도취되어갔고 한없이 무기력해졌다. 카를라는 여러 사람을 붙들고서 가장 가까운 출구를 물었으나 번번이 모두 다른 대답이 돌아왔다. 그녀는 신경이 곤두서기 시작했다. 이 미로에서 빠져나가려는 시도 자체가 LSD보다 더 강력한 환각 체험이었다. 그리고 이 두 가지 효과가 결합하면 마리가 어떤 상태가 되는지 확신할 수 없었다.

카를라는 본래의 날카롭고 강압적인 성향으로 돌아왔다. 그녀는 이쪽저쪽 헤매고 다녔으나 들어왔던 문을 찾을 수 없었다. 왔던 방향으로 돌아가볼 수도 있었다. 하지만 일분일초가 귀했다. 공기는 무거웠고, 사람들은 땀으로 젖어 있었고, 자기들이 사고, 팔고, 흥정하는 것 외에는 아무 관심도 없었다.

마침내 그녀에게 한 가지 생각이 떠올랐다. 사방팔방으로 출구를 찾아 헤맬 게 아니라 한 방향으로 쭉 가는 거였다. 얼마 지나지 않아 그녀는 이제껏 본 적 없는 어마어마한 규모의 소비주의의 사원 벽 앞에 이르렀다. 그녀는 머릿속으로 직선을 그려보며 그게 가장 빠른 길이기를 신께(신이라고?) 기도하며 앞으로 나가갔다. 그사이 물건들을 팔아보려는 상인들에게 수없이 붙들렸으나, 그때마다 그녀는 양해를 구하는 말 한마디 없이, 그들의 기분이 상하든 말든 거칠게 뿌리쳤다.

그리고 이내 사람들 틈에서 이제 막 수염이 거뭇하게 자라나기 시작한 소년을 발견했다. 이리저리 두리번거리며 무언가를 찾고 있는 걸 보니 이제 막 시장에 들어선 것 같았다. 그녀는 자신의 매력과 유혹의 기술과 설득력을 발휘해 그에게 다가가 여동생이 섬망 증세를 보인다며 출구까지 함께 가달라고 부탁했다.

소년은 잠시 그 여동생을 살펴보더니 그녀의 정신이 정말로 다른 곳에, 아주 멀리 가 있다는 걸 확인했다. 그는 근처에서 일하는 그의 삼촌이 도와줄 수 있을 거라고 말했으나, 카를라는 이런 증상에 익숙하고, 여동생은 무엇보다 바람을 쐬어야 한다고 고집했다.

별로 내키진 않았지만, 소년은 이제 다시는 이 매력적인 여자들을 보지 못할 거란 생각에 그들을 문까지 데려다주었다. 출구는 그들이 있던 곳에서 불과 20미터도 안 되는 거리에 있었다.

시장 밖으로 발을 디디는 순간, 마리는 이제 혁명에 관한 꿈들을 접어두기로 진지하게 결심했다. 다시는 자신이 공산주의자이고 고용주들에게 착취당하는 노동자들을 해방시키기 위해 싸운다고 말하지 않을 터였다.

그렇다, 그녀는 히피 스타일로 옷을 입었다. 때로는 유행을 따르는 게 즐거웠기 때문이다. 그렇다, 그녀는 아버지가 자신의 옷차림에 대해 걱정하고 있고 그게 무엇을 의미하는지 알아내려고 치열하게 애쓴다는 걸 알고 있었다. 그렇다, 그들은 네팔에 갈 것이었다. 하지만 동굴에서 명상을 한다거나 사원에 가기 위해서가 아니었다. 백성들의 고통에는 하등 관심 없는 독재 군주 지배하의 낡은 군주국에 맞서 대규모 봉기를 준비하고 있는 마오쩌둥주의자들을 만나는 게 그들의 목적이었다.

마리는 대학에서 마오쩌둥주의자를 만났는데, 그는 조국에서 학살당한 수십 명의 게릴라병들에 대한 관심을 촉구하려고 프랑스로 건너온 자발적 망명자였다.

이제는 그 무엇도 중요치 않았다. 그녀는 카를라와 함께 별 특징 없이 평범한 거리를 걸었다. 회벽칠이 떨어져나간 벽들과, 주위를 둘러보는 법 없이 고개를 푹 숙이고 걷는 행인들을 지나쳤다. 마리에게는 그 모든 것이 큰 의미로 다가왔다.

"사람들이 뭔가 눈치챈 건 아닐까요?"

"천만에요. 그 환한 웃음이라면 또 모를까. LSD는 이목을 끄는 마약이 아니에요."

마리는 카를라가 긴장하고 있음을 느꼈다. 그녀의 말이나 어조 때문이 아니라, 그녀가 발산하는 '기운'에서 느낄 수 있었다. 마리는 '기운'이라는 말을 혐오했었다. 그런 걸 믿지 않았기 때문에. 하지만 이제는 그게 실제로 존재한다는 걸 알게 되었다.

"우리가 왜 저 사원에서 나온 거죠?"

카를라가 미심쩍은 눈초리로 그녀를 바라보았다.

"사원이 아니라는 거 나도 알아요. 그저 비유적 표현이었어요. 난 내 이름도 알고, 그쪽 이름도 알고, 우리가 있는 이 도시 이름도 알고, 우리가 어디로 가는지도 알고 있어요. 그런데 모든 게 달라 보여요. 마치……"

그녀는 잠시 말을 멈추고 적당한 표현을 골랐다.

"……마치 불안, 좌절감, 의심 등을 모두 뒤로하고 어떤 문을 통과한 것 같달까요. 삶이 더욱 단순해진 듯하면서도 풍성하고 즐겁게 느껴져요. 자유로워진 기분이에요."

카를라는 마음이 조금 놓였다.

"이제껏 보지 못했던 색깔들이 보이고, 하늘이 생생하게 느껴져요. 구름이 나로선 아직은 이해할 수 없는 형태를 그리고 있어요. 하지만 그게 나를 미래로 이끌어주기 위한, 나를 위한 메시지라는 건 확실히 알 수 있죠. 나는 스스로에게 만족하고, 이제 더는 세상을 바깥에서 바라보지 않아요. 바로 내가 세상이니까요. 나는 나보다 먼저 살아간 이들의 지혜를 품고 있어요, 그들의 흔적은 내 유전자에 남아 있죠. 내가 바로 나의 꿈이에요."

그들은 어느 카페 앞을 지났다. 그 구역의 수많은 카페와 다를 바 없는 곳이었다. 마리가 또다시 '멋지다!'라고 중얼대기 시작하자, 카를라가 그녀를 조용히 시켰다. 두 사람은 그들에게 출입이 거의 금지된 곳인, 남자들만 드나드는 카페에 갈 터였다.

"아마 첫눈에 우리가 관광객이라는 걸 알 거야. 우릴 쫓아내거나 그러지 않았으면 좋겠는데. 그러니 제발, 이상한 행동 하지 말아요."

카를라의 짐작이 옳았다. 그들이 안으로 들어가 구석자리에 앉을 때까지 아무도 그들을 저지하지 않았다. 남자들이 그들을 놀란 눈으로 바라보았으나, 자기들의 관습을 모르는 여자들일 거라고 생각했고, 이내 각자 대화를 이어갔다. 카를라는 아주 달달한 민트차를 주문했다. 당분이 환각 효과를 완화해준다는 설이 있었기 때문이다.

마리는 완전히 환각에 빠져 있었다. 그녀는 빛나는 오라가 사람들을 둘러싸고 있다는 둥, 자기는 진짜로 시간을 거슬러올라갈 수 있다는 둥, 이 카페가 있는 바로 이곳에서 전투를 벌이다 죽은 어느 기독교인의 영혼과 대화를 나눴다는 둥 계속해서 떠벌렸다. 천국에서 완전무결한 평화를 찾은 그 남자가 이승의 사람과 다시 교류하게 되어 행복해했다고. 그 남자는 마리에게 자기 어머니한테 몇 마디 전해달라고 부탁했다가 자기가 죽은 뒤로 수세기가 흘렀다는 걸 깨닫고―마리가 알려준 사실이었다―이내 체념한 채 마리에게 감사 인사를 전하고 우주 속으로 사라졌다는 것이다.

마리는 마치 민트차를 난생처음 마셔보는 사람처럼 마셨다. 그러면서 몸짓과 감탄으로 민트차가 얼마나 맛있는지 표현하기 시작하자, 카를라가 다시 한번 그녀를 진정시켰다. 마리는 자신의 동행을 둘러싼 '기운'을 재차 느꼈다. 그런데 동행의 오라에서 빛을 내뿜는 구멍들이 몇 개 보였다. 나쁜 징조였을까? 아니다. 빠르게 아물어버린 옛 상처들의 자리가 구멍처럼 보이는 것 같았다. 마리는 카를라를 안심시키려 했고, 그녀가 할 수 있는 일이었다. 마리는 여전히 환각 상태인 채로 아무 말이든 꺼내 대화를 시작했다.

"그 브라질 사람을 사랑하게 된 거예요?"

카를라는 대답하지 않았다. 구멍들 중 하나의 빛이 희미해지는 듯 보였다. 마리는 화제를 바꿨다.

"이 약은 누가 발명한 건가요? 보이지 않는 존재와 하나가 되려는 사람들에게 어째서 무료로 배포하지 않는 거죠? 우리의 세계관을 바꾸는 데 꼭 필요해 보이는데."

카를라는 LSD가 세상에서 가장 예상을 벗어나는 장소인 스위스에서 우연히 발견되었다고 설명했다.

"스위스요? 은행과 시계와 암소와 초콜릿으로 유명한 그 나라 말예요?"

"연구소들도 유명하지." 카를라가 부연했다.

LSD는 원래, 지금 이름이 기억나지 않는 질병의 치료제로 개발되었다고 카를라는 설명했다. 적어도 LSD를 최초로 합성해낸 사람이―혹은 흔히 부르는 대로 발명가가―그로부터 몇 년 뒤, 이미 전 세계 제약회사에 막대한 수익을 안겨준 이 제품을 직접 복용해볼 결심을 하기 전까지는 그랬다는 것이다. 그는 최소 용량을 복용한 뒤―때는 전쟁의 한가운데였고, 당시엔 은행과 시계와 암소와 초콜릿의 나라인 중립국 스위스에서조차 연료 배급에 제한이 있었기 때문에―자전거를 타고 집으로 돌아가려 했었다. 그런데 그는 모든 게 달라 보인다는 걸 깨달았다.

마리의 상태가 달라지기 시작했다. 카를라는 이야기를 계속해야겠다고 생각했다.

"내가 어떻게 이 이야기를 알게 됐는지 궁금하지? 실은 나도 최근에 도서관에 갔다가 잡지에서 굉장한 기사를 읽은 거야. 아무튼 이 스위스 과학자는 자신이 자전거에 올라탈 수 없다는 걸 깨달았어. 조교에게 집까지 데려다달라고 부탁하면서도 어쩌면 병원에 가보는 게 좋지 않을까 생각했다고 해. 심근경색을 염려했던 거야. 그런데 갑자기, 그가 했다는 말을 그대로, 아니 정확하진 않겠지만 최대한 기억해보면, 아무튼 이랬다고 해. 이제껏 본 적 없는 형체와 색깔들이 보이기 시작하더니, 두 눈을 감은 후에도 시야에서 사라지지 않았대. 기쁨의 강물처럼 끊임없이 흐르며 색색의 샘물을 뿜어내는, 원을 그리다가 나선형을 그리며 열리고 닫히는 거대한 만화경 앞에 서 있는 기분이었대. 내 말 듣고 있어, 마리?"

"대강요. 내가 다 이해했는지 모르겠는데, 정보가 너무 많아요. 스위스에, 자전거에, 전쟁에, 만화경에…… 좀더 간단하게 얘기해줄 순 없어요?"

경계경보다. 카를라는 차를 한 잔 더 주문했다.

"노력해봐, 마리. 나를 보면서 내가 하는 얘기에 집중해봐. 지금 느껴지는 불안감은 곧 가실 거야. 한 가지 고백할 게 있어. 너한테 준 건 내가 하던 양의 절반이었어."

이 말에 마리는 안심하는 듯했다. 카를라가 주문한 차를 웨이터가 내왔다. 카를라는 마리에게 차를 마시게 하고, 찻값을 지불한 뒤 마리와 함께 다시 밖으로 나와 신선한 공기를 들이마셨다.

"스위스 사람 얘기 다음은요?"

마리가 대화의 맥을 놓치지 않고 있다는 건 좋은 신호였다. 혹시라도 상태가 악화된다면, 그러니까 지옥문이 천국문을 대체한다면, 강력한 신경안정제를 사 먹일 수 있을지 카를라는 자문했다.

"네가 먹은 그 약은 미국의 약국에서 십오 년 넘게 공개적으로 자유롭게 판매됐어. 미국이 마약에 얼마나 엄격한지는 너도 잘 알지? 정신병이나 알코올중독 치료에 효과가 좋아서 〈타임〉지의 표지를 장식한 적도 있었지. 그러다 결국 금지된 거야. 이따금 나타나는 뜻밖의 부작용 때문에."

"예를 들면요?"

"그건 나중에 얘기하자. 지금은 우선 네 앞에 있는 지옥문에서 벗어나 천국문을 열려고 노력해봐. 그걸 누려. 겁내지 말고, 내가 함께 있으니까. 내가 잘 아니까 얘기하는 거야. 그 상태는 길어야 한두 시간일 거야."

"지옥문을 닫고 천국문을 열 거예요." 마리가 되뇌었다. "하지만 내 두려움을 제어할 수 있을지 모르겠어요. 그쪽도 두려움을 어쩌지는 못하던걸요. 당신의 오라를 봤어요. 당신 생각을 내가 읽었다고요."

"그래, 맞아. 그럼 이것 때문에 네가 죽게 될 위험은 없다는 것도 읽었겠구나. 네가 날 수 있는지 알아본답시고 어느 건물 지붕으로 기어올라가 허공에 몸을 던지려고 하지만 않는다면."

"그래요, 맞아요. 그러고 보니 약발이 약해지나봐요."

자신이 죽게 되지는 않을 것이고 건물 지붕에서 뛰어내리는 일도 없으리라는 걸 알고 난 소녀는 쿵쾅거리던 심장박동이 진정되는 걸 느꼈고, 앞으로 두어 시간을 최대한 누려보기로 마음먹었다.

촉각, 시각, 청각, 후각, 미각의 모든 감각이 하나가 되었다. 마치 그 모든 걸 동시에 느낄 수 있다는 듯이. 바깥의 빛이 그 강렬함을 잃어가기 시작했음에도 그녀에게는 여전히 사람들의 오라가 보였다. 지금 누가 고통스러워하는지, 누가 행복을 발견했는지, 누가 곧 죽을 것인지, 그녀는 알 수 있었다.

모든 게 새로웠다. 그녀가 이스탄불에 있기 때문만은 아니었다. 그녀가 이제까지 모르고 있던 모습의 마리로 존재했기 때문이다. 이제까지 살아오면서 익숙해져 있던 마리보다 훨씬 더 치열하고 훨씬 더 성숙한 마리였다.

폭풍우가 몰아치기라도 할 것처럼 하늘에 구름이 점점 몰려들었다. 그러더니 차츰 구름의 형체에서 이전까지 선명했던 의미가 사라지기 시작했다. 하지만 마리는 구름이 인간들과 소통하는 자기만의 암호를 가지고 있다는 걸 알고 있었다. 앞으로 하늘을 주의깊게 바라본다면 구름이 그녀에게 전하려는 메시지를 이해하게 되리라는 것도 알았다.

아버지에게 그녀가 네팔행을 선택한 이유를 설명해야 할지에 대해서는 갈팡질팡했지만, 이렇게 멀리까지 와놓고 여기서 더이상 나아가지 않는다면 어리석은 일이 되리라. 그들은 나중에라도 새로운 것들을 발견하게 될 텐데, 나이에 따른 제약까지 더해지면 점점 어려운 일이 될 터였다.

어째서 그녀는 자신을 그렇게나 몰랐던 걸까? 그녀는 유년 시절에 불쾌하게 느꼈던 몇 가지 경험을 떠올렸다. 지금은 그때만큼 불쾌하지는 않다고, 그저 단순히 경험 그 이상도 이하도 아니라고 느껴졌다. 그녀는 지금껏 오랫동안 그 일들을 몹시 중요하게 여겨왔다. 왜 그랬을까?

하지만 이 질문들에 답을 할 필요는 없어 보였다. 문제들이 절로 해결되는 듯한 기분이었다. 이따금 자신의 주위를 에워싼 영혼들을 바라볼 때면, 그녀는 자신의 눈앞으로 지옥문이 지나가는 것을 보았지만, 절대 그 문을 다시 열지 않겠다고 다짐했다.

지금 이 순간 그녀는 자신이 온전히 속해 있는, 질문도 대답도 없는 세계를 누리고 있었다. 의심도 확신도 없는 세계였다. 그녀 자신과 결코 나눌 수 없는 세계를 누렸다. 과거와 미래가 현재로 요약되는, 시간이 존재하지 않는 세계를. 때로 그녀의 정신은 아주 나이든 모습을 보였고, 때로는 제각각 움직이는 손가락들을 들여다보며 모든 새로운 것에 경탄하는 어린아이처럼 보였다.

그녀는 곁에서 그 소녀를 바라보았고, 소녀가 이제 훨씬 더 평온해지고 자신의 빛을 되찾은 걸 보며 기뻐했다. 그녀는 정말로 사랑에 빠졌다. 그녀가 좀전에 카를라에게 했던 질문은 어리석었다. 사랑에 빠지면, 우리는 언제든 알게 되니까.

두 시간 가까이 걸은 끝에, 그들은 마침내 호텔에 당도했다. 마리는 이 네덜란드 여자가 다른 일행들과 만나기 전까지 약효가 사라지도록 자기를 걷게 했다는 걸 깨달았다. 마리는 첫번째 천둥소리를 들었다. 그녀는 신이 자기에게 이제 그만 세상으로 돌아오라고 말하고 있다는 걸 알았다. 아직 해야 할 일이 많았다. 그녀는 이제 자신이 아버지를 도와야 한다는 걸 알았다. 작가가 되기를 꿈꾸면서도 발표 자료나 논문이나 기사 외에는 단 한 단어도 써본 적이 없는 아버지를.

그가 그녀를 도왔던 것처럼 그녀도 아버지를 도와야 했다. 게다가 아버지의 부탁이기도 했다. 아버지에겐 아직 많은 날들이 남아 있다. 그리고 그녀는 언젠가 결혼하게 되리라, 이제껏 전혀 생각해보지 못한 일이긴 했지만. 그녀는 지금 이 시기를 구속이나 제약이 없는 삶의 마지막 단계로 간주했다.

언젠가 그녀가 결혼할 날이 왔을 때, 그녀의 아버지도 자기 자신의 삶에 만족해하며 좋아하는 일을 하고 있어야 할 터였다. 그녀는 어머니를 사랑했고, 아버지와 이혼한 일을 원망하지 않았지만, 그럼에도 그녀는 아버지가 이 신성한 땅 위를 함께 걸을 누군가를 찾을 수 있기를 진심으로 바랐다.

비로소 그녀는 그 약이 왜 금지되었는지 이해했다. 누구나 자유롭게 그 약에 접근할 수 있다면, 세상은 정상적인 작동을 멈추리라. 사람들은 자기 자신의 심연하고만 접촉하려 들 것이었다. 타인의 행운이나 불행에 무심한 채 마음의 동굴에 들어가 오로지 명상에만 잠기는 수도승들이 수십억 생겨나는 셈이었다. 자동차들은 더이상 굴러다니지 않을 것이고, 비행기들은 착륙하지 않을 것이며, 파종도 수확도 더는 없을 것이다. 모든 게 환각과 황홀경에 지나지 않을 것이다. 그렇게 되면 인류는 얼마 못 가, 정화의 바람인 듯했으나 결국은 모든 것을 절멸시키는 폭풍우가 되어버린 바람에 휩쓸려 이 땅에서 사라지리라.

그녀는 세상에 태어났고, 세상에 속했기에, 신이 천둥의 목소리를 빌려 전달한 명령에 복종해야 했다. 요컨대 이 세상에서 일하고, 아버지를 돕고, 악이라고 여겨지는 모든 것과 싸우고, 다른 모든 이들처럼 일상의 전투에 참여해야 했다.

이게 그녀의 사명이었다. 그녀는 사명을 관철할 것이다. 그녀는 자신의 처음이자 마지막 LSD 여행을 마쳤고, 그것이 끝나서 기뻤다.

그날 밤, 일행은 모두 모여 식당에서 함께 저녁식사를 하며 이스탄불에서의 마지막 밤을 기념하기로 했다. 술을 파는 곳에서 그날의 경험들을 공유하면서 다 같이 먹고 마시고 취하고 즐길 작정이었다. 마이클과 라훌, 두 운전기사도 초대되었고, 그들은 회사 규정에 어긋난다며 일단 거절했다가 이내 못 이기는 척 받아들였다.

"좋아요, 하지만 하루 더 머물자는 말은 하지 마세요. 그랬다가는 전 회사에서 잘려요."

그들은 아무 요구도 하지 않을 터였다. 터키엔 가볼 만한 데가 여전히 많았고, 특히 아나톨리아는 절경으로 손꼽히는 곳이었지만 그들은 계속 달라지는 풍경들도 그리웠다.

수수께끼의 방문지에 갔던 파울로도 벌써 돌아와 있었다. 그는 잘 차려입었고, 그들이 내일 떠난다는 걸 알고 있었다. 그가 일행에게 오늘 저녁은 카를라와 단둘이 먹고 싶다며 양해를 구했다.

모두들 이해해주었고, 마음속으로 이 '우정'에 축하를 보냈다.

일행 중 두 여자의 눈빛이 반짝였다. 마리와 카를라였다. 아무도 그들에게 이유를 묻지 않았고, 그들 또한 별다른 설명을 하지 않았다.

"오늘은 어떻게 보냈어?"

파울로와 카를라, 그들도 술을 마실 수 있는 식당을 선택했다. 이제 막 첫 와인잔을 비운 참이었다.

그는 질문에 대답하기 전에 음식부터 주문하자고 제안했다. 그녀가 동의했다. 이제 그녀는 어떤 마약의 도움 없이도 온 마음으로 사랑할 수 있는 진정한 여인이었다. 와인은 그녀의 눈에 그저 축제의 상징에 지나지 않았다.

그녀는 이제 무슨 일이 벌어질지, 그가 그녀에게 무슨 말을 하려는지 알고 있었다. 전날 바다 건너 식당에서 그녀가 그에게 사랑을 고백했을 때부터 직감했다. 그의 두 눈은 그녀가 기대했던 것처럼 반짝이지 않았다. 전날 밤 두 사람이 환상적인 섹스를 했을 때부터 알고 있었다. 그 순간 그녀는 울음을 터뜨릴 뻔했으나, 이어서 모든 일이 이미 정해져 있다는 듯 운명을 받아들였다. 그녀가 살면서 원했던 건 오직 사랑에 불타는 심장뿐이었고, 그녀에게 그걸 선사한 남자는 그 순간 그녀 안에 들어와 있었다.

그녀는 순진한 사람이 아니었으나, 원하는 걸 항상 손에 넣으며 살아왔다고 생각했다. 사막에서 길을 잃은 건 아니었다. 그녀는 보스포루스의 바다처럼 모든 물줄기가 한데 모이는 망망대해를 향해 흘렀다. 그녀는 이스탄불을, 이 비쩍 마른 브라질인을, 죄다 이해하진 못했지만 그와 나눈 대화를 절대 잊지 않을 터였다. 그는 기적을 이뤘으나, 그가 그 사실을 알 필요는 없었다. 그가 알게 된다면 죄책감을 느낀 나머지 마음을 돌릴 위험이 있었으니까.

와인 한 병을 더 주문하고 나서야, 그는 이야기를 시작했다.

"센터에 갔더니 그 이름 모를 노인이 있었어. 인사를 했지만, 대답이 없었지. 꼭 최면상태에 빠진 듯 시선을 어딘가에 고정한 채였어. 나는 무릎을 꿇고 앉아 그곳에서 노래하고 춤추며 삶을 축복했던 모든 영혼들에 가닿기 위해 정신을 비우려고 노력했어. 언제가 됐든 노인이 현실로 돌아오리라는 걸 알았기에 기다렸지. 사실 '기다렸다'는 건 정확한 표현이 아니야, 아무것도 기다리지 않았으니까. 차라리 현재의 순간에 나를 내맡기고 있었다고 하자.

확성기 소리가 기도 시간임을 알렸지. 노인이 하루에 다섯 번씩 치르는 의식 중 하나를 치르기 위해 최면상태에서 깨어났어. 그제야 나의 존재를 알아차리더니 왜 다시 왔느냐고 물었어. 나는 간밤에 우리의 만남에 대해 깊이 생각해봤다고, 내 몸과 영혼을 바쳐 수피즘에 헌신하고 싶다고 얘기했지.

난생처음으로 진정한 섹스를 경험했노라고 말하고 싶은 마음이 굴뚝같았어. 어젯밤에 너와 함께 침대에 있을 때, 네 안에 들어갔을 때, 내가 실제로 내 몸에서 빠져나오는 듯했거든. 그런 기분은 처음이었어. 하지만 그런 말을 할 상황은 아니었고. 난 답변을 기다렸어.

'시를 읽으시오. 그거면 충분하니까.'

나한텐 그걸로 충분치 않았어. 난 규율과 엄격함이, 신이 세상 가까이 계시도록 신께 헌신할 장소가 필요했으니까. 그 수피즘 센터를 처음으로 찾아가기 전에도, 나는 춤을 춰서 일종의 최면상태에 빠져드는 데르비시들한테 깊은 감명을 받았거든. 이젠 내 영혼이 나와 함께 춤을 췄으면 했어.

혹시 그 춤을 배우려면 천하루를 기다려야 하는 건가? 좋아, 기다리지 뭐. 그때까지라면 충분한 경험을 쌓았을 거야. 고등학교 동창들과 비교하면 내가 두 배는 더 경험이 많을 거야. 종국엔 나도 데르비시들처럼 완벽한 최면상태에 이를 수만 있다면, 긴 인생에서 삼 년 쯤이야 헌신할 수 있지.

'이보게, 젊은 양반, 수피는 늘 현재의 순간을 산다오. 내일이란 우리의 사전에는 없는 말이오.'

그건 나도 아는 거였지. 내가 궁금했던 건, 수련을 계속하려면 이슬람으로 개종해야 하는가였어.

'그렇지 않소. 맹세만으로 충분하오. 그대가 신의 길을 따를 것이고, 한잔의 물을 마실 때마다 신의 얼굴을 볼 것이며, 길에서 걸인을 지나칠 때마다 신의 목소리를 듣겠다는 맹세를 하면 된다오. 그건 모든 종교가 설파하는 바이며, 그대가 해야 하는 유일한 맹세라오.'

나는 대답했어.

'저는 아직 규율을 충분히 익히지 못했습니다. 하지만 선생님이 도와주신다면, 저는 하늘이 땅과 만나는 곳에, 다시 말해 인간의 마음에 이를 수 있을 겁니다.'

이름 모를 노인은 내가 삶을 완전히 내려놓고서 자기의 모든 명령에 따른다면 나를 돕겠다고 선언했어. 돈이 없을 때 자선을 구하고, 필요한 순간에 단식을 하고, 한센병 환자들에게 봉사하고, 환자들의 상처를 씻기는 법을 익혀야 한다고 했어. 하루종일 다른 일은 아무것도 하지 않고서 오직 한 점만을 응시하며 끊임없이 같은 기도문을, 같은 문장, 같은 단어를 읊어야 한다고.

'그대의 지혜를 팔아서, 절대자로 채울 영혼의 빈자리를 사시오. 인간들이 지혜라고 일컫는 것은 신의 눈에는 광기일 뿐이니까.'

그때 내가 과연 해낼 수 있을까 하는 생각이 들었어. 혹시 노인이 자기에게 무조건 복종하기를 요구하면서 나를 시험하는 건 아닐까? 하지만 노인의 목소리에서 망설임을 감지하지 못했거든. 그가 진지하다는 확신이 있었어. 비록 내 몸이 반쯤 쓰러져가는 건물의 창문이 깨진 초록색 방 안에 있었다고는 해도 평소보다 흐린 그날, 밖에서 폭풍이 다가오고 있다는 건 알 수 있었지.

내 몸이 방안으로 들어갔을지언정, 영혼은 밖에 남아 있다는 걸 알았거든. 과연 이 이야기가 어떻게 끝날지 궁금해하면서 말이야. 어쩌면 순전한 우연에 의해 내가 그곳에 들어가 안무가 잘 짜인 발레로밖에는 볼 수 없는 춤을 제자리에서 뱅글뱅글 돌며 추고 있는 사람들을 보게 될 날을 기다리고 있는 건 아닐까. 내가 바라는 건 그런 게 아니었어.

하지만 노인이 요구한 조건을 받아들이지 않으면, 비록 첫날처럼 내 맘대로 그곳에 왔다갔다할 수는 있을지라도, 다음번엔 그 문이 내게 닫혀 있으리라는 것 또한 나는 알고 있었지.

노인이 내 영혼을 읽었어. 나의 모순과 의구심을 간파한 거야. 그가 그렇게까지 강경했던 적은 없었어. 전부가 아니라면, 아무것도 아니라는 거였어. 노인이 자기는 명상을 계속해야 한다고 선언했어. 나는 적어도 세 가지 질문에는 답을 해달라고 사정했지.

'저를 제자로 받아주시겠습니까?'

'나는 오직 그대의 마음만을 제자로 받아들일 수 있을 뿐이오. 난 거절할 수 없소. 만일 거절한다면, 내 삶은 더이상 아무 쓸모도 없을 테니 말이오. 신을 향한 내 사랑을 내보이는 방법에는 두 가지가 있소. 첫째, 이 고독한 방에서 밤낮으로 그를 칭송하는 것이오. 그러나 그 방법은 그에게나 나에게나 아무 도움이 되지 못할 것이오. 두번째는 노래하고 춤추며 나의 기쁨을 통해 그의 얼굴을 모두에게 드러내는 것이오.'

나는 두번째로 물었어.

'저를 제자로 받아주시겠습니까?'

'새가 한쪽 날개만으로 날 수 없듯이, 수피 스승이 자신의 경험을 아무와도 나누지 않는다면 그는 아무것도 아닐 것이오.'

나는 세번째이자 마지막으로 물었어.

'저를 제자로 받아주시겠습니까?'

'만일 그대가 내일도 지난 이틀처럼 이 문으로 들어온다면, 내 제자로 받아들일 것이오. 하지만 확신컨대 그대는 후회하게 될 것이오.'"

카를라가 다시 두 사람의 잔을 채우고 파울로와 건배했다.

"내 여행은 여기서 끝이야." 그가 반복해서 말했다. 마치 그녀가 그의 말을 이해하지 못했을까봐 두렵다는 듯. "난 네팔에 아무 볼 일이 없어." 그는 눈물이나 분노, 절망, 감정에 호소하는 위협 등 전날 그에게 "사랑해"라고 고백한 여자에게서 나올 수 있는 온갖 반응을 각오했다.

그런데 놀랍게도 그녀는 그저 빙긋 미소를 짓기만 했다.

그들은 각자 잔을 비웠다. 카를라가 다시 그들의 잔을 채웠다. 이어서 그녀가 대답했다.

"너를 사랑하게 된 것처럼 누군가를 사랑할 수 있으리라고는 꿈에도 생각지 못했어, 파울로. 내 마음이 닫혀 있었던 건, 정신적인 문제나 이러저러한 호르몬 부족 때문이 아니었어. 별안간 마음이 열렸거든. 그게 언제였는지는 나도 정확히 모르겠어, 이 수수께끼는 영영 풀 수 없을 것 같아…… 널 죽는 날까지 사랑할 거야. 네팔에 도착해서도 널 사랑할 거고, 마침내 내가 누군가와 사랑에 빠져도 계속해서 널 사랑할 거야. 물론 지금과는 다른 사랑이겠지만.

신이 존재하는지는 잘 모르겠으나, 만일 존재한다면 지금 여기 우리 곁에서 내 말을 들어줬으면 해. 다시는 내가 혼자인 데에 만족스러워하지 않게 해달라고 신에게 부탁하고 싶어. 누군가를 필요로 하는 마음과 고통을 절대로 두려워하지 않게 해달라고. 왜냐하면 고통이 들어설 자리조차 없는 어둡고 음침한 방 같은 마음을 느끼는 것보다 더 괴로운 일은 없거든.

　사람들이 그토록 이야기해대는 사랑, 그토록 서로 나누고 고통을 야기하는 사랑이 이제껏 알지 못했던 곳으로 나를 이끌고, 일깨워줬어. 언젠가 어느 시인이 노래했듯, 사랑이 나를 태양도, 달도, 별도, 대지도, 입안의 와인맛도 모르고, 아는 게 오직 내 반쪽뿐인 나라로 데려간 거야. 그 사람을 언젠간 만나게 되겠지. 네가 길을 열어주었으니.

　나는 그 길을 두 발 없이도 걸을 수 있고, 두 눈 없이도 볼 수 있고, 날개가 생기게 해달라고 청하지 않고도 날 수 있어."

　파울로는 놀란 한편으로 행복했다. 그들 모두 두려움과 즐거움이 가득한 미지의 나라에 들어섰다. 이곳 이스탄불에서 그들은 추천받은 장소인 온갖 관광지들 대신, 그들의 영혼을 방문하는 것을 택했다. 세상 어디에도 그보다 더 황홀하고 위안이 되는 곳은 없었다.

파울로는 자리에서 일어나 테이블을 돌아 카를라에게 키스했다. 현지의 풍습에 어긋나는 행위이고, 다른 손님들이 불쾌해할 수도 있다는 걸 모르는 것은 아니었다. 하지만 어쨌든 그는 그녀에게 키스했다. 사랑을 담되 관능 없이. 욕망을 담되 죄책감 없이. 그것이 그들의 마지막 키스임을 알았기에.

그 순간의 마법을 깨뜨리고 싶지 않았음에도 그는 질문을 해야만 했다.

"너도 기대했어? 준비하고 있었어?"

그녀는 대답 없이 미소를 짓기만 했다. 그는 절대 답을 알 수 없으리라. 바로 그게 진정한 사랑, 대답 없는 질문이었다.

파울로는 그녀를 버스 문 앞까지 배웅했다. 운전기사에게는 배워야 할 게 있어 이곳에 남기로 했다고 미리 알려두었다. 잠깐 동안 그는 영화 〈카사블랑카〉의 유명한 대사를 인용하고 싶은 충동에 사로잡혔다. "우리는 영원히 파리를 잊지 않을 거야." 하지만 어리석은 생각이라는 걸 알고 있었다. 그리고 그는 서둘러 초록색 방과 이름 모를 스승에게로 돌아가야 했다.

　버스의 승객들은 짐짓 모른 척했고, 누구도 그에게 작별인사를 하지 않았다. 마이클을 제외하고는 누구도 그의 여행이 여기서 끝이라는 걸 알지 못했다.

　카를라는 말없이 그를 끌어안았다. 하지만 그의 사랑을 거의 물리적인 어떤 것, 산을 비췄다가 이어서 도시와 들판, 마침내

바다를 비추는 아침 태양처럼 점점 강렬해지는 빛으로서 느낄
수 있었다.

문이 닫히고 버스가 출발했다. 안에서 이런 말소리가 들려왔
다. "여봐요! 브라질인이 안 탔어요!" 하지만 버스는 이미 출발
한 후였다.

언젠가 그는 카를라를 다시 만나 이후의 여행이 어땠는지 물
어보리라.

에필로그

2005년 2월, 이미 전 세계적으로 유명한 작가가 된 파울로는 암스테르담에서 열린 콘퍼런스에 참석했다. 오전엔 네덜란드의 가장 큰 텔레비전 방송 프로그램 한 곳과 인터뷰가 있었다. 인터뷰는 그가 옛날에 묵었던 호스텔에서 진행되었는데, 그곳은 현재 소박하지만 인기 많은 세련된 식당이 딸린 비흡연자용 고급 호텔로 변해 있었다.

그는 그뒤로 카를라의 소식을 듣지 못했다. 『하루 5달러로 유럽 여행하기』는 『하루 30달러로 유럽 여행하기』가 되었고, '파라디소' 클럽은 폐쇄되었다(몇 년 뒤 다시 문을 열었는데 여전히 콘서트장으로 활용되고 있다). 댐광장은 한산했다. 그곳은 한가운데에 수수께끼의 오벨리스크가 우뚝 서 있는 광장일 뿐이었다. 오벨리스크를 대체 왜 거기 세워놓았는지 그로서는 도무지 알 수 없었고, 앞으로도 알고 싶지 않을 터였다.

그는 전에 무료 식사를 할 수 있었던 식당으로 향하는 길을 걸어보고 싶었으나 콘퍼런스 관계자가 늘 동행했기에, 호텔로 돌아가 저녁에 있을 강연을 준비하는 게 낫겠다고 생각했다.

그는 혹시라도 자신이 네덜란드에 온 걸 알게 된 카를라가 나타나지 않을까 하는 실낱같은 희망을 품었다. 그가 수피가 되려는 생각을 포기했듯이 그녀도 네팔에 오래 머무르지 않았으리라 짐작했다. 그래도 그는 일 년 가까이 수행했고, 그때의 배움은 그를 평생 따라다닐 터였다.

콘퍼런스가 진행되는 동안 그는 이 책에 담긴 이야기 일부를 공개했다. 그리고 어느 순간, 더는 참지 못하고 물었다.

"카를라, 여기에 있니?"

아무도 손을 들지 않았다. 어쩌면 그녀가 이 자리에 와 있는지도, 또 어쩌면 그가 네덜란드에 와 있다는 소식조차 듣지 못했는지도, 아니면 그 자리에 있지만 다시 과거로 돌아가고 싶지 않을는지도 몰랐다.

그편이 나았다.

제네바에서, 2018년 2월 3일

감사의 말

이 책 속의 등장인물들은 대부분 실제 인물들이나—두 명을 제외하고—그들이 누구인지 알 수 없도록 이름은 모두 변경했다(나는 그들의 성은 알지 못하고 이름만 알았다).

나는 이 책에 폰타그로사 감옥에 수감되었을 때(1968년)의 일화를 적었고, 여기에 군사독재 정권하에 옥고를 치렀던 다른 두 차례의 경험(내가 노래 가사 작업을 했을 때인 1974년 5월)을 세부적으로 첨가했다.

내 책의 편집자인 마티나스 수주키 주니어, 나의 에이전트이자 친구인 모니카 안투네스, 나의 아내이자 조형예술가이고 매직 버스의 여정을 그림으로 그려준 크리스티나 오이티시카에게 감사를 전한다. 이 책을 쓰는 동안 나는 거의 누구와도 말을 나누지 않고 스스로 갇혀 지냈다. 나는 집필중에 작품에 대해 말하는 것을 좋아하지 않는다. 크리스티나는 모르는 척했고, 나는 그녀가 정말로 모른다고 믿는 척했다.

지은이 **파울로 코엘료**

전 세계 170개국 이상 81개 언어로 번역되어 2억 2천 5백만 부가 넘는 판매를 기록한 우리 시대 가장 사랑받는 작가. 1986년, 산티아고 데 콤포스텔라 순례에 감화되어 첫 작품 『순례자』를 썼고, 이듬해 자아의 연금술을 신비롭게 그려낸 『연금술사』로 세계적 작가의 반열에 오른다. 이후 『브리다』『베로니카, 죽기로 결심하다』『피에트라 강가에서 나는 울었네』『악마와 미스 프랭』『11분』『오 자히르』『포르토벨로의 마녀』『승자는 혼자다』『알레프』『아크라 문서』『불륜』『스파이』 등 발표하는 작품마다 전 세계적으로 큰 반향을 일으킨다. 2009년 『연금술사』로 '한 권의 책이 가장 많은 언어로 번역된 작가'로 기네스북에 올랐다.

옮긴이 **장소미**

숙명여자대학교 불어불문학과와 동대학원을 졸업했다. 숙명여자대학교에서 강의를 했으며, 파리3대학에서 영화문학 박사과정을 마쳤다. 옮긴 책으로 『지도와 영토』『복종』『아주 특별한 컬렉션』『날개 꺾인 너여도 괜찮아』『10월의 아이』『포기의 순간』『부영사』『엘르』『내 삶을 구하지 못한 친구에게』『인생의 맛』 등이 있다.

문학동네 세계문학
히피

초판 인쇄 2018년 11월 27일 | 초판 발행 2018년 12월 5일

지은이 파울로 코엘료 | 옮긴이 장소미 | 펴낸이 염현숙
책임편집 김미혜 | 편집 손예린 이현정 강태형
디자인 김이정 이원경 | 저작권 한문숙 김지영
마케팅 정민호 정진아 함유지 김혜연 박지영 김수현 | 홍보 김희숙 김상만 이천희
제작 강신은 김동욱 임현식 | 제작처 한영문화사(인쇄) 경일제책사(제본)

펴낸곳 (주)문학동네
출판등록 1993년 10월 22일 제406-2003-000045호
주소 10881 경기도 파주시 회동길 210
전자우편 editor@munhak.com | 대표전화 031) 955-8888 | 팩스 031) 955-8855
문의전화 031) 955-8862(마케팅) 031) 955-8860(편집)
문학동네카페 http://cafe.naver.com/mhdn | 트위터 @munhakdongne
북클럽문학동네 http://bookclubmunhak.com

ISBN 978-89-546-5395-4 03870

www.munhak.com

자신의 생을 성취로 이끈 사람들,
치열한 열정으로 자신의 길을 개척한 이들이
소중한 이에게 추천하는 책!

연주여행을 가기 위해 비행기에서 긴 시간을 보낼 때면 이 책을 거듭 손에 잡게 된다. 성악가로서 세계를 떠돌다보니 왜 난 이렇게 집시처럼 떠돌아다녀야 하는지 생각을 많이 했다. 그런데 『연금술사』를 읽고 나서 인생은 자아를 발견하기 위한 영원한 여행이라는 생각에 위안을 얻게 됐다. 내가 찾아 헤매던 답을 찾아준 책이라고나 할까. **조수미** (성악가)

인생에서 진정 찾고자 하는 것은 무엇인지 차분히 생각해볼 기회를 주는 책. 주인공 산티아고의 여정을 통해 그동안 잊고 지내던 인생을 살아가는 진리를 다시 한번 되새기게 된다. **한완상** (전 대한적십자사 총재)

코엘료의 책을 잔뜩 쌓아두고 읽고 싶다. **빌 클린턴** (전 미국 대통령)

학창시절, 비겁했던 나의 여고시절에 이 책을 접했더라면 얼마나 좋았을까. **추상미** (영화배우)

『연금술사』를 읽으면 자기 앞에 놓인 빈 공간을 새로운 색깔들로 채워나가고 싶은 마음이 든다. **최윤영** (아나운서)

기막히게 멋진 영혼의 모험이다. **폴 진델** (퓰리처상 수상 작가)

아름다운 문체, 결 고운 이야기, 마음을 움직이는 감동… 코엘료는 혼탁한 생의 현실 속에서도 참 자아를 지켜갈 수 있는 힘을 보여준다. **정진홍** (서울대 종교학과 명예교수)